「源氏物語」に学ぶ人間学

境野勝悟
Sakaino Katsunori

致知出版社

『源氏物語』に学ぶ人間学　目次

第一講 男の物語として読む『源氏物語』

第二講　結婚の歴史と愛の本質

第三講　『古事記』を読むと源氏がわかる

第四講　男は女性によって一人前になる

第五講　失われた母の愛を求めて

装　幀――フロッグキングスタジオ
編集協力――柏木孝之

原文については、『源氏物語㈠』山岸徳平校注（岩波書店）を参考にしました。なお、旧字体は新字体に改めました。

第一講　男の物語として読む『源氏物語』

四十年前に始まった『源氏物語』勉強会

四十年以上前のことになります。栄光学園を退職して昼間の時間が空いておりましたので、あるお母さんたちのグループと「何かいっしょに勉強しようか」という話になり、勉強会が始まりました。日頃、お母さんたちは子育てとか、家事とか、あるいはパートで、一所懸命生活していらっしゃる。ただ勉強の機会があまりないなというふうに思ったんです。

それで三十人ぐらいの人が集まりました。何を読もうかって言ったら、「源氏を読みたい」ということになって「じゃあ、源氏やろう」というところから『源氏物語』の勉強会がスタートしました。

一カ月に一ぺん二時間ずつ。最初に始めたのが睦月《むつき》会、それから如月《きさらぎ》の会、弥生会、卯月《うづき》会、皐月《さつき》会と、だんだん増えていきました。やりたいという人がいっぱい増えてきましたんで、「それじゃ」ということでね。睦月会と、如月会と、卯月会は二十年続けたところでやめることにしました。

ところが、卯月会の皆さんは、どうしても二十年でやめたくないということで、卯月会と萌木《もえぎ》の会というのと、セキレイの会っていう三つだけはずっと続きました。その卯月会がもうすでに四十年経《た》ちました。そしてセキレイの会が三十五年やってます。そして萌木の会が二十年というふうに、ずっと勉強させていただいております。

四十年っていうと長いですね、当時四十歳の女性たちばかりでしたけど、いま全員が八十歳になりました。入院している方もいらっしゃって、そういう方が「どうしても月一ぺんの先生の講座を聞きたい」ということで、車椅子でいらっしゃった方もいます。

その方は会長さんでしたけども、入院している時に、副会長さんが私のところへやってきて、「先生、会長さんが講座に出たいって言うんだけど迷惑よね、車椅子だし、ちょっと無理ですよね」と聞いてきました。まだ奥さんたちと付き合ってない栄光学園の時代でしたら、たぶん、「そうだよね、車椅子じゃ大変だからな」と言っていたでしょう。

しかし、その時はそういう微妙な女性の誘い言葉に乗っちゃいけないということはわかっていましたので、その話を聞いた時に、「皆さんが会長さんを車椅子で連れていらっしゃるということでしたら、僕は構いませんよ」と言いました。そうしたら、「ああ、そう」ということになって、会長さんが車椅子でいらっしゃいました。いらっしゃいましたが、目がちょっともう不自由で耳も遠いということでしたから、「会長さん、こっちへいらっしゃい」と傍《そば》に呼びました。傍ならよく見えるし、聞けます。そして帰る時には必ず握手をして、「会長さん、来月も来てね」というふうにしました。それが四十年続けるコツです。うっかりすると普通の男にはできないだろうと思います。

音楽でも文学講座でも、だいたい普通の男性が一人リーダーで、受講生全員が奥さんたちという場合には、たいてい三年か四年で破裂します。だいたいは講師が怒っちゃうんです。最初は女性の方たちが、頼みに来たのに、だんだん、「先生、こうしてくれ」とか「ああしてくれ」とか注文が増えてくる。「うるさいこと言いやがって、冗談じゃないよ、俺だって忙しいんだ」ということで、講師が怒ってやめる場合が多いんです。

女性は、最初は、「先生、先生」って尊敬して言ってくれるんです。ところが、だんだん親しくなるとちょっとバカにしてくる。それから「先生、こうして頂戴、ああして頂戴」といろいろ要求を出してくる。その時に、「うるせえ、俺の話が嫌だったら聞きに来なきゃいいんだよ、だいたい頼まれてやってるんじゃねぇか、なめんじゃねぇ」なんて言うと、女性の会はダメになる。その時に「わかりました。そうだね、そうしましょうね」っていうふうに奥さんたちの希望を素直に受けないと、女性との会は続きません。

何はともあれ、私はいま全国を回っておりますけど、奥さんたちは四十年間、四十歳から八十歳まで、病気で亡くなる以外、または家庭で不如意なことが起こったとき以外は一人もやめません。元気なお方は全員皆出席です。そして一人欠員したらすぐ補充します。みんな講義を聞きたくて待っているんです。そういう女性の会をつくって三十年も四十年も続けたのは、たぶん全国で私だけでしょう。

私は自慢の種は何もないんです。能力はないし、お金もないし、名誉もないし、地位もないし、それで風采も悪い。だけども自慢することがもしあるとすれば、奥さん方の会を二十年、三十五年、四十年と始めたら、途中でやめないで、ずーッと続けていることです。やってごらんなさい、それは忍耐なんてもんじゃない。女性のグループと長い間付き合うのは大変です。だけどその時に実は私が鍛えられたんです。私がタフな男になっていったんです。

『源氏物語』は男が読むべき「男の物語」

五十とか六十の人たちは、私を見て「先生はいつまでも男っぽいね」って言うんですよ。どこが男っぽいんだか知らないけど、とにかく男っぽいって言うんです。たとえば私が男っぽいと仮定すれば、どうしてそうなったかっていうと、奥さんたちに鍛えていただいたからなんです。男性というのは、結局は女性によって鍛えられるんですよ。女性にいびられ、苛《いじ》められ、焼きもち焼かれ、貶《けな》され、叩かれて男は伸びていく。そこで怒っちゃ男は伸びないということがわかりました。

三十年、四十年、いっしょに勉強なさった奥さんたちがみんな言うんです。「是非うちの主人に『源氏物語』を読んでもらいたい」と。たいてい、私も含めて男たちは、

『源氏物語』は「女の物語」と言って読もうともしませんね。ところが、三十年、四十年勉強した普通の女性が、「是非主人に読ませてくれ」と言うんです。

そういうことがずっと心にあったものですから、今回の講座に参加した男の社長さんには、是非学んでもらいたい。こういう講座に参加しなかった社長さんは、もれなく稼ぐのはうまい。しかし、女性の心は全然知らない。だからいくら稼いで会社が立派になっても、家のかみさんとうまくいってない。ずばりでしょう。いくら稼いだって奥さんから、「ああ、お父さん、ありがとう、あなたのおかげよ」というような言葉をいただかないと金を稼いだ意味がない。会社の数字が上がったって、銀行との付き合いがうまくいったって、うちに帰って、かみさんとうまくいかなければ意味がない。

どうして、そういうふうに社長と奥さんがうまくいかなくなってしまったかっていうと、皆さんの責任ではないんです。あまりにも戦後、私たちは、金・金・カネ・カネと、経済というものが人生の生き甲斐になってしまった。人を愛することによっていかに素晴らしい世界が出現するかということについて関心を持った人が、男女を含めて今日甚《はなは》だ少なってしまったのです。

男女の愛というものに本当に生き込むことができれば、お金があっても、地位があっても、名誉があっても宜《よろ》しいが、逆に、お金がなくても、地位がなくても、まったく関係なく人生は楽しい。男女の愛に生きるというのは素晴らしいんです。生きる力が強くなるんです。ところが、今日愛について、まったく関心を持たない。

銀座に行って、お金をおろして、それで宝石の買い物をしてママさんにもてたって愛の力にはならない。それはお金がもてたんであって、自分がもてたわけじゃない。もっとお金のある人がいれば、そっちの人のほうがずっともてる。カネさえあればもてると思って勘違いしている。本当の男女の愛がわかっていない。心から女性を愛する経験をしていない。経験しなければ、私たちは自分の実力として、自分の知恵として、愛の生活を養っていくことはできません。

私は何人もの女性とお付き合いさせていただきました。その数は、五十、百、千にも及ぶでしょう。と、こういうことを言うと大抵笑うんです。みんな、「嘘」みたいに言います。その通りそれは嘘です。だけど幸いなことに『源氏物語』を通じて男女の愛についてたくさんの奥さま方と一緒に学ぶことができました。四十年もかけて……。

私は、ただ一方的に講義したんじゃありません。いちいちわからないことは奥さんたちに聞いたんです。「私はこういう解釈をしますけど、それでいいですか?」と。そして、「いいわよ」と許可をもらいました。ですから、学者の書いた解説書とか現代語訳、そんなもんじゃないんです。四十年間、八つのグループの奥さんたちといっしょに読んで、わからないところは正直に申し上げて女性から、ほんとうの女性の心理を聞きました。

三年ぐらいお付き合いしてる女性にそんなことを聞いても話してくれません。女性というのは本当に自分の心は語らない。特に男には語ってくれません。だけど十年、二十年経って、「この男は大丈夫だ」と思ったら、どんどん本音を話してくれる。だから僕は、この女性から得た知恵の宝庫で、それをもとにして『源氏物語』を読めるようになったのです。すると、この物語の底意がよくわかる。

最初の睦月会という会は正直申しまして、源氏の文字の解釈をするのでいっぱいでした。難しい言葉がいっぱいでした。だいたい、睦月会、如月会、それから弥生会あたりまでは解釈で目一杯でした。ところが、卯月会、皐月会、セキレイの会、萌木の会とやってるうちに、だんだんこの物語は深いな、源氏はすごい、とてつもない偉大な文学だと思うようになったのです。

比べられるもののない別格の文学作品

私は国文科出身で、中・高校の国語の先生でしたから小説もたくさん読んでます。『徒然草』も読みましたし、『方丈記』ももちろん読んでいますし、芭蕉は大好きで読んでいます。現代の小説もたくさん読んでいます。だけど源氏は別格。源氏以後、紫式部ほどの作家は日本にいない。全然、格が違う。川端康成、三島由紀夫とも、やっぱり全然違う、あんなもんじゃない、すごい。そういう文学を私たちの民族は、千年も前にこの世に生んでいるんです。

紫式部っていう女性は大したもんですよ。もちろん一人で書いたわけじゃない。男の人も恐らく手伝っていたでしょう。でも紫式部が中心になってこれだけの物語をつくったのは事実なわけです。

この源氏を読みだしてからは、日本の女性ってすごいんだな、と思うようになりました。素敵ですよ。素晴らしい女性たちに私たちは恵まれて、日本人の男として、いまこうして人生を送っている幸せを毎日感じております。

私は日本人でよかったと思うのは、日本人の女性に囲まれてるということ。お金になんか囲まれてなんかいいことがあるのか、名誉に囲まれても、地位に囲まれてもストレスばっかりで、いくら稼いだって不安と危機感に苛《さいな》まれるだけでしょう。稼げば稼ぐほど、不安と危機感が付き纏《まと》う。「ああ、これでよかった」ということがないじゃないですか。そんなことでそのまま棺桶に入《はい》れますか。

「ああ、日本人として、男として、こんなにいい女性たちに恵まれて、人生を送ったことは幸福だった」となって初めてこの世の生き甲斐を感ずるんじゃないかなと、いま朝に晩に思っています。私の生き甲斐はそれしかない。

この『源氏物語』は、アメリカでも、つとに関心を持たれて翻訳されました。最初は全文ではなかったんです。ある部分を翻訳した。それでも大反響だったんです。その最初の不完全な『源氏物語』の翻訳を見て、ドナルド・キーンさんという人は日本に憧れたんですから。それで来日して、いま駒込に住んでいらっしゃるじゃないですか。日本人として日本の国でこの世を去りたいっていうのがあの先生のご希望ですよ。そんな日本人への憧れの起爆剤になったのが、『源氏物語』の翻訳だったそうです。

いまサイデンステッカーという人が全訳をした『源氏物語』が話題になっているんです。中国語では三つの翻訳本があるし、フランスでも翻訳しています。それを読んだ外国の文芸人たちが「すごい小説だ」と言ってるのにもかかわらず、私たち日本人は、まったく『源氏物語』を読まないどころか、よく知らない人もいる。「『平家物語』と『源氏物語』というのは平家と源氏の戦争の物語か」なんて言ってる人がほとんどです。

ちょっと関心のある人でも「『源氏物語』は女の物語でしょう」というふうに思って読まない。『源氏物語』というと、すぐ色恋の、色好みの書になっているでしょう、その解説を読むと「源氏の次の不倫の相手は誰々です。その次の不倫の相手は……」などと書いてあるのもある。『源氏物語』は不倫の書と思って我々は読む気にならないんだな、当たり前だよ。そりゃ皆さんが悪いんじゃない。そういうふうな見方しかしない人たちが悪い。

『源氏物語』は不倫物語じゃない。「源氏」というのは男でしょう。だから「源氏という男の物語」。そう書いてあるのに、なんで「女の物語」なんて言うんですか、「あれは女の読むもんだ」なんて言うんですか。冗談言っちゃ困る。光源氏、源氏さんというのは男として光ったんだ。その源氏が何によって光ったか、それを書いた物語が『源氏物語』だ。だから主人公の名を「光源氏」というんだ。

男が男として光るにはどうしたらいいのか。さっきも申し上げましたように、男は女性によってしか輝くことはできない。女性の力によってしか男は輝くことはできない。そのことを書いた物語が「光『源氏物語』」だ。男が読まずしてどうしますか。

皆さん方もいろいろな文学を勉強なさったかもしれないけどね、「源氏は是非男の人に勉強していただきたい」と思います。この資本主義の経済中心のカネの生き方しかできない男たちに是非これを読んでほしい。たとえ八十歳でも、九十歳でも、百歳でも宜しい。男たるものは、まずこの『源氏物語』を読んで、素晴らしい愛というものを持っている人が、どんなにすごく美しい愛の人生を送ったのか、それをひとつ勉強していただきたい。

なぜ『源氏物語』を勉強する人がいなくなったのか？

瀬戸内寂聴《せとうちじゃくちょう》さんはこうおっしゃっています。「『源氏物語』は最初マンガで読みましょう。それで興味があったら現代文の解釈本を読みましょう。しかし、マンガと現代文を読んでも源氏の本質はわかりません。どうしても源氏がわかりたかったら、どうしても原文を読みましょう」と。

ところが、原文を解釈して話してくださる人がなかなかいない。それは源氏というものはいろいろ誤解され、こんな素晴らしい物語が、色好みの書とか不倫の書と言われるようになってしまったからなんでしょうか。

江戸時代は、本居宣長《もとおりのりなが》を中心にして、『源氏物語』の研究は大変盛んだったんですよ。国学者はみんな『源氏物語』を研究したんです。

それが明治時代になると、軍部が中心になって、国民は『源氏物語』を読んではいけないということになって発禁の書になった。刊行もしてはいけないし、持っていてもいけない。源氏を持っていて読んでいたら、戦争中は憲兵に引っ張られていっちゃったんですよ。持ってるだけでですよ。そのころから源氏というのはすっかり文芸の世界から埋没してしまったんです。

ですから、明治から昭和にかけて、この『源氏物語』を研究していらっしゃった学者たちはみんな、特に戦争中は自分の研究の発表さえできなくなってしまった。

天皇さんっていうのは昔から人間です。いま日本人の象徴というふうに呼ばれていらっしゃいますけども、日本人なんです。神様ではない。昔からそうです。代表的日本人なんです、天皇さんは。だから恋もするし、失恋もするんです。

ところが、明治時代に軍国主義が流行って、天皇さんを神様にしたてあげた。天皇を人間じゃなく、神様にしたわけですね。明治天皇が人間から神となって日本の頂点に立った。最高の権威者になった。神の天皇の物語として天皇家を中心とした恋愛小説は困る。それで没になっちゃった。

天皇さんも一夫一婦制になりました。それまでは一夫一婦制ではない。後宮《こうきゅう》というものがあって、天皇さんも多くの女性を愛すことができました。

それはそれとして、いずれにしても今日では『源氏物語』を勉強する人がほとんどいなくなったということです。そのため、私たち国民から、こんなに貴い文学がどんどんと消えてしまった。これは寂しいことです。不幸なことですよ。世界のみんなが、「『源氏物語』、『源氏物語』」と言い出しているのにもかかわらず……。彼らは、「どうにかして原文で読みたい」と言っているんです。ところが、原文ではとても読めない。そうですね、翻訳には限界がありますからね。

たとえば、川端康成の『伊豆の踊子』の冒頭の「道がつづら折りになって、いよいよ天城峠に近づいたと思う頃、雨足が杉の密林を白く染めながら、麓《ふもと》から私を追って来た」という一文を、サイデンステッカーはこう翻訳しています。

〝A shower swept toward me from the foot of mountain as the road to windup in to the pass.〟

「雨足」が〝shower〟になるんです。それで「つづら折り」が〝road windup〟です。

〝windup〟っていうのは、ピッチャーが手を回すように、道路がぐるぐる回っている。こんな道を眺めていたら、目が回っちゃう。〝A shower swept toward me from the foot of mountain as the road to windup in to the pass.〟というのは英語としては名文なんですよ。素晴らしいんです。だけども、「いよいよ天城峠に近づいたと思う頃、雨足が杉の密林を白く染めながら」なんていう情景はなかなかうまくは翻訳できない。どうしてもできない。だから、「shower が山の下から windup しながら、ぐるぐる回りながら峠に向かって走っていった」みたいになっちゃう。全然感覚が違うんですね。これは悪口じゃないですよ、とにかく翻訳には、限界があるという例です。

原文の音に触れる

特に『源氏物語』、この古典の翻訳は恐らく大変なことです。とてもじゃないけど、古典の言葉の音の流れの良さはわからない。日本語というのは音楽なんです。意味よりも音の並びなんです。

谷崎潤一郎が『愛すればこそ』という小説を書きました。これを是非翻訳したいということになった時に、「愛すればこそ」というのは、誰が愛するのか、誰を愛するのか、と翻訳者が困ってしまった。主語も目的語もない。向こうの翻訳家は、タイトルにするには主語と目的語を書かなきゃいけない。けれど、「愛すればこそ」の主語は誰だ、とこういうことになった。それに、この「こそ」という単語は英語にない。このことを質問したところ、谷崎さんは「愛すればこそ」でわからないなら、何も無理して「翻訳してもらう必要がない」と言ったそうです。

私たちは、『愛すればこそ』という題を聞いた時に、「誰が誰を愛するのかわからないじゃないか」なんて言いませんね。「こそ」という言葉にも意味はない。けれども、どうでしょうか、この「こそ」がいいひびきを生むんでしょう。全然意味がない。「こそ」の音の力は日本人として生まれた私たちにしかわからない。だからどうしても、源氏物語の古文のよさは、やはり日本人しか心底から味わえない。

そんなに世界的に素晴らしいと評価されている文学を日本人がだあれも読まないとしたら、日本人として生まれた価値はどこにあるんだ。日本人にしかできない素晴らしい学びをしない。外国の人はみんな日本人を羨ましがって、なんとか原文で読みたいと言っているんですよ。

戦争の影響があってか、私たち日本人は『源氏物語』にほとんど関心を持たないどころか、今日では色好みの書とか不倫の書というふうに言って、誤った考え方で、その真の価値にすら泥を塗っているんです。

なんかだいぶん大袈裟なことを言ってしまいました。が、皆さんのことを批判して申し上げているわけじゃないんです。私自身がそうでしたから。「『源氏物語』、あんなの読まない、つまらん」。私はこれでも早稲田大学国文科出身ですけれど、学生時代は「あんな源氏なんか」と見向きもしませんでした。

だけど奥さんたちと四十年勉強してるうちに、実は奥さんたちから、源氏の素晴らしさというものを教わったんです。男の学者から教わったとしたら、きっと『源氏物語』の愛の世界はわからなかったと思う。男女の愛というものの素晴らしさというものを、男の学者は女性の視点で見ることはできなくなっているんです。幸福にも、私は多くの女性の視点から教わったからわかった。

これから「桐壺《きりつぼ》」という源氏の一番最初から原文でお読みしましょう。私が四十年かかって女性から教わった源氏さんの愛の世界の大事なところを、全部皆さんにお話ししますから、是非勉強なさってください。


僕は川端康成の『伊豆の踊子』が大好きなんですよ。いまでも読んで泣いちゃう。あれは踊り子が可愛いんです。歌もいいですね、「♪さよならも言えず泣いていた。踊子よ♪」って。これがサイデンステッカーの翻訳になると、〝Izu dancer〟となるんです。伊豆の踊子が、あのスカートの長いのをつまんで、「チャーカチャカチャカ」って足を見せるダンサーになったら、あの歌が歌えますか。

翻訳とか現代文に言葉を変えるというのはそういうことなんです。『源氏物語』を原文をいまの我々日本人の現代文にしただけでもすごく内容とか雰囲気が変わってしまう。それをひとつ頭に置いてください。

ですから、どうかひとつ、言葉のこまかい解釈とかではなくて物語の心の働きをさらっと読んでください。解釈なんかこまかく追求しても何の意味もない。いちいち現代の言葉にして解釈しようなんてむつかしい古語を気にして講座を聞いていたらダメです。それよりも、原文の音そのものに触れてください。

日本語は音なんだ。意味なんかよりも音だ。そういう世界なんです。たとえば、「ひさかたの光のどけき春の日に静心《しづごころ》なく花の散るらむ」

意味なんかいいんですよ。だけど「ひさかたの光のどけき春の日に静心なく花の散るらむ」というと、「いいな」ってみんな言うでしょう。意味なんかわからなくたって、「いいな」って言う。それでいいんです。音の並びがいいんだから。

そう思って、ひとつ、千年も前の文章をいっしょに口ずさんで読んでみることにしましょう。

平安時代の人たちが「あっ」と驚いた冒頭の一文

それじゃ、最初の一文を私が申しますから、大きい声で後をつけて読んでください。

「**いづれの御時にか。女御《にょうご》・更衣《こうい》、あまたさぶらひ給ひけるなかに、いと、やむごとなき際《きわ》にはあらぬが、すぐれて時めき給ふ、ありけり**」

これを読んですぐにハイ意味がよくわかったという人は一人もいないです。誰もわからない。私もわからないんです。ところが、「ああ、俺だけが、わかんないな」と思う。うっかりすると、みんなはわかっているのに、自分だけがわからないと思ってしまうんです。「俺だけわかんないのかな、みんなはわかっている」とそう思うから、劣等感を持って『源氏物語』を読むのをやめてしまう。この文章は誰でもわかりません。大学の教授もはじめてならわかりません。ところが、意味を説明すれば、これは誰でもわかるということですね。どうか、わからなくても自信をもって読んでください。

「**いづれの御時にか**」は「いつの時代か」です。これはみんなわかるんです。「**女御・更衣、あまた**」。「**あまた**」というのは「たくさん」。「**さぶらひ給ひけるなかに**」は「いらっしゃる中に」です。だから、「いつの時代だったかわからないけども、女御とか更衣がたくさんいた中に」となります。「**いと**」というのは「大変」。英語で言うと〝very〟。「**やむごとなき**」は「貴重な」とか「上の」という意味です。「**際**」は「身分」です。貴重な身分では「**あらぬが**」ですから「ないが」。「**あらぬ**」の「**ぬ**」は「ない」。「**すぐれて時めき給ふ**」、特別に天皇様から愛された素晴らしい女性が、「**ありけり**」、「ありました」。

だからここは、「いつの時代か、女御、更衣がたくさんいる中で、そんなに身分は高くないけれども、天皇さんから特別に愛された女性がいたんですよ」という意味になります。

「**いづれの御時にか。女御・更衣、あまたさぶらひ給ひけるなかに、いと、やむごとなき際にはあらぬが、すぐれて時めき給ふ、ありけり**」と、これを聞いて、現代の人は「この小説をぜひ読んでみようか」なんて思わないでしょう。

ところが、平安時代の女性は、あるいは男性は、この一文を読んだ時に、「ええっ」と思ったんです。「まさか、そんなことあるか」と思った。私たちは、「別にそんなことたいしたことないじゃないか」と思うけれど、平安の女性たちと男性たちは、「ええ、ちょっと待てよ」みたいにハッとびっくり。なぜか? 平安時代というう時代がどういうものであったかを教えられていないから、私たちは「あっ」と驚かないわけです。

ですから、この文を現代文に解釈して、「いずれの天皇の時代だったか、女御とか更衣がたくさんいた中に、重要な身分ではないけれども、天皇さんから特別に愛された女性がいた」だけでは、なんのことかわからない。でも、この冒頭の一文で「あっ」と驚かなければ源氏物語のすごさはわからない。ここが面白い覗《のぞ》き窓です。この覗き窓を塞いだら、もう『源氏物語』はいくら読んだってその良さはわからないんです。そこでちょっと時間をいただいて、そのことをご説明しなくてはなりません。

女御と更衣では何がどう違うのか？

問題は「女御、更衣」なんです。ここが覗き窓なんです。そこで、「女御」それから「更衣」というのは、いったいどういう女性たちだったんでしょう。「女御」という女性は、天皇さんの寝室に入ることのできる人です。たくさんいらっしゃる女性の中で天皇さんのお部屋の寝室に入って情を交わすことができる女性が「女御」。「更衣」というのは、天皇さんの衣服を変える役目の人で、絶対に寝室に入って情を交わすことはできません。この違い、わかりますね。ここをまずシッカリ頭に入れてください。

じゃあ、どういう人ならば寝室に入れる「女御」になれるのか、関心あるよね。私はまたこういうところに妙に関心がありましてね、妙に熱心に調べる質《たち》なんですよ、それでお許しいただいてお話し申し上げますけれども、この「女御」になるには女性のお父さんが偉くないとなれません。女性のお父さんの身分が低いと、更衣にしかなれません。

それじゃ、どういう地位のお父さんかというと、まず摂政《せっしょう》・関白《かんぱく》です。摂政というのは、天皇さんの代わりに政治をする最高位の人です。関白というのも、天皇さんの代わりにいろんな議案を審議できる人です。だいたい同じような地位です。摂政・関白は自分が天皇さんの代わりにあれこれ活動できるんです。二つは最高級の地位です。

この摂政は、天皇さんがまだ子供であるとか、天皇さんが女性である場合に限っています。もし天皇さんが成人で立派に成長されていたらいらないんです。

この摂政・関白の下の位にある太政官《だいじょうかん》という人です。太政官は国の地方行政とか教育とか経済とか、そういうものについての資料とか対策とかを総まとめにできる役所の長です。これが太政官。これもすごく偉い人。

この太政官が何人かいるんです。この何人かのトップが有名な太政大臣という人です。たとえば、歴史上、どういう人が太政大臣になっているかというと、平清盛です。清盛は太政大臣で、いつでも天皇さんといっしょに政治を執りました。

この太政官の下位にあるのが参議です。平安時代には、そういう身分制度が、とてもはっきりしていたんですね。ついで太政大臣のすぐ下に、左大臣、右大臣がいました。どちらかというとこれは左大臣のほうが偉い。そして、その左大臣、右大臣の補佐に、大納言、中納言、参議がいます。大納言というのは正一位の位の人の中で優秀な人がなります。中納言は、だいたい従三位の位の人の優秀な人がなります。さてこれらの人たちの娘さん、つまり三位以上の優秀な娘さんだけが「女御」になって天皇さんと情を交わすことができます。

後宮にはずっと局《つぼね》がありました。局というのは仕切りがある小さな部屋のことです。天皇さんの紫宸殿《ししんでん》があって、ここに御座所と寝室がある。ここに長い長い廊下がある。その廊下に沿って女性たちの局が並んでいました。

当時、太政大臣から、右大臣、左大臣三位以上の人たちは、まずは自分の娘を小っちゃい時からこの局に入れるように教育するんです。和歌、笛、太鼓、双六、絵、書道、それから囲碁。天皇さんが「囲碁」って言ったら囲碁を打たなきゃいけないんだから。特に和歌はしっかり仕込む。とにかく小っちゃい時から徹底的に女子の教育をします。しかも美しくなきゃいけない。そういう人が、いわゆる後宮というこの局に入って、当時女性としては、これ以上ない名誉を得るわけです。梅壺《うめつぼ》、藤壺、桜壺みたいに、局にはみんな名前が全部付いていていました。

この女御の位の人の中から、天皇さんが「今晩は、じゃあ、梅壺」と指名するわけです。すると梅壺さんが天皇の寝室に行くわけです。「今日は桜壺ちゃんがいいな」と言えば、桜ちゃんが行く。

そしてお子さんを産む。いいですか、ここが大事です。ある女性が天皇のお子さんを産むと、天皇さんのお子さんですからいずれ皇太子です。天皇になる。子どもを産んだその時、この娘のお父さんは天皇さんの義理の父になるわけです。これはすごいよ。これはもう太政大臣の上ですよ。うっかりして、左大臣、右大臣の娘が皇太子を産んだら、途端にぐっと最高位の地位へいくわけだ。大納言だって自分の娘が天皇さんのお子さんを産んだら、皇太子のお父さんになるんだから、ダーッとトップに立てる。
だから命がけで女子の教育をするわけですね。いまのエリート教育なんていうもんじゃない。いまはゴルファーになるために、アメリカへ行ってお金かけてやるでしょう。スケートも同じ。たとえばそんなふうにして、沢山のお金をかけて教育するわけだ。それが「女御」という地位を持った女性たちです。

そうなると、天皇さんは、自分の子供を産ませるために、こうしたみんなから決められた位の高い人たちの娘としか恋愛できないわけですね。その範囲は決まっているんだ。政治的に決められた愛、これは恋愛ですか？　男と女が、まごころこめて愛し合うことですか？　政治家たちから決められた関係に純粋な恋愛感情なんかとても起きませんよ。まじめな天皇さんによっちゃ、女性たちを順番に寝室に呼んだかもしれない。「今日は梅壺。次は藤壺にしよう」なんて順番にしたがったかもしれない。たぶんだいたい順番だったと思いますよ。だとすればそのころ、天皇さんだって大変だったのです。

とにかく左大臣、右大臣は、天皇に「なんとかうちの娘に子ができるように」と思うわけです。娘に対しても「おまえ、頑張れよ」と。「またおまえあぶれたのか、バカだな」「なんでおまえ、寝室まで行って、もっと頑張らないんだよ」とか「おまえは態度が悪いからダメなんだよ」「一発で摑まなきゃダメじゃないか、バカだな」なんていうことを言ったかどうかわからないけども、気持ちの中にはそんなこともあったようにも思うんですよ。

源氏全編を貫く天皇が更衣を愛したという事件

さて、一方、更衣のほうは、五位、六位の位のお父さんを持つ女性です。お父さんが五位、六位のお嬢さんは、いくら才能があったって美しくたって「更衣」にしかなれない。つまり天皇さんの傍にいっても、衣服をつけたり部屋の掃除をしたりすることしかできません。いいですか、この点が源氏を読む時に、暑い日に水を飲むくらい大事なことになります。

どうでしょう、おわかりですか。「**いづれの御時にか。女御・更衣、あまた**」、たくさんいた中で、「**いと、やむごとなき**」、大変重要な身分ではないというのは、「更衣」のことなんです。「更衣」の中に天皇から特別に愛され、毎夜深く情を交わした女性がいた。これは平安時代の人が見たら、「ええっ、まさか」と思うんですよ。制度上、絶対にあり得ない。してはいけない。他の時代の天皇は、そんなことはしたことがない。だからこの冒頭の「**いづれの御時にか**」が利いてくるわけです。「いつの時代だかわからないけど、ある時代にとんでもないことがあった」という書き出しです。この「**いづれ**」がいいでしょう。

なぜ「**いづれの御時にか**」と言ったかというと、いままでそんなことがあったことがないからです。「いつかはとにかくわからないけれども、ある天皇の時に、絶対に愛してはいけない更衣を愛した天皇がいたんだよ」と。当時、これはもう大事件なんです。だからこの冒頭の一文はすごい。ばっちり決められている。

「**いづれの御時にか。女御・更衣、あまたさぶらひ給ひけるなかに、いと、やむごとなき際にはあらぬが、すぐれて時めき給ふ、ありけり**」

この一文だけで平安時代の人は誰もが、「ぎくっ」となったんですね。

昔は活字がありません。筆記用具もろくにない。だからこの物語を京都に行って写してきた人が地方に帰って、みんなの前でそれをゆっくりゆっくり読んだわけです。すると、「**いづれの御時にか**」というと、聞いているみんなが「う～ん」って言うんですよ。「**女御・更衣**」というと、「う～ん」と確認する。「**あまたさぶらひ給ひけるなかに**」「う～ん」、「**いと、やむごとなき際にはあらぬが**」「う～ん」、そして「**すぐれて時めき給ふ、ありけり**」というと「はっ？」と思うわけだ。「ええ？　天皇さんがなぜ更衣を愛したのか？」ということになるんです。これはすごい。源氏の全編を通じて、この天皇が、情を交わしてはいけない「更衣」を愛したという事件が、ずーっと大波のように走っていくんだよ。

庶民の女性の美しさを発見した光源氏

『源氏物語』に登場する女性で本当に際立った人は、全部お父さんが元気で、右大臣だ、左大臣だ、太政大臣だ、大納言だっていう人はいない。普通の女性です。

源氏さんが、ちょっと成人して愛した女性がいます。六条御息所《ろくじょうのみやすどころ》という人です。この六条御息所はもとは、皇太子の奥さんです。七つも年上でこの人が教養をつけ、情を交わして光源氏を男にしました。葵上《あおいのうえ》という正妻はあとから出てきます。このお方は、左大臣のお嬢さんでした。この人も年上です。昔の男は最初みんな年上の女性から指導してもらったんです。

そして六条御息所は前は皇太子の奥さんですから、和歌は優れ、書は優れ、笛も吹けるし、琴は素晴らしいし、すごい才能を持った教養豊かな美しい人です。平安時代の理想的な女性でした。だけども源氏はとうとう好きになれなかった。いろいろ教わった上、情も交わしてお付き合いをしてもらったけれど、好きになれない。一点非の打ちどころのない、品格優れた高貴な六条御息所でした。若い源氏は、趣味、教養、知恵、分別の豊かなこの女性に、深く魅力を感じ、ひきつけられました。が、この女性は、いつまでたっても、自分の弱味を見せません。自分をさらけ出してくれません。まことに誇り高い女性だったのです。源氏は、優れた相手に気を使い、いつも落ち度のないようにしているうちに、疲れてしまい、愛する力を失ってしまったのです。源氏の心が離れたために六条御息所は、すごく焼きもちを焼きます。

葵上、この人も四つも年上です。真面目な左大臣の娘でした。

ところが、ある日源氏が六条御息所に通った帰り際に、五条の田舎に差し掛かる。その貧しい長屋の垣根にきれいな花が咲いていた。随身の人に「この花は何というんだろうね、きれいだね」と聞くけれど、わからない。美しいけれど、内裏《だいり》にはこういう花はない。この花は貧しい一般の家に咲いている花だとわかった。これが大事だ。

そして、家来の者に「中に入って、この美しい花は何ていう花だか聞いていらっしゃい」と源氏が言う。源氏のお使いの者が「何という花ですか」と聞くと、「夕顔といいます」と教えてもらった。夕顔、それが女性の名前になります。源氏が初めて命がけで愛した女性は実は長屋に住んでいた夕顔です。高貴な六条御息所ではなかった。左大臣の娘、葵上でもなかった。源氏さんが初めて心をこめて愛した女性は夕顔だったのです。普通のくらしをしている女性は初めてだった。恐らく一番愛したのは夕顔ですよ。それが証拠に、夕顔が亡くなってから、彼女の子供の玉鬘《たまかずら》をあれほど追いかけますから。

あれほど命がけで愛した夕顔は、貧しい長屋に住んでいた親もない普通の女性だったんです。垣根に咲いている花の名を取って、夕顔という名をつけたのも風流ですね。「その花を一つ貰っていらっしゃい」と源氏が言った。お使いの者が、「あの花を一輪くださいませんか」と言ったら、「わかりました」と言って、その家のお嬢さんが、その蔓《つる》のついている夕顔の花をプチッと切って、源氏さんにあげようとした。そしたら御《み》簾《す》をすっとあげて、「そのような蔓の花を手に持って直に差し上げてはいけません」と言って、「この扇の上に載せて差し上げなさい」、その扇ごと花をくれた女性が、夕顔でした。普通の生活をしている女性のやさしさは、たまらない。

いまは扇子なんていくらでもあるけど、昔は大変貴重でした。あの竹を切って紙を貼る扇子というのは当時は大変な貴重品だったんです。その扇に女性は香を焚き染《し》めていました。そして、扇ぐたびに香が流れました。女性にとって扇は体から離してはいけない貴重品です。

平安時代の女性は人に顔を見せちゃいけない。だから隠すわけです。男と出会った時には扇か袖でサッと顔を隠す。男が来たらまず顔を隠したんですよ。その道具が扇だ。

その扇の上に載せて差し上げなさいということはどういうことか。顔を隠さなくていいということだ。その女性は、ちらッと見て、すぐ源氏さんだとわかったんですね。源氏さんはとにかく美しかったんだから……。

夕顔という女性は、夕顔の花を自分が大事にしていた扇の上に載せて源氏さんに献上したんです。それで源氏さんは参っちゃうわけです。

御殿じゃなくて長屋住まいの女性がね、女性が一番大事にしている扇に載せて花を差し上げなさいと言った。それで参っちゃう。六条御息所とか葵上のように地位のある女性、高貴な女性にはない、庶民の女性の美しさ、素晴らしさ、やさしさを源氏はまじまじと発見する。

そこで、この冒頭をピンと思い浮かべなきゃいけないんです。ああ、桐壺帝という天皇もそうかということです。女御がたくさんいる中で、肉体を結んではいけない桐壺の更衣を愛したということだ。

解釈だけではわからない『源氏物語』の魅力

だから「**いづれの御時にか。女御・更衣、あまたさぶらひ給ひけるなかに、いと、やむごとなき際にはあらぬが、すぐれて時めき給ふ、ありけり**」という一文を見たら、平安時代の人は、「ええっ、更衣を愛したの？　まさかッ」っていう感じで、物語に引きこまれて読んでいくわけですよ。長い物語ですけれど、飽きない。長くてもどんどん引っ張っていくわけだ。飽きないその牽引力は、普通の平民の女性の魅力にあるのです。だから文学講座の奥さんたちも、三十年でも四十年でも欠席なく出席なさるのですよ。そういう素晴らしい魅力をいっぱい持っている方たちばかりですから。

翻訳もいいですけれどもね、どうだろう、皆さん、「**いづれの御時**」ですよ。英語で「時」に「御」なんて漢字はつけない。だから翻訳できない。〝time〟というしかないわけです。この「**いづれの御時にか**」という美しい音の並びには参った。「**女御・更衣、あまた**」の「**あまた**」もいい。「**さぶらひ給ひけるなかに**」の「**給ひける**」なんて意味はないんだけど、この「**給ひける**」という音の並びがいいんだ。

それから「**いと、やむごとなき際にはあらぬが、すぐれて時めき給ふ、ありけり**」。私自身も最初はそうでしたけれども、この文を読んでも、「ああ、そうか」で終わりました。けれども、平安時代の人は更衣と女御の身分の違いをよく知っていますから、「**いと、やむごとなき際にはあらぬが**」っていったら、すぐ更衣のことかとピンときます。ですから、「更衣の普通の女性を愛した？　ええ？」っと驚いたんです。歴代の天皇には更衣なんか愛した人は一人もいない。それを「いつの時代だったか、更衣の女性を愛した天皇がいたんだとさ」と言うから、「ええ」っと思って引っぱられて、次を読んでいくということになるわけです。どうか皆さんも、平安時代の人になったつもりで次を読んでください。

最初だけこうしてゆっくり読みますけどね、この基礎がわかれば、あとはサーッとどんどん読めますからね。「こんなゆっくりやって、全部読めるのかしら」って心配の方がいると思いますけど、大丈夫ですよ。

でもこのぐらい最初をお話ししないと、ただ解釈したんじゃ何にもわからん。状況がよくわからないとつまらなくなります。

この初講だけはよく聞いていただかないと、源氏さんを本当に正しい視点からはなかなか読み辛くなってしまうと思うんですね。解釈だけしてもまったく意味がないですから……。解釈だけなら現代語訳の本をお買いになればいいんですね。

桐壺の更衣への怒りを募らせる女御たち

じゃ、その次に行きましょうか。

「**はじめより、〝われは〟と、思ひあがり給へる御かたがた、めざましき者に、おとしめ嫉《そね》み給ふ**」

一回読んで意味がわからなくてけっこうなんですよ。誰もわからない文章ですからね。でも、解釈するとよくわかりますから……。

「**はじめより**」っていうのは、宮中の後宮に入内《じゅだい》した初めから、という意味。「**われは**」というのは、「私が絶対天皇さんに愛されるわよ、周りを見たって私しかいないんじゃない。なめんじゃないわよ」と思うこと。「**そう思ひあがり給へる**」というのは、気位を高くして、「絶対私よ」と思うことですね。みんなお父さんはいいし、教育も受けているんだから、それぞれ自信があるわけです。だから、「私よ」と、みんな思い上がっている。若い女性ですから劣等感なんか全然ない。みんな「私がトップよ」って思っている。

「**御かたがた**」は、こうした「女御の皆さん」は、「**めざましき者**」というのは、毎晩天皇に愛される「更衣」の女性が出てきたので「嫌な目障りなやつが来たわね」ということで面白くないことです。「**めざましき者に、おとしめ嫉み給ふ**」は、「何さ、ちょっと待ってよ、あの人更衣でしょう」「冗談じゃないわよ」「私たちはいままでいろいろ勉強したり修業したりしているのよ」「お父さんの身分だって、ちゃんと高いのよ」「それを何さ、更衣のくせしていい気になって、天皇さんに愛されようなんて許せないわよ」と「おとしめ」、軽蔑し、「**嫉み給ふ**」、焼きもち焼かれたのです。「バカみたい、あいつも天皇さんに呼ばれても行かなきゃいいのよ」「ぺこぺこして行くことないのよ、更衣のくせに……。バカみたい」と軽蔑して焼きもちを焼く。これは当たり前です。この現実は他の更衣、愛されない女御たちの怒りをも、燃え立たせます。「**それより下臈《げろう》の更衣たち**」、桐壺の更衣と同じ位の人、あるいは、「**まして、安からず**」。下の更衣よりももっと下の地位の更衣たち。そういう人たちは、「**まして、安からず**」。下の人たちだって、天皇さんに更衣の中から選ばれて、天皇さんの寝室に入って、一晩中情を交わしている人は、同僚たちからも焼きもちを焼かれて当然です。

上の女御だって「目障りだね」と言うんだったら、同じくらいの人、あるいは、それより下の更衣たちも、「何さ、あいつ」「生意気だよ」と思ってしまいます。その更衣に対して、「あなた、いつも呼ばれていいわね。あなたに魅力があるからね」なんてやさしく言ってくれる人などいない。これは当たり前。「**まして、安からず**」、「更衣」のみんなも面白くないと思っている。

「**朝夕の宮仕へにつけても**」、朝夕の宮仕えというのは、日が暮れて天皇から呼び出されると、長い廊下を歩いて寝室まで行くわけです。そして明け方に帰る。これを「宮仕え」というんです。そこで夕方行って朝帰ってくる「**宮仕へにつけても**」、桐壺の更衣は、「**人の心をのみ動かし**」、他の女性の焼きもちの心を動かす。女御たちの妬《ねた》み、焼きもち、怒りは募りに募ります。**「恨みを負ふつもりにやありけむ」**、みんなの恨みを負った。**「負ふつもる」**というのは、みんなの恨みが重なり積もったのでしょう。**「いと、あつしくなりゆき」**、とうとう「更衣」は病気がちになってしまった。**「物心細げに里がちなるを」**、本当に心細くなって、体が震え、めまいがして、とても宮中にはいられないので、**「里がち」**、自分の里に帰る日が多くなりました。

そうすると、**「いよいよ、〝あかずあはれなるもの〟」**天皇のほうは、桐壺の更衣が周りから意地悪をされて病気になって、立つことさえできずにお母さんのもとにばかり帰るようになったというので、いよいよ可愛くなってしまう。帝は**「思ほして、人の誹《そし》りをも」**、人がなんと貶しても、**「え憚《はばか》らせ給はず」**、遠慮しない。どんなに非難されても遠慮しないで、**「世の例にもなりぬべき」**、世の中の実例にもなる。「この時代にこんな天皇がいたんだね」「愛してはいけない桐壺の更衣という女性をこんなにまで愛したんだね」という一つの歴史的な実例にもなるようなその「更衣」への**「御もてなしなり」**、愛し方でございました。

すごいでしょう。まだ、たった七行しか読んでいないのに源氏物語の文章は、すごく密度が濃いですね、たった七行の文章だけで、愛してはいけない更衣を、天皇がいかに強引に愛したかっていうことがわかる。

後宮の女性たちが神経をとがらせた「お渡り」

天皇さんの寝殿に通ずる廊下のわきにはたくさん局（部屋）があるんです。この局の中に一人ずつ女性がいるんです。女御たちは午前中にお風呂に入るんです、全員。そして午後になったらお化粧して、夕方になるまで着物を着付けます。それも一枚引っ掛けるのではないからね。たくさん美しく重ね着をします。そして椅子の上に座って天皇のお呼びを待っているんです。女御には、一人一人に当然着付けの人もいるんですよ、お化粧係もいるんですよ、それぞれがみんな午前中から支度をしてお声のかかるのを待っている。いつ呼ばれてもいいように待っているんですよ。

そうすると、「渡り」と言いまして、「今日は藤壺様、お渡り」というふうに大きな声が聞こえるんですよ。「今日は梅壺様、お渡り」と言うと、その人が出ていく。あとは準備しててもあぶれてしまうわけです。「なんだ、今日もダメだった」と不愉快になって怒り出して、緊張が解けて、急にふだん着になって「なんかうまいもんないの、ヤケになっちゃうわッ。面白くもねェ」ということになるわけです。それまではずっと緊張してお上品でいるわけですがね。たぶん……。

「お渡り」と言われた女性が毎日毎日長い廊下を渡って寝室へいくわけです。身分上、天皇が呼んではいけない桐壺の「更衣」が毎夕自分の目の前を通っていく。片一方は女御になるため小っちゃい時から鍛えられ、修業し、勉強したトップクラスの女性たちばかりです。そこを毎日更衣の分際《ぶんざい》の女性が呼ばれて目の前の廊下を歩いていく。女御たちみんなは午前中からちゃんと顔を石鹸なんかで洗って、化粧して、きちんと着物を着て待っているのに、毎夕「桐壺様、お渡り」と、目の前の長い廊下を通ってそろそろそろそろ行くわけだ。で、朝になると、また廊下づたいにそろそろ帰ってくる。それが毎日。時々、ほかの人ということがない。

とにかく平安時代の後宮の女性たちにとって一番神経にさわる言葉は、「お渡り」という言葉だったのです。「お渡り」というぐらいストレスの強いプレッシャーのかかる言葉はなかったんです。今夜は誰が渡るか、渡らなければ天皇のお子様は産めない。バックには女御たちのお父さんがいて、「一所懸命頑張れ」と応援して言っている。父の期待に応えるため、みんなは準備をして、「私こそ」と毎日毎日準備をととのえて待っているんだ。「今晩こそ私だわ」と思っている。それなのにいつも桐壺の更衣、また今晩も桐壺の更衣となれば、これは誰だって面白くない。だから、「**めざましき者に、おとしめ嫉み給ふ**」というのは当たり前です。

どうしたら天皇の愛の暴走にストップをかけられるのか

お父さんたちだって、当然、「何だよ、おまえ、毎晩桐壺ばっかり、あの更衣の桐壺ばっかり、天皇さんも、ちょっとおかしいんじゃないの」と怒り出すでしょう。右大臣だって、左大臣だって、大納言だって、「何やっているんだ、天皇さんも」「そんな天皇、いままでいないぞ」と怒り出す。自分の娘に子供を産んでもらいたいと思って、命がけで予算もかけて、陰でいろんな先生を付けて教育しているんだ。その努力を無視して、毎日毎日「更衣」の女性を寝室に呼んでいる天皇なんて信じられるか、「なめるんじゃない」とこういうことになる。源氏物語は、冒頭の数行で、実はものすごい事件が起こっているんだ。

「**上達部**《かんだちめ》**・上人**《うえびと》**なども、あいなく目をそばめつつ**」の「**上達部**」というのは、右大臣、左大臣、大納言、中納言、参議、つまり三位以上の人たちをいいます。「**上人**」というのは、四位、五位の中でも優秀な人をいうんです。四位、五位はたくさんいるんですけれど、その中でも、天皇さんが政治を執る清涼殿の、殿上に昇ることができる選ばれた人ですね。

ですから、三位以上と、三位以上の人とまず同じような力をもつ四位・五位の人などが「**上達部・上人**」となります。当然この人たちの娘が女御になっています。おそらく自分の娘からも「お父さん、こういうことなのよ」と聞けば、お父さんだって怒るでしょう。「ちょっとそれは違う」と。でも天皇さんを相手にしては何も言えないから「**あいなく目をそばめつつ**」、「**あいなく**」は、あんまりだということ。「**目をそばめつ**

つ」は、思わず目をパチパチ逸らす。「あんまりだよ」と言ってみんなが目を逸らし合うということです。

「**いと、まばゆき、人の御思えなり**」。「**まばゆき**」というのは眩《まぶ》しくて見ていられないということ。何がそんなに眩しいのかというと、天皇の「**御思えなり**」、愛情でございます。天皇の愛が、モウレツすぎて、眩しくて見ていられない。

「**唐土《もろこし》にも、かかる、事の起《おこ》りにこそ、世も乱れ、悪しかりけれ**」。中国でも、このように国王が一人の女性をはげしく愛したことがあったために、世の中が乱れて、とんでもないことになったことがあった。「**と、やうやう**」、だんだんと、「**天《あめ》の下**」というのは世間の人たちも、「**あぢきなう**」、面白くないこととして、「**人のもて悩みぐさになりて**」、どのように扱ったらいいのか、どうしたら天皇の愛の暴走にストップをかけられるのかがわからなくて困ってしまった。

天皇と桐壺の更衣のなれそめ

「楊貴妃の例も、引き出でつべうなりゆくに」、楊貴妃というのは玄宗皇帝の妃《きさき》ですね。玄宗皇帝が楊貴妃を可愛がったために一国を潰した、そういう例がある。その楊貴妃の話まで引き出すような状態になっていく。ますます桐壺の更衣には、**「いとはしたなきこと多かれど」**、桐壺の更衣には本当にはしたない困ったことが多くなった。焼きもちを焼かれる、いじわるされる、貶される。

そういうことがどんどん多くなったけれど、**「かたじけなき御心ばへの、類なきを頼みにて、まじらひたまふ」**、ありがたい帝のあたたかい思いやりと深い愛というものによって、例がないほど強烈に愛されていることだけを頼みにして、桐壺の「更衣」は天皇に呼ばれるままにまじらっていたのです。

これ普通の女性だったら逃げますよ。だって元も子もないもん。携帯電話を変えて番号をごまかすとか、マンションを移るとかして、なんとか逃げると思う。だけど、桐壺の更衣が偉いのは、帝の人柄もあったのでしょうが、とにかくどんなことがあっても、多くの女性から、どんなに焼きもちを焼かれても、どんなに意地悪をされても、「**かたじけなき御心ばへの、類なきを頼みにて**」、申し訳ないようなひたすらに純粋な愛だけを頼みにして、朝夕の宮仕えをしたのです。常識をふりすてて生身になって真剣に好きな女性に対するすごい天皇の愛し方と、また素晴らしく美しい野菊の花のような素直な桐壺の愛され方ですよね。世間を超越した大自然の愛です。

「**父の大納言は亡くなりて、母北の方なむ、いにしへの人の、由あるにて**」。実は、桐壺の更衣のお父さんは大納言でした。右大臣、左大臣のすぐ下の大納言ですから、すごく高い地位の人でした。

実は、このお父さんは、桐壺帝に非常に敬愛されました。素晴らしいお父さんで広く賢い才能を持った大納言だったので、ほとんど政治のことは、この桐壺のお父さんの大納言に相談をしたぐらい。そして大納言に娘が生まれた時、もうその時からお父さんの大納言は天皇さんの女御として宮仕えをするという覚悟で、この桐壺をまごころこめて育てていたのです。

天皇もこの自分の信頼する大納言の娘さん（桐壺の更衣）を小っちゃい時から可愛く思っていたのです。才気煥発《さいきかんぱつ》で、心根のやさしい人柄のいいこの娘さんを、当然女御にして宮中の後宮で大切にしようと思っていたんです。

ところが、突然お父さんがこの世を去った。当時は、お父さんが亡くなってしまうと、その地位が右大臣だろうが、左大臣だろうが、とたんに身分を失って、無力になるんです。ですから、お父さんの存命の時には、本当に桐壺帝を支え、尽くして、仲のいいお父さんでございましたからこそ、恐らく桐壺を「更衣」の部屋に入れられたんだと思います。お父さんが亡くなったら、実は更衣にもなれないのです。

「**父の大納言は亡くなりて、母北の方なむ**」、桐壺の更衣のお父さんが亡くなったあと、北の方、正妻、つまりは、桐壺のお母さんは、「**いにしへの人の、由あるにて**」、昔気質《かたぎ》で由緒あるお家柄で、幸いにもまだお母さんの両親は「**親うち具し**」、ご存命でございましたので、「**さしあたりて**」、現在、「**世の思え花やかなる御かたがたにも劣らず**」、とにかくお父さんはいなかったけれども、お母さんの実家がしっかりしていたので、「**世**

の思え花やかなる」、父がまだ存命の他のたくさんの女御や更衣に劣るようなことはさせないで、「**何事の儀式をも**」、いろんな儀式があっても、なんとか「**もてなし給ひけれど**」、お母さんが桐壺の更衣の世話をすることができたのです。

ですから、桐壺の更衣には「**はかばかしき後見しなければ**」、いろいろな儀式の世話はお母さんがしてあげても、なんといってもお父さんがいませんから、いざとなるとやはり頼るところがないので、「**事ある時は**」、突然の大事な行事の時には、「**なほ、より所なく、心細げなり**」、「こういう時にどうしたらいいんでしょうか、よくわかりません」と心細い状態もあったのです。

ここで「桐壺の更衣」のお父さんは、実は大納言だったという話が出てきます。天皇さんがこれほど愛するきっかけになった原因の一つもわかります。娘さんの時から知っていた。生存中、本当に自分に尽くしてくれた大納言の娘さん、それを何とか傍に置いて面倒を見てやろうとしたんですね。桐壺の更衣にとっては、天皇さんには、ことによると父親の大納言のイメージがあったんでしょう、そんな過去が重なって桐壺の更衣を何かと大切にしているうちに思わず熱烈に好きになってしまった。よく筋ができていますね。単なる「更衣」じゃなかった。桐壺帝がどうしてこんなにこの女性を愛するようになったかもこれでわかる。

皆さんだってそうでしょう。親友の娘さん、小さい時から知っていて、良い子でかわいらしい子であれば、お父さんが亡くなったあと、いろいろ面倒を見てあげたいでしょう。そういうことだったんだ。

前世からの深い契り

その次に行きましょう。

「**前の世にも、御契りや深かりけむ**」、当時の仏教の考えでは前世というのがありました。前世があって、いま生きているというふうな考えでしたから、たとえば、いま幸福な人は前世に善いことをしたからとか、いま不幸な人は前世になんか悪いことがあったんだよ、みたいな感じでとらえていました。

その「**前の世**」、前世にも天皇との深き契りがあった。たぶん天皇さんと前の世も結ばれていたのでしょう、前の世も男女として愛しあって生活をしていたんでしょう、ということですね。それでなければ、身を捨てるようにしてまで愛することはできないでしょう。こんなに周りから貶されても、焼きもちを焼かれても、罵声を浴びせられても、身を捨てるようにしてまで愛するということは、きっと前世でも結ばれていたんでしょう……と。

この作家はすごい。どうして天皇が桐壺をこんなに愛したかというと、桐壺のお父さんが大納言だった時にいろいろ尽くしたからだ、そこを理解してくださいよ、と言っておいて、その上、前の世からの契りがあったんですよ、前世もいっしょだったんですよ、と乗せてきた。それでこの桐壺帝のこの女性に対する強烈な愛のあり方というものを納得させようとしているのです。紫式部という人はすごい作家ですね。いいですね。源氏は、やっぱり、深い。

さて、次……。

「世になく」は「またとない」という意味。**「清らなる」**は「美しい」。**「玉の男御子」**、「玉のように美しい男の子」が桐壺の更衣に生まれてしまったのです。

本来なら皇太子は女御に生まれなければいけないのに、「更衣」に生まれてしまった。これは大変だ。当時は、絶対にあってはならぬことだ。あってはならぬその「更衣」の腹から、なんと主人公の光源氏が生まれるんです。宮中の掟を破って、大勢の女御たちの罵倒を浴びて、あるいは、左大臣、右大臣、大納言たちの批判を浴びながら、クサリにしばられたがんじがらめの中で命がけで愛して、愛されて子供を産んで、桐壺は病気になってしまう。不幸と破局の状態で、なんと、この『源氏物語』の主人公、輝く理想の男、光源氏が誕生するんです。こんなダイナミックな小説はどこにもない。もうここまでで、勝負あったね。

ですから、川端康成たちは、この『源氏物語』がある以上、日本に作家はいらないと冗談を言ったぐらいです。よくこれ以上の作品は絶対に書けないと言ったそうです、ノーベル賞をもらった川端康成がですよ。

そして川端康成の愛弟子の三島由紀夫も、「『源氏物語』に敗北した」と言ったんですよ。最後に三島由紀夫は『源氏物語』を真似て作品を書きました。『豊饒の海』という厚い本を書いたけれども、どうにも源氏には、勝てない。それで三島は文学の筆を折ったといわれています。それから彼は男として筋肉を増強して、軍隊をつくって、そして割腹自殺をするんです。私は三島の行動の原点は『源氏物語』に敗北したことにあったのではないかと思うことがあります。

源氏を読んでいくと、それがわかります。これ以上の文学を書けるわけがない。ここまでのたった一ページ足らずで、いとやむごとなき際にはない更衣を愛して、そしてほかの女性からも、その父親の右大臣、左大臣まで「とんでもないことをしている」と非難されたすぐ後に、「実はお父さんが大納言だったんですよ」、「へえ、そうか」、「それだけじゃないんだよ、前の世の契りもあったんだよ」と、スパスパッと入り込むんです。紫式部は、すごい能力の持ち主です。

私も本を二十八冊書かせてもらっています。だからある人は僕を作家とも言うんです。また文章の勉強もさせてもらいましたから、この凄さはそれなりによくわかるんです。最初、ただ現代語訳している時にはまったくわからなかった。奥さまたちと、六回も読みかわしているうちに、「いやぁすごい」と思ったんです。だからいま、萌木の会の奥さんたちに言うんです。「皆さんが一番得しているんですよ。いままで六回もくり返して講義して、四十年やって一番最後に僕がわかったこと、いままでの人には話せなかったことを皆さんにはお話できるんですよ」ってね。

もうみんなに、源氏を読み進むにつれて「今度もちゃんとハンケチを持ってきましょうね」と言っているんですよ。講義中に泣いちゃう人もいるんですよ、この『源氏物語』を読むと、講義をしている僕まで声が震えます。すごい。さすが世界十大古典のトップの物語です。

だから「桐壺」だけじゃ足りない。「夕顔」読んだり「葵上」読んだりしたらもう震えが止まらなくなってくる。でもあとはしません、桐壺だけです。桐壺だけでも十分わかってもらいたいし、わかってもらえます。

桐壺の更衣をいじめる天皇の正妻・弘徽殿の女御

さて、次を読みましょう。

「**玉の男御子さへ、うまれ給ひぬ。〝いつしか〟**」。当時、赤ちゃんは里で産みますからね。桐壺の更衣は、帝の子を自分のお里で産んだ。さあ、早く見たい、早く見たいと帝は、「**心もとながらせ給ひて**」、待ち遠しい。そのためにお使いの大臣を、「**いそぎ参らせて**」、とにかく子供を早く連れてきてくださいい、と頼んだ。いよいよ、そのお子様が内裏に参りました。

天皇がその源氏をご覧になると「**御覧ずるに、珍らかなる、児《ちご》の御かたちなり**」、いままで見たことがないような素晴らしく美しい子供であった。桐壺が産んでくれた子供……。それは見たことのない美しい姿をしたすてきな子供であったのです。

さぁ、子供が生まれました。子供が生まれると、すぐいろいろな問題が起こってくる。もう『源氏物語』は次から次に細かくやっかいな問題が出てくる。第一の問題、「**一の**

御子は、右大臣の女御の御腹にて、よせ重く、〝疑ひなき儲けの君〟と、世にもてかしづき聞ゆれど、この御匂ひには、ならび給ふべくもあらざりければ」と続きます。

桐壺帝の一の御子、これは長男です。この一の御子は、右大臣の娘の子です。右大臣が女御として後宮に入れた自分の娘が、桐壺帝を夫として産んだ御子ですね。この一の御子を産んだ右大臣の長女は北の方といって桐壺帝の正妻ですね。この方を弘徽殿《こきでん》の女御といいます。この人はよく覚えておいてください。この人はこの物語にずっと出てくる意地悪でおっかないおばさんです。このとてつもなくおそろしい弘徽殿の女御の子供が一の御子です。長男です。

一の御子だけならその人が皇太子になり天皇になりますけれど、二の御子、三の御子、四の御子と生まれた時には、当時は天皇さんが優秀な子を選んで「三番目がいいから皇太子に」と言ったら、三番目が天皇になるんです。これはわかりますね。今回、桐壺の更衣から、とてもかわいらしくたくましい二の御子が生まれてしまったわけです。これが光源氏です。天皇さんが優秀な人、可愛い人を選んで次の天皇にできるとなると、さぁ、胸がドキドキして心配なのは弘徽殿の女御でしょう。

この弘徽殿の女御は一の御子、自分の子供をなんとか盛り立てて天皇に育てていかなきゃいけない。これは当たり前です。しかも二の御子の母親は「更衣」の位の女性ですからね。「私の子供をボツにして、更衣の子供を天皇に！　なめるんじゃない、私は右大臣の娘よ。そんなこと絶対にさせないわ」と弘徽殿の女御が考えるのは当然ですね。だからこの弘徽殿の女御は桐壺の更衣をとことん苛めたし、嫌った。更衣が産んだ光源氏を、一生叩き続けるんです。自分の子供を愛する故に、光源氏には一生意地悪を通します。

のちに源氏さんは罪人として須磨に島流しにされますが、そうなるように仕組んだのも、実は、弘徽殿の女御です。そういう緊迫した物語になっていくんです。

「一の御子は、右大臣の女御の御腹にて、よせ重く」。「**よせ重く**」というのは外戚《がいせき》が右大臣だから権威があるということです。お父さんが右大臣ですから、これは重々しい。「**疑ひなき儲けの君**」の「**儲けの君**」とは東宮様のことをいいます。つまり次の天皇になる人、皇太子。「**世にもてかしづき聞ゆれど**」ですから、世の中の人たちがみんな

「ああ、あの弘徽殿の女御の長男が疑いなく次の天皇様になるんだ」と一の御子を大切に思っていた。だけれども、いま桐壺が産んでくれたあまりにもすばらしい光源氏が出現してくると、**「この御匂ひには」**、この光源氏の輝くような美しさは**「ならび給ふべくもあらざりければ」**、一の御子と比べると、その美しさと輝かしさはまったく比べることができない。そこで天皇は、一の御子は、**「おほかたのやむごとなき御思ひにて」**、第一皇子として公的なものとして大事にしましょう。しかし、**「この君をば」**、この源氏は、**「わたくし物に」**、自分が愛する子供、自分だけの秘蔵っ子として、**「かしづき給ふこと、限りなし」**、あまりの美しさに限界のないほど天皇は、光源氏を胸にあたためるように可愛がっていったのです。

天皇の寵愛を受けるほど立場を失う桐壺の更衣

「母君、はじめより、おしなべての上宮仕へし給ふべき際にはあらざりき。思え、いとやむごとなく、上衆《じょうず》めかしけれど」

この源氏のお母さんの桐壺の更衣は、後宮に入って更衣になった初めから、「**おしなべての上宮仕へし給ふべき際にはあらざりき**」、一般の更衣と同じような上宮仕え、つまり更衣の仕事をする身分ではありませんでした。お父さんが生存していれば大納言の娘ですからね。「**思え、いとやむごとなく、上衆めかしけれど**」、とにかくほかの更衣からも、「あの人は大納言のお嬢さんだったのに、お父さんが亡くなったので更衣をしてるんだってね」「お父さんがいれば女御になったのに可哀想だよね。でもああやって一所懸命更衣の仕事をしてるっていうのは尊い人だよね」というふうに言って、その評も「**いとやむごとなく**」、本当に素敵な人、「**上衆めかしけれど**」、さすが、大納言の娘さんだけあってすごいわね、というふうにして、更衣や女御のみんなから尊い人と思われていたんです。本当ならば女御になるのに、更衣で宮仕えしていたわけですから。お父さんが存命なら更衣になるような人じゃないのよ、本当に尊くて、優しくて、あの人は素晴らしいわね、というふうに更衣や女御の女性誰もが思っていたんですね。

だけども、「**わりなくまつはさせ給ふあまりに**」、いけないのは天皇だ。とにかく「更衣」は愛してはいけないのに、それを毎晩のように愛した。そんな無茶なことをしたために、桐壺の更衣はみんなから蔑《さげす》まれ、焼きもちを焼かれ、意地悪をされるというようになってしまったということです。

桐壺の更衣としても、父が生きてさえいれば、更衣ではなく女御である。天皇さんに愛されて、大事にされて、みんなからなんだかんだ言われても、朝夕の宮仕えに呼ばれたからには、やはり小さい時から桐壺帝を知っているし、お父さんがいれば自分は女御の地位だという気持ちも少しはあったのでしょう。とにかく、もともと素敵な女性で、みんなから意地悪されるような女性ではなかったのです。けれども、帝が「**わりなく**」、天皇さんが甘く懐しいハチのミツをなめるように一心に愛したため、身がどんどんやせほそっていくようになってしまったのです。

その上、昼間も「**さるべき御遊びの折々**」、これは管弦のことですね。管というのは笛で、弦は琴です。笛を吹いたり、琴を演奏したりする遊びの折、あるいは、花見の折、月見の折、そういう大切なイベントの時に、「**何事にも、故ある、事のふしぶしには**」、何か記念の行事がある時には、「**まづ、まう上らせ給ひ**」、とにかくまず桐壺の更衣を参上させた。もう天皇さんのお子さんを産んでいるわけですからね。公です。

「ある時には、大殿籠り過ぐして、やがてさぶらはせ給ひなど」。**「ある時には、大殿籠《おおとのごも》り過ぐして」**というのは、寝過ごして、ということ。**「大殿籠り」**というのは寝室で天皇と寝ることとです。天皇さんは寝室に呼んだ女性を朝には必ず帰さなければいけない。東雲《しののめ》の時になったら必ず男女は別れなきゃいけないんです。

東雲というのは、昔はカベに篠《しの》が張ってありますから、朝日が当たってくると、しののめ、「め（目）」、篠の細く開いている目のようなところに、朝の太陽の光がすーっと細く、長く浮かんでくる。これを「しののめ」と言ったんです。そして、その光の方角は東なので、いつの間にか東のことを「しののめ」と言うようになったんです。篠の細い目のようなスキ間がふーっと浮かんでくるのが東だったから東の方向を「東雲」と言います。

この東雲の時に必ず女性を帰す。そうでないと、女性が部屋に帰る姿をみんなに見られますから、その女性の迷惑を考えて、東雲のころには、きちんと帰すものなんです。

それをあまりに愛するが故に**「大殿籠り過ぐして」**、起きる時間を寝過ごして、**「やがてさぶらはせ」**、そのまま桐壺の更衣を天皇様の傍にいさせてしまった。

「**あながちに、お前さらず**」、むやみに天皇の傍において、「**もてなさせ給ひし程**」、天皇が桐壺を愛したが故に、「**おのづから、軽き方にも見えしを**」、桐壺の更衣は自然に「あの人は腰の軽い人だ。また今夜も寝過ごして一日中よ」というような目でみんなから軽く、冷たい目で見られてしまいました。

ましてや、「**この御子生まれ給ひて後は**」、この源氏さんが生まれた後には、帝は「**いと心ことに、おもほし掟てたれば**」、もっともっとやさしく桐壺の更衣に「このようにしよう、このようにしていい、このようにしたほうがいい」というようにこまかく世話をするようになった。自分の子供を産んでくれたわけですからね。「**坊にも、ようせずば、この御子の居給ふべきなめり**」。こんなにも桐壺という女性を愛して、この桐壺が産んだ光源氏をも愛しているんですから、光源氏が事によると一の御子をさしおいて東宮、皇太子になるんじゃないかと、「**一の御子の女御**」つまり弘徽殿の女御は「**思し疑へり**」、だんだん疑うようになってきた。「あれ、事によると、光源氏を天皇にするつもりかな」というふうに、この弘徽殿の女御が疑ってきたのです。

焼きもちが疑いへと変わる

弘徽殿の女御は、いままでは普通の女御のような恋の焼きもちだけで済んでいました。けれど、桐壺が子供を産んで、その子ばかりをかわいがっていたら、長男を産んだ弘徽殿の女御が、皇太子のことを疑いだしたというのは当然のことです。すごいですね。漸増発展《ぜんぞうはってん》と言いまして、次から次へ問題が雪だるまのように大きくなっていくんです。

「**人よりさきに、まゐり給ひて、やむごとなき御思ひ、なべてならず、御子たちなどもおはしませば、この御方の御諫めをのみぞ、なほ、〝わづらはしく、心苦しう〟思ひ聞えさせ給ひける**」

この弘徽殿の女御は、「**人よりさきに**」、誰よりも先にこの内裏に入ってきた女性であった。あのころの帝の「**やむごとなき御思ひ**」、第一夫人として大事にした様子は、「**なべてならず**」、それはひと通りではなかった。「**御子たちなどもおはしませば**」、この弘徽殿の女御には一の御子だけではなく、たくさんの娘さんもいます。ですから、「**この御方の御諫めをのみぞ**」、この弘徽殿の女御の「あなたもいい加減にしなさいよ」という諫めだけは、「**なほ、〝わづらはしく〟**」、胸が痛い。弘徽殿の女御の苦情だけは、いかにも心苦しく、帝は思っていたのです。

弘徽殿の女御の気持ちもよくわかりますね。天皇も、他の女御や更衣たちがいくら桐壺の更衣に焼きもちを焼いてもけっこう無視はできる。けれども、本妻の弘徽殿の女御が、「ちょっと待って、あんた何やってんのよ」ということになったら、これは無視するわけにはいかないなということです。細かい心の動きを『源氏物語』はていねいに述べていきます。

「**かしこき御蔭をば、たのみ聞えながら、貶しめ、疵を求め給ふ人は多く、わが身はか弱く、物はかなき有様にて、なかなかなる物思ひをぞし給ふ。御局は、桐壺なり**」

桐壺の更衣は、「**かしこき御蔭をば**」、本当に恐れ多い天皇の情愛だけを頼みにしながら、毎日のように周りの女御たちの貶めに耐えこらえ、「**疵を求め**」、いくら粗探しをされても、忍んでがまんした。しかし、意地悪をする人ばかりがどんどん多くなってくる。

針の山にのっているように、自分の身はどんどん弱くなって病気がちになってくる。「**物はかなき有様**」というのは、頼るものがなくなっているような状態です。いままでは自分の健康、自分の明るく美しい肉体が頼りになっていました。自分の肉体までも頼りにならない有り様になった。「**なかなかなる物思ひをぞし給ふ**」、天皇から愛されれば愛されるほど、大事にされれば大事にされるほど、かえって苦しい地獄に落ちたような思いをしていたのです。

「**御局《おんつぼね》は、桐壺なり**」、この女性のお部屋、お部屋の名前は桐壺でございますと、物語では、初めてここで「桐壺」という名が出てきます。「**御局は、桐壺なり**」って、ここだけスパッと短い文章なんだ。あとは長い。「**いづれの御時にか。女御・更衣、あまたさぶらひ給ひけるなかに、いと、やむごとなき際にはあらぬが、すぐれて時めき給ふ、ありけり**」って息が切れちゃう。ここでは一文ですよ。その後もダラダラダラと長い文章が続いている中で、「**御局は、桐壺なり**」、すぱーっと切り込むんです。いいリズムですね。この辺も、紫式部の名文です。

エスカレートするいやがらせ

「あまたの御かたがたを過ぎさせ給ひつつ、ひまなき御前渡りに、人の御心を盡くし給ふも、〝げに、ことわり〟と見えたり」、天皇の寝室へ行くまで数多の女御の御方々の部屋を過ぎていかなくてはいけない、先ほども言いました。桐壺は更衣ですから、一番遠いところから長い廊下をずーっと渡っていかなきゃいけない。それも朝夕。更衣からすれば、女御は身分の上の人です。しかもお父さんたちは、左大臣、右大臣で、自分の亡くなったお父さんよりも身分の上の人がたくさんいる。その娘の御方々、女御の方々の部屋の前を歩いてゆっくり過ぎていかなきゃいけない。

相も変わらず帝は、暇なく、「御渡り、桐壺」と大声で呼び出すわけだから、彼女が渡っていく姿を毎夕、毎朝見ている女御たちの**「御心を盡くし給ふも」**、焼かせてしまう。**「〝げに、ことわり〟と見えたり」**、まことに、もっともと見えたのです。

女御の中に悪い人は一人もいない。みんな素直でいい人なんだ。だから作家はその焼きもちを批判しない。「**げに、ことわり**」もっともな話だと言うだけです。

こういう点はリアルです。桐壺の更衣の肩を持つような書き方はしない。「女御たちももう少し遠慮してやればいいのにねエ。彼女のお父さんは大納言だったんだからね。お父さんが亡くなってあの人も可哀想よ。誰だって、天皇さんから呼ばれりゃ行かなきゃいけないじゃないの」なんていうことは一つも言わない。「**ひまなき御前渡りに、人の御心を盡くし給ふも**」、焼きもちを焼くのは、「〝**げに、ことわり**〟と見えたり」、もっともなことであると考えられる……と、ズバリ。

「**まう上り給ふにも、あまりうちしきる折々は、打橋《うちはし》・渡殿《わたどの》のここかしこの道に、あやしきわざをしつつ、御送り迎への人の衣の裾堪へがたう、まさなきことどもあり**」、桐壺の更衣だけが、タクシー乗り場のようにクルクル目のまわるように呼び出されると、ぐんぐん焼きもちが猛烈に強くなってくる。桐壺の更衣が天皇のところに呼ばれて参上する時、女御とか更衣たちがまとまって、打橋・渡殿のあちこちに「**あやしきわざをしつつ**」、とんでもない悪戯《いたずら》をするようになった。

打橋というのは取り外しのきく橋です。板を渡しておいて、取り外すことのできる橋。

これに対して渡殿というのは取り外しのきかない渡り廊下です。
桐壺の更衣の「**御送り迎への人の衣の堪へがたう**」、桐壺の更衣はもちろん、彼女を送るために傍に付いている女性の衣の裾すら我慢できない。「**まさなきことどもあり**」、大便とか小便などの糞尿をまいた。そんなとんでもないことを女御たちがするようになってしまったのです。

焼きもちもそこまでくると、狂った犯罪者のように何をするかわからん。桐壺の更衣はそれにも堪えて、汚れたままで天皇のところに行くわけです。そうすると、天皇も、「ああ、悪いな」という気持ちと、「気の毒だな」という気持ちが燃えさかって、かえってますます可愛らしくなってしまう。愛する気持ちが、炎のように高まってくると、どうにもならない。

「**又、ある時は、えさらぬ馬道の戸をさしこめ**」、「**馬道の戸**」というのは中廊下の戸、「**こなたかなた、心を合はせて、はしたなめ、煩はせ給ふ時も多かり**」、これはどういうことかというと馬道の戸という仕切りの戸があります。桐壺の更衣がここを通過した途端に廊下の戸をパタッと閉めちゃう。こっちをパタッと閉めたのを合図に、あっちの戸もぱっと閉めて出られなくしてしまう。そうなると、もう桐壺の更衣はとじこめられて、しゃがんで泣いている以外には何もできないわけです。

「こなたかなた」、あっちこっち心を合わせて、女御たちがみんなで「行くわよ」といってパーンと二つの戸を閉めてしまうわけだ。そうやって桐壺の更衣を閉じ込めて、毎日のように辛い思いをさせて、どうして動いていいかわからないようにしてしまう。

「煩はせ給ふ時も多かり」、彼女を困らせることがどんどん多くなったのです。

宮中の掟を破って真実の愛に生きる

北の方の弘徽殿の女御は天皇に「いい加減にしなさい」とヒステリックにガミガミ言うし、桐壺の更衣は女御や更衣にますます困らせられる。が、かえって、愛は深まっていく。

「事にふれて、数知らず、苦しきことのみまさればば」、**「事にふれて」**は「何かにつけて」。**「数知らず」**、もう十とか二十とか数え切れないくらい苦しい意地悪ばかり出てきた。桐壺の更衣は、「いといたう思ひ侘び」、もうため息ばかりついて、すっかり塞《ふさ》ぎ込んでしまった。すごいストレスとプレッシャーがかかったのですね。

桐壺の更衣が、動くことができないで、どうにもならず塞ぎ込んでいるのを見ると、桐壺の天皇は彼女が可哀想で仕方がない。歴代の天皇が守ってきたことも守らず、掟を破って、してはいけない愛を交わしてきた。政治的に決められた愛ではなくて、人が人として女性を女性として愛した。男女の愛が湧き立つと人にはその力をどうすることもできない、本源的に自分だけに湧き上がった正直な愛だから命がけの力が舞い立ってしまうのです。

当時の大臣たちの決めた結婚というのは天皇にとっては、すごく不自然なものです。それを破るのは、好き好んで、いい加減な気分で愛しているわけじゃない。天皇は人間の愛の真実に生きようとしているのです。

でも天皇の心の中には、彼女に対して大変気の毒なことをしているという気持ちが湧いているわけです。子供まで産んでもらった女性が、毎夜大小便で汚れた裾を引きずって泣きながらやってくる。いくら待っても彼女が中廊下の戸を閉められて閉じ込められて来なかったり……。自分が心を無垢《むく》にして愛したが故に、この女性にこんなにも可哀想な気の毒な運命を与えてしまった。

その現実をご覧になって、もうこれは遠くから廊下を通ってくることはできないということで、紫宸殿の脇にある後涼殿という御殿に「**もとよりさぶらひ給ふ更衣の曹司を**」、更衣の中でも天皇さんの非常にお気に召した気の利く更衣は、後涼殿に部屋をつくってあります。更衣は子供を産んでも女御にはできないから女御の部屋には入れられない。本当はすぐ隣にある藤壺でも梅壺でもに入ればいいのだけれど、そんなことは弘徽殿がさせない。いつも弘徽殿の女御は天皇のすぐ傍にいるんですからね。

天皇の一番近い部屋にいるのが弘徽殿の女御です。そのあとに藤壺、梅壺というふうに続きます。天皇さんはもっとも近い部屋に桐壺の更衣を入れたいのだけれどそれはできない。せめて後涼殿の更衣の部屋に入れたらいいと思って、「**もとよりさぶらひ**」、そこで生活していた更衣の女性の部屋を他に移させた。そして「**上局に賜はす**」、普通の更衣の部屋ではなくて、後涼殿にある上局、更衣の部屋としては最上級の上等な更衣の部屋を与えたのです。

さぁ、今度は追い出された、もとその部屋にいた更衣が恨みます。いままでも「とんでもない人」と桐壺の更衣を思いねたんでいたのに、上等の部屋を彼女に追い出されることになった。「なぜ私が出なきゃいけないんだ」と。この最上級の更衣の部屋に入るまでには心をこめ天皇さんに真心を尽くしてきた。やっと信頼されて初めて得た更衣としては最高の部屋を、この女性のために追い出される。その追い出された更衣のその恨みは、「**まして、やらむかたなし**」、どこにもやりようがない。

すごいですね。「これでもか、これでもか」と、こういうぐあいにいやが上にも意地悪が増えてきた。この女性からも、何かといじわるをされて、桐壺の更衣はまったく塞ぎ込んでしまった。可哀想だと思って、天皇さんが自分の紫宸殿のすぐ脇の後涼殿にある更衣の最高の部屋に入れたのは、桐壺の更衣にとってはいいかもしれない。けれども、出された更衣の恨みにしては、「**まして、やらむかたなし**」となる。

同権であっても同質ではない男と女

「この御子、三つになり給ふ年、御袴着のこと、一の宮のたてまつりしに劣らず」。**「この御子」**、つまり光源氏が三つになった時に、**「御袴着」**、袴を着る儀式をします。三歳、それから五歳、あと七歳と、袴を新しく着る儀式がある。この儀式が七五三のもとになったと言われています。

三つになったので初めての袴着を着る儀式をしました。それは**「一の宮のたてまつり」**、弘徽殿の女御が産んだ一の宮、つまり腹ちがいの長男のやったのに劣らず、**「内蔵寮」**というのは天皇のお宝が入ってるところ、**「納殿」**は金銀銅・調度品・衣類が入ってるところ、**「その物を盡くして」**、その中のものをありったけ出して、帝は**「いみじうせさせ給ふ」**。それはそれは、立派に催したのです。

男はどうしてもこうなんだよね。可愛い女性だから、産んでくれた子は、工面してやる「よし、あの一の宮より良くやってやるんだ」と、光源氏のために尽くしてやれば、きっと桐壺は喜んでくれると思うんですよ。それは逆だ。桐壺は決して喜んでいないんです。愛されれば愛されるほど、良くされれば良くされるほど、意地悪される。それが天皇にはぜんぜんわからない。

これは難しいですね。女性を愛した時に、一所懸命面倒を見てやればやるほど女性は喜ぶと男は思う。けれど、女性のほうでは面倒を見られると困る場合もある。だから、これは気を付けなきゃいけない。女性の面倒を見させていただく時には、そこをよく考えないといけません。面倒を見ても、お気の毒になるようなことをしちゃいけない。でも、これが男にはできない。男は、男のペースでしか、行動できない。

一の宮の時より立派にやったら弘徽殿の女御がもっと意地悪するに決まっていますからね。それを桐壺はわかっているけれど、天皇のほうは、そうすれば桐壺の更衣がさぞかし喜ぶと思って、いみじう立派にさせたのです。

「**それにつけても、世の誹《そし》りのみ多かれど**」、世の中の批判、あるいは、女御・更衣の批判、非難ばかりが多くなった。それでも天皇としては、こんな辛い思いをさせてるんだから、せめて立派にやってあげて慰めてやろうと思っているんだな。

いま男女同権、男女同質で、男と女は権利は同じで、質も同じといいます。男らしく、女らしくなんてとんでもない、男も女も同じだなんていいますけど、とんでもない。大間違いです。男は男、女は女、生きる権利は同権です。しかし、男女は、決して同質ではない。男女は何から何まで、そっくり同じではないんだよ。

「女も男もない」これは仮空の考えだ。だから男は、自分が考えたことがそのまま女性にもいいことだと思って女性に自分のやりたいことを押し付けたり、自分の考え通りにいかないと「おまえはダメだ」なんて言っちゃ絶対いけない。違うんだ。男は女性に対して自分の考えなんか言うもんじゃない。まず自分とはまったく違う女性の考えをお聞きするということから、始めなくてはいけません。

私なんか、かみさんに自分の意見なんか言ったことは一回もない。何言われても、「はい、はい」。朝起きて天気なのにかみさんが、「今日は雨だね」って言ったら、「あっ、雨だね」って言ってる（笑）。かみさんが雨だと思ったら雨なんだ。

それくらいの気持ちで、まず奥さんの意見を聞かなきゃいけない。それをみんな同権で、同じ考え方だと思っているから、ちょっと奥さんと考えが違うと、もう面白くない。「こんな女だとは思わなかった」なんてバカなことを言い出す。自分が惚れて結婚したのにね。自分が向こうの親父のところまで行って、「お嫁さんにください」「必ず幸福にします」なんて頭を下げてもらってきたんじゃないか。その女性に対して、「俺の考え通りに生きろ」なんて絶対に言っちゃいけない。

男の幸せっていうのは、かみさんが自分の思いや考えがいつもかなう、といってにこにこしててくれることだ。つまらない意見なんか言うものではありません。まずかみさんの意見をよく聞くことだ。

恋愛時代はカッコいいこと言っていいんですよ。女性も「はい、はい」って言ってくれる。でも、あれは嘘だからね。結婚する前は、まあ、言うこと聞いておこうっていうだけだからね。それで「おまえは俺の言うことをよく聞いてくれたから結婚する」なんて思うのは大きな間違いだよ。結婚したらガラッと変わるんだから。今度はかみさんのほうが、「私の言う通りに動く男にしよう」と思うんだから。

これは桐壺帝もそこのところはわかっていないというのが面白いんだよ。こういうことを私はいちいち文学講座を受けている奥さん方に聞いたんですよ。「これでいいんですか、男はこう思うんですけど」と言ったら、奥さん方が「そんなことしてもらったら迷惑なのに、どうしてわからないのかね」と言うので、僕も反省して、やっと女性の気持ちが「わかりました」といって頭を下げたんです。

だから僕は女性の心理はたくさんの奥さんのお話をよーく聞いて、四十年でばっちり摑んでいる。相手の女性が生まれつき本質的に私のような男は嫌いだっていうことはあります。ＤＮＡレベルで、俺みたいなのは嫌いだと。これはダメだ。でも、嫌いでもない好きでもないという女性だったら絶対大丈夫、うまくやりますよ。光源氏とドン・ファンがもてた理由もこれだね。

それには二点ある。その二点を知ればいいんですよ。その二点については、時間がきたので今回はお話ししません。これはいずれお話しすることにいたしましょう。

第二講
結婚の歴史と愛の本質

不倫物語の誤解を生んだ昔と今の結婚観の違い

つい先だってのことですけども、名古屋に住んでいらっしゃるある奥様が、源氏のマンガ本が出たので、高校生の孫娘に見せようということで、マンガの本を全部買ったんだそうです。孫娘に渡す前に、どんな本かと思って一度全部読んだところ、これはとてもじゃないけど、高校生に見せるわけにはいかない。まるでポルノの雑誌と同じだったというようなことを、おっしゃっていました。

源氏の現代訳をお書きになりました瀬戸内寂聴さんは、源氏を勉強するにはまずマンガを読んで、それから現代文を読んで、最後に原文を読んだほうがいい、やっぱり原文を読まないとほんとうの文学の価値はわからないということをおっしゃっていました。

私もそうなんだろうなと思っておりましたが、その奥さんの話をお聞きしてから、マンガの源氏を読みましたが、これでは無理だなと思いました。もしマンガを読んで変に間違った妙な先入観を持ってしまうと、逆に源氏物語という文学の本当の価値がわからなくなってしまうということも考えました。

やっぱり最初から源氏は原文で読むべきだと思っています。原文で読まないと、『源氏物語』の素晴らしさというものがどうしてもわかってこない。特にマンガ本だと、どうしても、源氏は不倫の物語だとか、光源氏が次々に女を犯した色好みの物語だというふうに思ってしまいがちです。不倫の物語と見るのは、とんでもない間違いです。

とにかく『源氏物語』は世界十大古典のトップですからね。そんなものではないということを私は、奥さんたちと六つのグループで講義しているうちに、だんだんわかってきました。最初は私も実は深いところはわからなかったんですけども、同じ講座を何回もしているうちに、五回目ぐらいから、「うわっ、これはすごい文学だな」ということが骨身にしみてわかってきたのです。

いささか前から、皆さんに源氏の良さを正しく理解していただく勉強をしてもらう機会があったらいいなと思っておりましたら、ちょうど今回こんなにいい会を開いていただきまして、皆さんに、直にお話しできる機会を得ました。

私の見方が絶対だとかすべてだとは思っていません。文学の鑑賞にはいろんな見方があっていいんですけども、私としては、不倫とか色好みの物語という見方だけはしてほしくない。それは是非わかっていただくと同時に、いままで、あまり語られなかった源氏の文学としての素晴らしさを皆さんにご理解いただければと思っています。

どうして現代人が源氏物語を「不倫」というように思ってしまうかというと、当時の男女の関係とか、結婚についての知識がないからなんです。実は、いまの私たちの結婚観からしたら、平安時代の男女の関係は全く理解できないんです。ですから、結婚というものが歴史上どういうふうに変化してきたかということをまず摑まないといけない。

結婚には、父系婚とか母系婚があります。皆さんがよくご存じの結婚は、だいたい父系婚と母系婚です。お母さんの系列がはっきりするか、お父さんの系列がはっきりするかです。ところでいま私たちは、何婚で結婚しているでしょう?

これはよく成人式の講演に行ってお話をするんです。成人の皆さんに、「みなさんはこれから結婚することになると思うのですけれども、皆さんはいったい何婚で結婚するでしょうか」って言うと、これがほとんどわからない。そこにいらっしゃる町長さんもわからない。教育委員の人もわからないんですね。それでよく成人式では、「じゃあ、結婚っていうのは、どういうふうな変化をして今日のようになったんでしょうか」という結婚の歴史をずっとお話ししてあげると大変喜びます。

結婚観を持たないで結婚すると、夫婦はうまくいかない。どういう態度で夫婦生活をしていいかわからなくなるぞって言っているんですね。父系婚で結婚するのと、母系婚で結婚するのと全然生活の態度が違うんです。

結婚の歴史――①群れ婚

さて、まずは大昔、太古、昔々、二千年も三千年も前の結婚というのは「群《む》れ婚」という結婚でした。二千年、三千年前は、みんな「群れ婚」で結婚しました。群れ婚というのはどういう結婚かと申しますと、昔は細い道がたくさんあって、それが集まったロータリーがあります。そこに男女が集まってきて結婚をいたしました。当時、男女はいっしょに住んでいません。結婚の時だけ、情を交わす時だけいっしょになります。

当時は、山に住んでいる男を、山彦といいました。これは狩人をしていた男たちですね。この彦は、昔は「日子」、太陽の子供と書いたんです。そして海で釣りをして生活していた人、これを海彦といいました。この海彦、山彦がだいたい月に二回女性をもとめて、このロータリーに集まりました。

その日が決まっていたところもあります。たとえば一番多かったのは、一日と十五日だといわれています。この日に山彦、海彦、男たちがロータリーに集まってきて、そこに輪をつくって円形に座りました。男が集合し終わるころ、お嬢さんたちが来て、輪の中で踊り出すわけです。踊りながら、お嬢さんたちはだんだん着物を脱いでいきます。そして最後は裸になります。

その時に、気に入った男がいると「あとでね」という踊りの仕草をします。逆に、「あんたはダメよ」という仕草をすることもありました。男のほうが女性を選ぶ場合もありましたが、ほとんど女性のほうで男を選んで婚姻をしていたわけです。

その仕草は、女性がだんだん裸になって手招きをするんです。その仕草を踊りといったんですね。踊りというのは、昔はこういう字を書いた、「雄取り」です。オスを取る仕草という意味ですね。オスを取る仕草を踊りといった。ですから、日本の踊りというのは全部手踊り、手で招く動作です。欧米は、足と腰のダンスです。

その時に、「あんたはダメよ」という時の手の仕草は手の裏を見せます。「あんたはいいわよ」という時は手の表。こうやって手のひらを見せた時にはOKです。手のひらを「タナゴコロ」といいます。「タナ」というのは乗っているということです。そこに心がのっているから、掌《たなごころ》というんです。掌を相手に向けたら、「あんた、いいわよ」ということ。そんな仕草の連続が踊り（雄取り）なんですね。

だから板東玉三郎の踊りを見ても、一番美しいところは、手の表情なのです。玉さんの手の動きは素晴らしい。尾上菊之助の踊りもうまいけれども、やっぱり玉さんには手の動きが敵わないと私は思います。手の動きの魅力ですね。

そのように、踊り（雄取り）といって輪の中で着物を脱ぎながら男を手でまねいて誘って結婚をしたのが、いわゆる群れ婚という結婚です。これが最初の結婚の形態でした。

群れ婚でロータリーで集まって結婚したのを、別に「ヤチマタ婚」ともいうんです。「ヤチ」というのはたくさん、「マタ」というのは分かれているところ。つまり、たくさんの分かれた道から男たちが集まってきたということで、「ヤチマタ婚」というんです。その「や」が取れて、「ちまた（巷）」という字が残っているんですよ。「巷」というのは町のことでしょう。人が集まる所を巷と言うのは、実は「ヤチマタ」からきたんです。言葉というのはとても古い歴史があるんですね。

結婚の歴史――②母系婚

そのころ家族はありません。家というものもありませんでした。男たちは海が荒れたりすると魚が捕れない。山も天候が悪いと狩りはできない。それにいくら動物を殺しても保存がきかないし、いくら釣りをたくさんしても保存がきかない。山彦・海彦の男たちは、時々食べることができなくなってしまいます。

その一方で、女性は農耕をしていました。農耕をして収穫したものは、蔵をつくれば保存ができます。女性たちは食糧を保持することができる。そのために、だんだん女性が生活の権力を握ってきました。「群れ婚」の次に組まれたのが母親中心の結婚です。

それが「母系婚」です。

母系婚というのは、生まれた子供のお母さんが誰だかわかれば、父の男は誰でもいいんです。父の男が誰かは問わない。太郎だろうが、次郎だろうが、三郎でもいい。ただ、ナミちゃんの子供、サユリちゃんの子供というように、お母さんの系統がはっきりしていればいいというのを「母系婚」というんですね。だいたい二千年ぐらい前から、この母系婚をしていたのではないかと考えられています。

母系婚はどういう形式かといいますと、お家に年頃の娘さんができると、庭先に小屋を作るんです。その小屋の壁はちゃんとした壁じゃなくて大きな篠を張りました。トイレとか台所とか生活に関するものは一つもありません。寝るためのちょっとした藁布団ぐらいがあった小屋です。

この小屋ができ、娘さんがそこに入ったら、村内の男は通っていいことになるんです。他の村の人はダメです。そこの村の若い男だけが通ってきます。これはちょっとした仮のお家で、妻屋と言ったんです。いまは、ちょっと大きい庭とかに「東屋」というのがありますね。よくホテルのガーデンなんかにも東屋というのがあります。もともとあれは生活空間ではない。男を招くため娘さんをそこへ入れる小屋として作ったんです。

娘さんを妻屋に入れた途端に、村の若い男たちは誰でも通っていいんです。当時は、女性も男性も共有です。私だけのもの、というのはない。古代はすべて、男性も女性も共有。誰もがみんなのものです。みんなのものですから、痛めたり泣かせたりしてはいけない。みんなで大切にしたのです。すごい生き甲斐を感じた自由で平和な世界だったろうね。いまはお互いに一人に決められちゃって、一人だけのものになった。そういうのを不自由っていうんだね。

注意すべきは、ここに誰が通ったかがわかってしまうと、女性に大変ご無礼をかけます。だから、昼間は絶対に遊びに行っちゃいけません。夕方も人影がハッキリ見えるころはダメです。たそがれ時も通ってはいけない。「たそがれ」というのは「誰そ彼」と書きました。「あれは誰だ。ああ、秋山さんだ」とわかるころを「誰そ彼時」というんです。「たそがれどき」というのは、「あっ、あの人は花坂さんだ」とぼんやりわかる夕方をいうんですね。

「たそがれ」時も男の相手が誰かわかってしまうから通ってはいけない。男が妻屋に行っていい時間というのは「宵闇」です。真っ暗になって顔がわからなくなったころに、ようやく妻屋へ通うことができたんですね。歌にも「♪宵闇せまれば、悩みは果てなし♪」って歌っているでしょう。そのころ、男たちは、宵闇になってからコッソリと女性のところへ通っていた。なんと「宵闇」という言葉も今日まで伝わってるんですね。

宵闇せまったら妻屋へ行く。その時、男は「こんばんは、三郎ですけど、今晩よろしくお願いします」なんて言って妻屋の中へ入ることはできない。男はまず四つん這いになって、妻屋の周りをぐるぐる回ります。立って歩くとだれか男が来ているのがわかってしまうから、こっそり四つん這いになって歩く、一回でも、二回でも。グルグル、グルグル……。

東屋の中にいる女の人は、その男の様子を中から見ているわけです。「どういう態度かな、一所懸命四つん這いになっているかな」「ちょっと休んで、坐ってるんじゃないの」などと見ている。この男は、なかなか体力がありそうだな、となったら「中へ入りなさい」と言って男を中へ入れてくれます。お嬢さんが気に入らず何も言わなければ、一晩中、夜這いするんです。そう、一人の女性を獲得するのは今日よりも大変なんです。

それでこの母系婚のことを別名「夜這い婚」ともいうんです。夜、男が這って回ったので夜這い婚というわけですね。

さて、ここで男と一夜を明かして、お嬢さんが「こんな男はダメよ」と言ったら、そこで終わり。太郎さんが行ってダメだったら、今度は次郎さんが行くわけです。次郎さんもダメなら三郎さんが行って、四郎さんも行って、五郎さんも行って……。

そうして気に入った男が見つかったら、お嬢さんが家に行ってお母さんに相談をするわけです。その時に「この男でいい」という決定はお母さんがします。父は無言です。そこで、妻屋に対して、一切をお母さんが仕切っていたこのお家を「母屋《おもや》」といいます。母屋というのは「父屋」とは書かない。「ははや」と書く。それはお母さんが娘の相手の男まで決定する権利をもっていたからです。「こんな男はダメよ」とお母さんが言うと、お嬢さんはまた妻屋へ入ってきて男を待って、いい男を探します。

大変だったんだよ、男は。その代わり、もし、お母さんがＯＫして、家に入れてくれれば面倒を一切見てくれたわけです。そして、初めてここに入れてもらうことを初婿になるとか、婿入りしたといいます。娘の母に許可をもらって、母のＯＫを取って、そこの婿になれるのです。それを初婿入りといって、男たちは喜んだのです。その言葉もちゃんと残っています。

「母系婚」時代のお母さんは絶対的権力を持っていますから、婿さんに対してもじゃんじゃん文句を言うわけです。時には、お嬢さんもいっしょに、「何よ、あんた、ダメ」とか、「もっとしっかりやらないと追い出すわよ」みたいなことを言う。それを「婿いじめ」といいます。これはいまでもありますかね？

虐められても男は一所懸命頑張る。食わしてもらうわけですから。農耕の作業をして食糧を稼いでいるのはお母さんです。当時の母は、すごい実力があった。お母さんが食わしてくれるのですから、選ばれた男はその家に就職したようなものです。それでも、あまり虐めがひどい時には、婿が夜逃げしてしまいます。それを「婿逃げ」といいます。「婿逃げ」という言葉があったんですね。

結婚の歴史――③父系婚

母系婚の時には、経済的な責任は全部お母さんが持つ。権力もお母さんが持ちます。経済力のある母親が絶対の権力を持っていたのが、母系婚です。

ところが、奈良・平安とだんだん社会生活が複雑になってきます。男が社会生活というものをつくり、社会の組織ができると農耕だけではなく、カネを使っていろんな経済活動が始まります。しかも男がだんだん商売をするようになってくると、男たちがカネという財力を握ってくるわけです。

一方、女性たちは赤ちゃんを産んで育てるわけですから、農耕をやるにしても限界があります。それに当時は村同士で戦いがよくありました。「七人の侍」じゃないけれど、武器を持って戦って物を取り合うことになると、どうしても男が生活の中心になってきます。それで男というものがだんだんと体力的にも経済的にも優位になってきた。そこで生まれたのが、「父系婚」という結婚形式です。こんどは、生まれた子供のお父さんが誰かわかれば、女性は誰でもいい。母親は全然問わない。

この父系婚ということになってきますと、女性の方は怒ると思いますが、別の名を「借り腹婚」といって女性のお腹を「すみません、貸してください」ということで簡単に借りられました。

そうなってくると、女性は社会的な職業もないし、武器をとって戦って多くの財を得ることもできない。社会が出来上がるにつれて権力も経済力も男が握るようになりました。父系婚の場合は、経済力は男が持つ。しかし同時に権力も男が持つのです。女性は「はい、はい」と言って男の言うことを聞かなければいけない。男は威張ってもいい。男は何人もの女性の面倒を見て、あちこちに自分の子供をつくりました。

だけど、多くの女性の生活の面倒を見るというのも実はとても大変ですよ。「父系婚」の場合は三人、五人の女性の生活の面倒を見なくちゃいけません。たくさん女性を持ててうらやましいなんて思ったらとんでもない。当時は今みたいに簡単に稼げませんから、大変な苦労をしなきゃいけない。命がけで働かないとたくさんの女性は持てない。そう考えると、いまの時代のように女性は一人だけお世話するほうがいいかもしれませんね。

結婚の歴史——④個人婚

さて、今日では何婚で結婚しているんですか、皆さん。今私たちは「個人婚」という結婚をしているんですよ。これは特に欧米の結婚の形です。世界にはいろいろな形がありますけれども、けっこう個人婚という形が多いようです。

「個人婚」というのは何かというと、男女がお互いに個人の資格で結婚するんです。だからいま、男女二人が結婚しても名前はそれぞれ変えなくていいんです。いま、よくそれについて議論されていますけれど、とやかく言ってもしょうがないんだ。個人婚の場合、母側とか父側とかの系列はなくて個人対個人で結婚し、個人の生命の系列で生きていくわけです。

個人婚の場合、権限とか権利というものはすべて収入の額に応ずるんです。夫が百パーセント稼いで女性が収入ゼロという場合は、権利は男が百パーセントで、女性はすべて男の言うことを聞かなければいけません。逆に、奥さんがたとえばお医者さんで百パーセント稼いでいて、男の収入が○パーセントという場合は生活権や発言権は完全に女性にあります。男は、何を言われても「はい、はい」と聞かなければならない。たとえ今日雨が降っていたとしても、奥さんが雨を見ながら「今日は天気だね」と言ったら、「はい、天気です」と言わなきゃいけないぐらい（笑）、とにかく完全に奥さんの言うことを聞かなければいけないんですね。

また、共働きでそれぞれ五十パーセントずつ稼いでいる場合は、発言権は半分ずつになります。個人婚では、この区分けがはっきりできているんです。国によっては緩かったりするところもありますけれども、だいたい個人婚のところは収入での区分けがはっきりしています。ですから、収入が全然ない奥さんは欧米に行っても本当におとなしいし、優しいわけですね。

欧米の社会では、よく奥さんが、「これじゃ今月は食えないからもっとお金ちょうだい」と頼んでも、「ダメだよ、無駄使いするな」と旦那さんが怒っているような景色がある。それは百パーセント男が稼いでいる場合で、財布は全部男が持っています。まあ食い扶持だけはやるという感じですね。そういう現実生活のルールが習慣上はっきりできている。

「不倫」は一夫一婦制の産物

どうでしょう、皆さん、自分が何婚で結婚しているか考えたことがありますか。「好きだから」「愛してるから」結婚するなんて一人前の男がすることじゃないでしょう。だけど現実は肝心な結婚の形式について私たちは意識がない。だいたい今日でも、私たち男の一般的通念としては「父系婚」で、やっぱり男が稼がなきゃいけないという考えがあるんです。経済的責任はやっぱり男が持たなきゃいけないという感じがどこかにあるでしょう。

ところがなんと時代の風潮は女性上位、いわゆる母系婚で、女性のほうが威張っている。男のほうは経済的責任を持ちながら、女性上位で徹底的にやっつけられているわけだ。だから男たちは一所懸命仕事をしながら、どんどんどんどん寂しい人生になっていく。

それは何が悪いのかというと、男性も女性も結婚についてのはっきりした意識がなかったから。人生の出発点の時に、どの結婚の方式でいくか決めなきゃいけないんです。「父系婚でいこうか」「母系婚でいこうか」「いや、群れ婚でいきましょう」とか決めないから、メチャメチャになってとんでもない悲劇も起きる。

個人婚の場合は、収入によって権利を決める。そのほうが簡単なんですね。個人婚は、はっきりと一夫一婦制です。一夫一婦制だから、ここに「不倫」という言葉が生まれてくる。母系婚の時に不倫なんかありませんよ。どんどん男を代えていくんだから。父系婚の時だって一夫多妻だから不倫なんてない。

そういう歴史を知らずに『源氏物語』を見て不倫の書だというのは認められません。平安時代は父系婚が始まったころでしたから不倫なんてないということです。そのように基礎知識を整理していないと色眼鏡《いろめがね》で源氏物語を見ることになってしまう。あらゆる文学を読む時には時代背景をきちんと整理しなくてはいけません。現代的な目だけで見たら『源氏物語』が不倫の文学となって可哀想です。

自分の愛に正直に生きた桐壺帝

平安時代は父系婚といいましたけれど、実は当時は天皇さんとか豪族だけが父系婚で、次々に自分の好きな女性と婚姻を結ぶことができました。一般では、まだ母系婚も多かったようです。この間もお話ししましたけれども、天皇さんには「女御」というたくさんの女性がおりました。この人たちが局という仕切ったお部屋にたくさん入っておりました。

女御というのは、太政大臣、太政官、右大臣、左大臣、それから大納言、中納言、少納言、三位以上の地位の人たちの娘で、このお嬢さんたちが選ばれて局に入って女御となります。当時の天皇は、こういう女御とだけしか男女の関係を結べません。

前講でもお話し申しましたが、この人たちのお父さんは、なんとか娘が天皇に気に入られて天皇さんの子供を産んでほしいわけです。なぜかというと、娘が天皇さんの子供を産んでくれたら、自分は天皇の義理のお父さんになれるからです。天皇さんの上にいくんです。これはすごいことです。

それで躍起になって娘を教育して局に入れるわけです。和歌を教え、管弦、琴、それから碁までも教えています。さらにいろんな遊び、踊りなど、とにかくなんとか天皇さんに気に入られるような教育を小さい時から徹底的にするわけです。猛烈なエリート教育です。

一方、宮中には「更衣」という女性がいました。これはお父さんの地位が四位、五位以下の人たちの娘です。更衣は、天皇さまの冠をつけ替えたり、天皇がお脱ぎになったお召し物を畳んだりする役目です。女御は天皇さんと寝室を共にできますが、更衣はそれは絶対にできません。これを代々の天皇はちゃんと守ってきました。歴代の天皇でこの掟を破った人は誰もいないんです。

ところが、源氏物語に登場する桐壺帝はそれを破ってしまいました。自分が本当に好きになった女性に子供を産んでほしいというのは根源的な男の人間性というものです。しかし当時は、そういう愛の本質的な在り方を無視して、とんでもない窮屈な制度がつくられていたんです。誰がそれをつくったのかというと、大納言、中納言、少納言、右大臣、左大臣など、自分の出世を考えた政治家たちです。天皇の人間性はどこにいったのか。

この桐壺帝は実は、正直に自分の愛に生きた人です。伝統的な政治の形態を、真っ向から無視して桐壺の「更衣」を愛した。どうですか？　それが現代のいわゆる不倫でしょうか？　そうじゃないと思う。純粋な人間としての愛を桐壺帝はあたりの評価をすてきって、決行したんです。

しかも、この桐壺の更衣のすでに亡くなってしまったお父さんは、大納言でした。お父さんの大納言はこの天皇の面倒を本当によく見てくれていた。天皇さんも一番信用してきた大納言の娘が、桐壺の更衣だったのです。小さい娘の時からよく知っていた。生前、このお父さんである大納言は、娘を女御として後宮に入れようとしていました。天皇さんも、それを望んでいました。ところが、入る寸前に父の大納言が亡くなってしまった。当時父親が亡くなったらすぐ一家はダメになってしまうんですね。娘は、女御になれなくなってしまいます。

桐壺帝は、「せめて」と思って、四位の位を与えてその娘を宮中に招き、一番末のほうの部屋に「桐壺の更衣」として入れたのです。桐壺の更衣の部屋は廊下の一番端のほうだったんです。

この桐壺の更衣は、優しくて思いやりがあって美しく、素晴らしい理想的な女性でした。しかしお父さんが亡くなったために女御ではなく更衣という低い位になってしまったわけです。桐壺帝は同情という心も種となって、愛情という心が無意識のうちに湧き上がってきてしまったのでしょう。

皆さんにぜひわかっていただきたいのは、源氏の物語には、不倫というような言葉は通用しないということです。不倫とか色好みの小説という見方で鑑賞したら、源氏の良さは全くなくなるんですね。

読者を小説の世界に引き込む冒頭の一文

それでは、いよいよ次を読んでいきましょう。が、その前にこの間やった冒頭のところをおさらいしながら今日のところへ入っていくことにしましょう。

源氏物語は、特に冒頭の部分を、そのころの時代の風習とよく考え合わせて読まないと、全文のテーマが摑めなくなりますから、ちょっと方向を変えながら、いま一度くわしく学んでいきましょう。

「いづれの御時にか。女御・更衣、あまたさぶらひ給ひけるなかに、いと、やむごとなき際にはあらぬが、すぐれて時めき給ふ、ありけり」

私も国文学をやっていましたけれど、あらゆる小説や文学の、冒頭の一文というのは、屏風からトラが出てきたように、ハッと読者の心を摑むものです。『奥の細道』の冒頭の一文などもいいですよね。「月日は百代の過客にして、行き交ふ年もまた旅人なり」。『枕草子』の「春はあけぼの。やうやう白くなりゆく山ぎは、すこしあかりて」もいい。『徒然草』の冒頭もいいですね。「つれづれなるままに、日暮し」とね……。『方丈記』はさらに名高い「ゆく河の流れは絶えずして、しかも、もとの水にあらず」。川端康成の『雪国』の「国境の長いトンネルを抜けると雪国であった」というのもいい。冒頭の一文はみんないいです。

とにかく小説家は冒頭の一文が出なければ、小説は書けないぐらいのものです。読者は、冒頭の一文で、小説の世界にのめり込むような錯覚を起こす。

夏目漱石も『吾輩は猫である』の冒頭を考えるのに一年かかったといいます。「俺は猫である」「僕は猫である」「私は猫である」「おいらは猫である」と、いろいろ考えた末に、「吾輩は猫である」に決まったんですよ。「俺は猫である」っていう書き出しでは読む気がしませんね。「吾輩は猫である」、この最初の一文で、久しぶりに出会った初恋の人のように、ばっちり引き付けられるんです。

紫式部もこの冒頭の一文を書く時には、突然もらったラブレターを開くようなピリピリした神経をお使いになったんでしょう。この冒頭の一文は、さすが世界十大古典のトップだけありますよ、素晴らしい。

「**いづれの御時にか**」、これがすごい。こんな厳しい天皇の結婚のルールを破ったのは、この人が初めてということになっていますから。「**いづれの**」という書き出しはたとえば単に「ある時」というような表現では力がない、「**女御・更衣**」女御と更衣は全然位が違います。片一方は天皇の寝室に入れる、片一方は入れない。当時の読者にとっては「女御・更衣」といった単語が二つ並んでいると、もしかしたら、ここで何か事件が起きるんではないかと、ハッと心が迫ったのです。その女御や更衣が「**あまたさぶらひ給ひけるなかに**」たくさんいた中で、「**いと**」というのは〝very〟、「**やむごとなき際にはあらぬが**」、つまり重要な身分ではない、上のほうの身分ではない女性……。

女御と更衣の中でやむごとなき際ではないのは、当然更衣のことです。歴代の天皇の中で更衣を愛した人は一人もいない。しかし、その更衣の中に、「**すぐれて時めき給ふ、ありけり**」天皇さんが特別に愛した女性がいたんですよ、と。これはとんでもないことで当時としては大事件なのです。

前回もお話ししましたが、この一文を読んだだけで、平安時代の読者は、「ええ、ちょっと待って」「まさか」「嘘だろう」と破裂した花火のように驚いたんです。この一文でみんなの心をがっちり摑んでしまったわけですね。

人間の本質的な愛情は抑えることができない

「**はじめより、〝われは〟と、思ひあがり給へる御かたがた**」皇室の女御になった、あるいは更衣になった女性たちは、みなさんが、それぞれがものすごくプライドを持っています。特に女御になった女たちは入内《じゅだい》した時から、「**〝われは〟と、思ひあがり給へる**」金の斧を欲しがるように欲を張っている。

そりゃそうでしょう、内裏に入るにはいろいろな教育を受けてきたわけですから、みんなハッキリした欲望と自信がある女性ばっかりです。「私こそ天皇に愛されて天皇の子供を産みたい。そしてお父さんに親孝行したい。絶対私こそは天皇さんに愛されるわよ」と思っただけじゃない。思いあがっている。

そういう女御たちから、桐壺の更衣は「**めざましき者に、おとしめ嫉み給ふ**」と。「**めざましき者**」は「目障りなやつ」。「目障りね、あの人は……」、自分たちは朝から十二単を着て、化粧をして、お風呂へ入ってちゃんと準備して夕方四時ぐらいまで、じーッと「お渡り」を待っている。それなのに、いつもいつも「桐壺様、お渡り」ときたらどうでしょう。女御たちの気持ちになってみなさい。「なめんじゃないわよ」ということになるでしょう。

いつも桐壺、しかも更衣の桐壺が呼ばれるんですから、女御みんなの面子《めんつ》がない。それだけ私には魅力ないっていうことですからね。「冗談言っちゃ困るわよ」とみんなが思うのが当然。「**めざましき者に**」目障りな者に、「**おとしめ**」軽蔑して、「何さ、あいつは」って「**嫉み給ふ**」みんなで焼きもちを焼いたのです。女御たちがうらやみねたんだのは悪くない。当然です。

「**おなじ程、それより下臈の更衣たちは**」。「**おなじ程**」、更衣の中でも四位、五位、六位がありますから、桐壺の更衣と同じ程とは四位の更衣の人たちでしょう。「**それより下臈の更衣**」、五位、六位の人たち。もちろん、これはお父さんの地位です。お父さんの地位が桐壺の更衣と同じか、あるいは下の位の更衣たちはとなります。「**まして、安からず**」。女御たちはカチンと頭にきている。だけど、同じ身分の更衣だったら「何さ」と焼きもちはもっと強くなる。だから「**まして、安からず**」もっと、面白くない。

「**朝夕の宮仕へにつけても**」、「桐壺様、お渡り」と夕方に呼ばれます。平安時代の後宮の女性たちにとって一番神経にさわる言葉、一番ストレスの強かった言葉は「お渡り」という言葉です。これは前講で申しましたが……。

誰が今日渡るか、夕方のお渡りで名前を呼ばれると、みんなの部屋の前の廊下を通って歩いていくんです。他に通り道はない。そして、朝方になると、また同じ廊下を通ってそろそろと自分の部屋まで帰ってくる。毎日桐壺の更衣が呼ばれたわけですから、呼ばれなかった女御たちは桐壺の更衣が渡っていく時も頭にきて、朝方帰る時もまたもっと頭にガチンとくる。

「明日こそはたぶん違うんじゃないの、毎晩同じ女性だなんて、変だわ」「明日はキット私よ」なんて言っていると、また夕方になると「桐壺様、お渡り」、これは頭にくる。

「**人の心をのみ動かし**」女御たちの心を動かし、不愉快にさせる。

「**恨みを負ふつもりにやありけむ**」その女御たちの恨みが重なったからでございましょうか、「**いと、あつしくなりゆき**」とうとう桐壺の更衣が、高熱の病気がちになってしまいます。いつもいくら、みんなから意地悪されても天皇さんに呼び出されたら行かないわけにいかない。桐壺の更衣は、毎日みんなから「あんたって、最低ね」と言われていたようで、これも辛いです。意地悪するほうも辛いけれど、意地悪されるほうはもっと大変でしょう。

すでに、桐壺の更衣のお父さんはいないから「**物心細げに里がちなるを**」雨の中、捨てられた小犬のように心細くなって、「**里がち**」里へ帰る。自分の実家に帰ることが多くなってしまう。すると天皇さんが今晩も呼ぼうと思って、「桐壺」と言うと「里に帰りました」という。彼女はもう毎日が病気がちで、どんどん細い糸のように弱くなっていったんですね。

「**いよいよ、〝あかずあはれなるもの〟**」。桐壺帝も知っている。可愛がってはいけない更衣の女性を可愛がって、そのために桐壺の更衣に恨みを負わせることになっているということを……。「悪かったな」というおわびの気持ちと、「大変なことをしちゃったな」という反省の気持ちが両手にでっかい荷物を持ったように、同時に重く二つある。しかし、どんな重い荷物を抱えても、もとからある人間の本質的な愛情というものは抑えることはできません。「〝**あかずあはれなるもの**〟**に**」ますます可愛らしいと帝はお思いになって、「**人の謗りをも**」人からいろいろと「そういうことはダメです」と言われても、「**え憚らせ給はず**」全然遠慮をしないで燃え立つ火の中に、薪《まき》を次次とたたき込むように桐壺を愛し続けたのです。

その愛し方は「**世の例《ためし》にもなりぬべき、御もてなしなり**」。「**世の例**」というのは「実例」。今までそんなことはなかったし、これからもないだろうという、とんでもない実例になってしまうような、桐壺の更衣へのすさまじい愛し方でございました。

類なき天皇の愛を頼みに生きた桐壺の更衣

冒頭のたった七行でこれだけの事件を書くのは、なかなかできることではありません。どんな小説を読んでも、これだけの内容を書くには、十ページぐらいの原稿用紙は必要なのです。それを無駄なことは一つも書かずに、たったの七行でズバッと書いてしまう。これがすごいのです。『源氏物語』はこういう名文が五十四帖、ずっと続いていくんです。だから、どこを読んでもじーんと感動する。文章のレベルがものすごく、高い。日本の女性は、青空に広がる花の光のように、豊かで、広い才能を持っているんですよ。私は男性に講座をするたびに、うちに帰ってかみさんに文句を言いたいようなことがあっても、「いや、いけない、うちのかみさんも優秀な体力と才能をもつ日本の女性だから、絶対なんでも言うことを聞こう」と思って、何を言われても、「はい、はい」と言ってやるようにしなさいと、注告します。とにかく僕の人生で何が幸福だったかというと、そんな日本のすばらしい女性と結婚できたことです。もうあとは何も欲望はありません。

日本の女性の直価を知れば、男性たちは、自分の妻や恋人に対する文句は何もなくなるじゃないですか。日本の女性に文句を言っちゃダメだよ、文句言えば切りがないんだから。日本人の女性でよかったと思えば文句なし、そう思えば日本の女性はすぐそんな男の心に、尽くしてくれますよ。

この桐壺の更衣も日本の女性ですから、いいですね。私は今まで源氏に出てくる人で、いろいろ好きな女性がいました。でも年とともにどんどん変わりました。ちょっと若いころは夕顔がいいかなと思っていたんですけれど、でももう夕顔はやめです。誰もあまり目を付けないけど、僕は桐壺の更衣がいい。この女性は深い、と思いましたね。あまり桐壺がいいという人はいないけれど、石庭を眺めながら、おいしいお菓子を食べて、抹茶を飲んでいるようないい女性ですよ。桐壺帝が愛するのもわかる。

さて、今度は、更衣の位の女性を愛した天皇が、周りにいる大臣たちに批判されましたね。「**上達部・上人なども**」、「**上達部・上人**」というのは、参議とか大納言とか中納言といった人たち。こういう人たちは、天皇さんが自分の娘を全然かまってくれないで位の低い更衣ばかりかまっているものだから、何のために娘をあんなに教育して後宮に入れたかわからない。だから娘からこの話を聞いて「なんだよ、毎晩桐壺かよ、天皇もいい加減にしろよ」ということになっていく。

それで「**あいなく目をそばめつつ**」大臣たちもあんまりだなと目を逸らす。「困ったな、ちょっと待てよ。それはないよね」と。これも気持ちはわかりますね。小さい時から娘さんを天皇さんに気に入られるように大事に育ててきたのに、天皇からぜんぜん相手にされないとなれば、当然そういう気持ちになります。

しかしながら、「〝**いと、まばゆき、人の御思えなり**〟」本当に眩しいくらい、見ていられないくらい眩しい天皇の愛情でございます。規則を破って、悪いことをしているという心の陰りが、かえって人を愛する本能の光を、いやが上にも際立たせてしまうのです。

「〝**唐土にも、かかる、事の起りにこそ**〟」中国でもこのような事件がありました。これは玄宗皇帝が楊貴妃を愛したが故に国を潰してしまったということですね。「〝**世も乱れ、悪しかりけれ**〟」中国でも、女性を愛するが故にとんでもないことになったと「**やうやう、天の下にも**」世間でも「それはとんでもないことだよ、更衣を無我夢中になって愛したのは桐壺帝だけだよ」と、「**あぢきなう、人のもて悩みぐさになりて**」国民みんなの悩みともなってしまったのです。

「**楊貴妃の例も、引き出でつべうなりゆくに**」玄宗皇帝が楊貴妃を愛したために国が潰れたというようなことを宮中の人だけではなく、世間の人までも、「**引き出でつべう**」引き出してそんなことを話すようになってしまった。

そういう風潮の中で、桐壺の更衣には「いとはしたなきこと」大変面白くない不憫《ふびん》で可哀想なことがどんどん増えてきます。毎日、毎夜、辛い思いをして、意地悪をされて、焼きもちを焼かれ、体の調子が悪くなって家に帰ってもまた天皇のお傍にお仕えするのは「**かたじけなき御心ばへの、類なきを頼みにて**」桐壺帝が本当にもったいないくらい愛してくれる、その愛の深さが「**類なき**」だったからなのです。天皇のやさしく愛してくれるという点だけを頼みにして、桐壺の更衣はいのちを捨て切って天皇さんと愛の生活を共にしていたのです。

桐壺の更衣が生んだ玉のような男の子

桐壺の更衣の父の大納言は亡くなってしまっていましたが、母の北の方、この大納言の正妻であったお母さんは「**いにしへの人の、由あるにて**」非常に昔気質のしっかりした人で、「**由あるにて**」由緒のある出身の方で、お母さんのご両親はまだ「**親うち具《ぐ》し**」て、両親ともにまだ元気だった。ですから、「**さしあたりて、世の思え花《はな》やかなる**

御かたがたにも劣らず」、お父さんがまだご存命でいらっしゃって華やかに生活していている他の女御、更衣たちにも劣らないで何かと生活はできていた。

「**何事の儀式をも、もてなし給ひけれど**」年中行事のどんな儀式があっても、なんとかかんとか世話をしてもらっておりました。けれども、この桐壺の更衣には「**とりたてて、はかばかしき**」これといった立派な「**後見**《うしろみ》」後見人が宮中の中にはいない。おじいちゃん、おばあちゃんではとても頼れないことができてきます。

平安時代の平均寿命が二十八歳ですから、四十歳をすぎたおじいちゃんではいつ逝ってしまうかわからない。経済力もそんなにはない。ですから、「**事ある時は、なほ、より所なく、心細げなり**」何か重大な特別な行事があった時にはどこにも頼るところがないのでとても心細かったのです。

本来なら後見となるべきお父さんが生きていれば、なんの苦労もない。が、父に代わる人が一人も宮中にはいないという心細い状態で、ひとえに桐壺帝の力によって、やっと四位という位をもらって桐壺は更衣になれたのです。ところが、桐壺帝から規定を破って、彼女だけが深く愛されたが故に人から意地悪されて、体が弱っていって、実家に帰っては体を治して、また宮中に帰っていく。病気がひどく重くなった折にはどこにも頼るところがないので、まことに心細い生活をしていたということです。当時は、医者も病院もない。

ところが、「**前の世にも、御契りや深かりけむ**」この二人は前世からの契りが深かったのでしょう、「**世になく清らなる、玉の男御子《おのこみこ》さへ、うまれ給ひぬ**」玉のような可愛らしい男の子が、桐壺の更衣の美しい体の中から生まれたのです。

「**〝いつしか〟と、心もとながらせ給ひて**」、そのころ、子供は女性の実家で産みますから、いつ子供が宮中に来るかと桐壺帝は待ち遠しく思って、「**いそぎ参らせて、御覧ずる**」とにかく早く内裏に寄こさせて息子の源氏を見た。なんと清らかで美しい子供であろうか。「**珍《めづ》らかなる、兒《ちご》の御かたちなり**」本当に見たことのないような綿菓子のようにやさしげな可愛らしい子供であったのです。

ここで最初に男が生まれたというのは、いささか気をつけて考えなくてはいけません。つまり、桐壺の更衣も天皇さんをぞっこん好きで燃え立たないと最初に男の子は生まれにくいのです。なぜかという原因については源氏と関係がないので今回は省略させてい

ただきます。（笑）

「**一の御子は、右大臣の女御の御腹《はら》にて**」。「**一の御子**」というのは桐壺天皇の長男です。これは右大臣の女御、右大臣の娘は、弘徽殿の女御といいます。この右大臣の娘の弘徽殿の女御のお腹にできた子供が一の御子です。この長男は「**よせ重く**」、右大臣の娘の子ですからお父さんはすごく権力がある。「**〝疑ひなき儲けの君〟**」権力のある右大臣の娘が産んだ天皇さんの子供ですから、いずれは皇太子になることは疑いない。皇太子のことを東宮ともいいます。

みんなが、この一の御子が皇太子になると思って、「**世にもてかしづき**」世の中の人も、みんな一の御子、長男を大切にしていたのです。ところが、この度生まれた桐壺の更衣の子、「源氏」さんの「**御匂ひには**」輝くような美しさには、「**ならび給ふべくもあらざりければ**」全然比較にならない。

ですから、桐壺帝は「**（一の御子をば）おほかたのやむごとなき御思ひにて**」一の御子つまり長男は公の皇太子にして、「**この君をば**」この源氏は「**わたくし物に思ほし**」

公のものではない自分だけの可愛い子供として、「かしづき給ふこと、限りなし」大切にしたことは限度がないくらいでした。

ここまでが一文です。長いですね。日本の文章には、二つの系統があります。まずこの『源氏物語』はダラダラダラダラ続くので、ダラダラ派といいます。このダラダラ派を勉強したのは、現代作家では谷崎潤一郎ですね。谷崎潤一郎の文章はダラダラダラして一文が非常に長いのです。『細雪』などがよい例です。

もう一つの派は、同じ時代の清少納言の文章で、テキパキ派といいます。これは短い。「春はあけぼの」で、もう切れてしまう。そして、「やうやう白くなりゆく山ぎは、少し明りて紫だちたる雲の細くたなびきたる、いとをかし」とパキパキときます。だから清少納言の文のほうはテキパキ派といいます。このテキパキ派を勉強したのは松尾芭蕉、そして松尾芭蕉の俳文を通してそれを現代文化したのが志賀直哉です。『城の崎にて』『暗夜行路』といった小説を書いた志賀直哉の文章はテキパキとして、一文が短いのです。

現代文の見本になったのは、どちらかというとこの志賀直哉のテキパキ派の文章です。ですから皆さんは、たぶん志賀直哉の文章の系統の文章を書かれているんです。ダラダラ派の文章を書く人はそんなにいません。

弘徽殿の女御の胸中

「**母君、はじめ**」、光源氏のお母さん、つまり桐壺の更衣は「**（入内の）はじめより**」宮中に入ってから、「**おしなべての上宮仕《うえ》へし給ふべき際にはあらざりき**」。最初からお父さんがいなかったものですから、女御として堂々と胸を張って生活していく身分ではなかったわけです。けれども天皇の子供を産んでしまった。子供を産むと皇后様と同じ位になってしまいます。お父さんがまだ生きていて女御という位であればベリー・ハッピーだけれども、彼女は更衣の分際で天皇さんの子供を産んでしまったから、産んでしまった後も大変なことになってしまいます。

「**思え、いとやむごとなく**」、だけれども天皇、桐壺天皇の愛情はますますすごく尊い。

「**上衆《ず》めかしけれど、わりなくまつはさせ給ふあまりに**」子供を産んだ彼女を、皇后さまのように尊い人として、立派なお父さんのような態度で、差別なく帝はむやみに桐壺の更衣ばかりを傍に呼び出す。「**さるべき御遊びの折々**」管弦の遊び、和歌の遊びの折々、「**何事にも、故ある、事のふしぶしには、まづまう上らせ給ひ**」何につけても、たとえば重陽の節句などの時には、まずこの源氏さんのお母さんの桐壺の更衣を呼びつけたのです。

天皇の子供を産んでいるんですからお后様ですけれど、もとが更衣ですから簡単に天皇の妻の扱いはできません。宮中ではそれが、むつかしい。でも、とにかく天皇の子供を産んだので、何かあるといつでも呼ばれる。これではますます周りは泣きじゃくる子供のように面白くないでしょう。

「**ある時には、大殿籠り過ぐして**」ある時は、朝は必ず部屋に帰らなければいけないのに、寝過ごして「**やがてさぶらはせ給ひ**」そのまま帰らせないで一日中寝室に置いてしまった。「**あながちに、お前さらず**」無理やりに、天皇さんは、彼女を寝室から去らせない。そんな具合に「**もてなさせ給ひし程に**」天皇さんが彼女を愛してしまったので、桐壺の更衣は、「**おのづから、軽《かろ》き方《かた》にも見えし**」自然と「ああ、桐壺の更衣ってちょっと軽いわね、何さ、いやだと断って帰ってくればいいじゃないの」みたいにいかにも軽率な女性と見られました。

「**軽き方にも見えしを、この御子生まれ給ひて後は、いと心ことに、おもほし掟てたれば**」、「あんた、何さ、だらしがないわね」と言われつつも、源氏が生まれた後は、帝はますます「**いと心ことに、おもほし掟てたれば**」桐壺の更衣を大事にした。そりゃそうです、自分の子供を産んでくれたのですからね。

「**〝坊にも、ようせずば、この御子の居《い》給ふべきなめり〟**」、いまは右大臣の娘さんである弘徽殿の女御の長男が東宮、皇太子ですけれども、うっかりすると、この源氏がそれに代わって皇太子になるのではと、「**一の御子の女御**」長男を産んだ弘徽殿の女御は「**思し疑へり**」疑いました。これは当たり前。

せっかく弘徽殿の女御も、いろんな苦労をして、小さい時からきびしく仕込まれて、やっとのことで天皇さんに愛されて長男を産んだ。ゆくゆくは自分の産んだ子が皇太子となり天皇になるというような時に、桐壺の更衣から源氏という次男が生まれた。そして、その源氏があまりにも美しく可愛いから、ひょっとして取って代わられるのではないかと疑ってしまった。それは弘徽殿の女御としては当たり前の感情でしょう。弘徽殿の女御は、桐壺の更衣にすごく手きびしい意地悪ばかりをしかけてきますけど、考えてみると当たり前のことだったかもしれません。

「人よりさきに」この弘徽殿の女御は誰よりも先に**「まゐり給ひて」**この内裏に入って、**「(帝の)やむごとなき御思ひ、なべてならず」**第一夫人として桐壺帝から大事にされました。**「御子たちなどもおはしませば」**娘さんなどたくさんのお子さんたちもいるので、**「この御方の御諫めをのみぞ、なほ、〝わづらはしく、心苦しう〟」**他の人から何を言われても桐壺帝は平気だったけれど、この弘徽殿の女御から「いい加減にしなさい」と言われるとグサリとヤリを突きさされたように胸が痛くなっていたのです。

「かしこき御蔭をば、たのみ聞えながら、貶しめ、疵を求め給ふ人は多く」桐壺の更衣は帝の賢き愛情だけを頼みにしていたけれども、貶されたり粗探しをする人がどんどん増えてきた。女性たちが固まって貶したり粗探してきたら、男はとても敵いません。だから女性を敵にしては絶対ダメです。

しかも、「**わが身はか弱く**」桐壺の更衣は大変か弱い上、「**物はかなき有様にて**」何かと頼りにならない状態で生活しているので、「**なかなかなる物思ひをぞし給ふ**」だんだん天皇さんに愛されることが苦しくてつらいというふうに思われてきたのです。

その「**御局**」、その女性の局の名前は「**桐壺なり**」と、初めてここで「桐壺」という名が出てきます。最初から桐壺と言わない。「**御局は、桐壺なり**」とスパッと、ここだけはなんと短い文章になっています。

昔はみんなが文字を書けるわけではありません。文字が読めるわけでもありません。だから文章を書ける人がわざわざ京都に行って、『源氏物語』を書き写してきて、その人がみんなを集めて読み聞かせたわけです。「**いづれの御時にか**」とゆっくり言うと、聞いているお嬢さんたちが必ず「うーむ」と頷くんです。「**女御・更衣、あまたさぶらひ給ひけるなかに**」と言うと、また皆が頷く。そういうふうにしてずっと読んでいったんです。そうやってずーッと頷きながら読んできて、ここで初めて「**御局は、桐壺なり**」という女性の名前が出てきたわけです。

女御・更衣の気持ちが逆なでした天皇の寵愛

「**あまたの御かたがたを過ぎさせ給ひつつ**」桐壺の更衣一人が、毎夜廊下を伝って通う時には、数多の女御たちの部屋の前を通り過ぎていく。「**ひまなき御前渡りに**」天皇に深く愛されて、もう暇がないくらいいつもいつもお渡りした。自分の子供を産んだお后ですから帝は平気で呼ぶわけですね。あたりかまわずこんなにも帝が愛したのでは「**人の御心を尽くし給ふも**」ほかの女御たちが心を尽くして焼きもちを焼くのも、「**〝げに、ことわり〟と見えたり**」これは道理というもので焼きもちを焼くのは当たり前だ、と作家自身の気持ちも書いているのが面白い。

「**まう上り給ふにも、あまりうちしきる折々は、打橋・渡殿のここかしこの道に、あやしきわざをしつつ、御送《おく》り迎《むか》への人の衣《きぬ》の裾《すそ》堪《た》へがたう、まさなきこともあり**」。桐壺が呼ばれて廊下を渡って天皇のほうに上がっていく時にも、あまりに呼ばれた時には、「**打橋**」とは廊下にかかっている外すことができる橋、「**渡殿**」とは外すことができない廊下、その打橋のところや廊下のここかしこに、「**あやしきわざをしつつ**」大便や小便をまく。桐壺の更衣は、そこを必ず通っていかなくてはならないので、彼女と送り迎えの時の付き添いの人たちの「**衣の裾堪へがたう**」衣の裾が汚れてしまう。「**まさなきこと**」、そんなとんでもないことも起きたのです。

「**又、ある時は、えさらぬ馬道《めどう》の戸をさしこめ**」、中廊下の戸を閉めてしまう。桐壺の更衣がそこに入ってきたら一方の戸を閉めてしまい、戻ろうとしたら反対側の戸も閉めてしまう。両方ふさがれて、動きがとれない。天皇さんのところには行けない。閉じ込められて、そのまま放っぽっておかれるわけですね。

「**こなたかなた、心を合はせて**」その戸を閉める時に女たちが向こうとこちらで「行くわよ、いい？」はい、ピシャリ！「戻ってきたわよ、そっち閉めて」ハイ、ぴしゃり！と協力し合う。こんなふうに閉じこめられて泣き崩れている桐壺の更衣を「**はしたなめ**」みんなでバカにする。

「あんた、更衣のくせに。本当はお父さんが死んでるから更衣にもなれないのよ」「毎晩いい加減にしなさいよ」「子供まで産んでさ。いい気にならないでよ」と言ったかどうかはわかりませんが、「**煩はせ給ふ時も多かり**」困らせることばかりが続いたのです。こういうひどい目に遭って身も心もすっかり痛めてしまっても桐壺は天皇のところに通い続けたのです。

「**事にふれて、数知らず、苦しきことのみまされば**」とにかく何かにつけて、数がわからないくらい何度も、何度も焼きもちを焼かれ、意地悪をされ、「**苦しきことのみまされば、いといたう思ひ侘《わ》びたるを**」苦しくつらいことばかりが、はげしく荒れ狂う大波のように襲ってきた。

彼女は、塞ぎ込んでもう動けない、その様子を天皇は見て「可哀想だな、可哀想なことをしたな」と思っても、そういう時の愛情というのは「彼女に気の毒だからもう呼ぶのはいい加減にしようか」というふうにはいかない。こんな時男はますます女を守ろうとして、呼びつけてしまうんです。

これが女性だったらうまくブレーキをかけます。「いくら好きでも、こんなふうに愛したら相手の男は迷惑ね」と、女性は自らうまく引いてくれます。迷惑になると思ったらほとんどの場合女性のほうから引くんですが、男は逆でますます燃えさかってしまうんです。

「〝いとどあはれ〟と、**御覧じて、後涼殿《こうりょうでん》に、もとよりさぶらひ給ふ更衣の曹司《ぞうし》**」更衣の中でも特に天皇に気に入られた更衣は、天皇の寝室に近いところに部屋を取って、そこに入れられました。この更衣は天皇に信頼のある女性です。そこで桐壺帝は考えたわけですね。桐壺の更衣が部屋にやってくるまでに大便や小便をかけられたり、廊下に閉じ込められたり、いたずらをされるので、なんとかしなくちゃいけない。そこで「**もとよりさぶらひ給ふ**」天皇の面倒をよく見てくれていた最高級の更衣の「**曹司**」部屋を他に移らせて、「**上局《うえつぼね》に賜はす**」天皇の寝室のすぐ側にあるその空けた部屋に桐壺の更衣を住まわせたのです。そうすれば、毎夜廊下を通らなくてもいいわけですね。その時の天皇の気持ちもよくわかります。

しかし、現実はそんなことをされたらますます問題が起こって、桐壺の更衣はもっと困ることになってしまいます。「**その恨み**」今度は追い出された更衣の恨みを買うことになった。「私がどうして追い出されなきゃいけないのよ」とその更衣の恨み、「**まして、やらむかたなし**」、「そんなのないわ、絶対に許さない」というわけです。この気持ちも当然です。

因果応報の考え方すらひっくり返した源氏の美しさ

「この御子、三つになり給ふ年、御袴着《はかまぎ》のこと、一の宮のたてまつりしに劣らず、内蔵《くらず》寮《かさ》・納殿《おさめどの》の物を尽くして、いみじうせさせ給ふ」。いよいよこの光源氏が三つになりました。三つになると袴着の儀式をします。この儀式は三つ、五つ、七つにします。これが七・五・三のはじめといわれます。

初めて袴を着る儀式の時には、「**一の宮**」つまり弘徽殿の女御との間に生まれた長男の時にも劣らないほどで、天皇さんのお宝が入っている「**内蔵寮**」や金、銀、調度、衣服が入っている「**納殿**」のものを尽くして、「**いみじうせさせ給ふ**」。桐壺の更衣が喜ぶと思ったんですね。苦労して産んでもらった子だから大事にするよ、ということで、桐壺帝は長男の時よりも立派にして、病気がちだった桐壺の更衣にその姿を見せて、心を休めてあげようと思ったんです。

（ここまでは、第一講で申し上げたことでしたが、実は第一講を御都合で休まれた方が数名ございました。ほかの作品でしたらよろしいのですが、『源氏物語』はこの第一講の冒頭部分を外してしまうと、十分に鑑賞できなくなります。第一講を受講された皆さんには、ちょっと御迷惑でしたが、まあ復習をしたと思ってお許し下さい。いささか、違う話も入れました。）

しかし、「**それにつけても、世の誹りのみ多かれど**」そういうことをするとかえって、「なんで桐壺の更衣が産んだ源氏に長男より立派なことをするのか」と周りの人たちの非難や焼きもちばかりが多くなった。

でも、そうは思っても意地悪はしながらも「**この御子のおよずけもておはする御かたち**」この子が一歳、二歳、三歳と成長するにしたがって、姿、気立て、心映えが「**ありがたく珍しきまで見えたまふ**」世間には、例がないほどとてもいいし美しい、「**ありがたく**」世間にはいない。「**珍しき**」初めてこんな子供を見たよというほど珍しく品も高かったので、世間の人は非難はするけれども、一方では「**え嫉みあへ給はず**」嫉みきることはできなかった。

陰で非難はしても、いざ光源氏を見ると、ああ、なんと可愛いことかとみんな思ってしまったのです。

「物の心知り給ふ人は、〝かかる人も、世に出でおはする物なりけり〟と、あさましきまで、目を驚かし給ふ」。「物の心知り給ふ人は」というのは、世の中の道理というものを知っている人のこと。そのころの世の中の道理というのは、因果応報というものでした。これが平安時代に一番の人間学として定着していた。つまり、善いことをしたらよい結果、悪いことをしたら悪い結果が出るというのが因果応報ですね。

桐壺帝は歴代の天皇がしてはいけなかった更衣という身分の低い人を愛した。してはいけないことをしているのだから、因果応報の考え方からすればろくでもない子供が生まれてもしょうがない。ところが悪いことをしたのに、生まれた子がこんなに可愛いというので、道理を知った人たちもみんな驚いたというわけです。

それが「〝かかる人も、世に出でおはする物なりけり〟」。天皇があんな不義なことをしても、こんなに美しい子供が生まれるものなんだなぁと、「あさましきまで」呆れ果てるくらい「目を驚かし給ふ」現実のあり方の世界に、目を見張ってしまったのです。

里帰りを願う更衣、許さない天皇

「その年の夏、御息所、はかなき心地に患ひて、まかでなむとし給ふを、暇《いとま》さらに許させ給はず」。

その年の夏のことでございます。**「御息所」**、これは桐壺の更衣のこと。桐壺の更衣は**「はかなき心地に患ひて」**体が弱り切ってしまってもうどうにもならない。まったく頼りにならない気持ちでいっぱい。もういよいよ生きてはいけないような気持ちになってしまった。**「(里に)まかでなむ」**里に帰ります。もうこれ以上は生きていけませんからどうぞ「里に帰してくれ」とお願いをする。

しかし、**「(帝は)暇さらに許させ給はず」**天皇さんは「ダメだ、どんなことがあっても私の傍にいてほしい。里へ行ってはいけない、行かないでほしい」と、それを許さない。

「年ごろ、常のあつしさになり給へれば」いつもと同じような熱の出る病気だから**「御**

目馴れて」桐壺帝も見なれてしまって、「〝**なほ、しばし、こころみよ**〟」、そのくらいで里に帰らないでくれ。里に帰ってもここにいても同じだから、ここで養生しなさいと、「**(帝は)のたまはするに**」桐壺帝は言われた。

ところが、今回ばかりは「**日々におもり給ひて**」日ごとに病気が重くなっていった。「**ただ五六日《いつかむいか》の程に、いと弱うなれば**」たった五日、六日で、急に桐壺の更衣の体や神経が、春雪が解けるように、おとろえ始めた。

「**母君、泣く泣く奏して**」、天皇さんが許してくれないので、桐壺の更衣のお母さんが、泣きながら「もう体がダメですから、とにかく里に帰してください」と申し上げて、「**まかでさせたてまつり給ふ**」やっとのことで桐壺の更衣を、お里に帰したのでございます。

「**かかる折にも〝あるまじき恥もこそ〟と、心づかひして**」、今一番力のあるお后は長男を産んだ弘徽殿の女御になっています。その次に次男を産んでお后になった人を中宮といいました。中宮になりますと、これはほとんど皇后様扱いですから、桐壺の更衣も里にお帰りになる時には当然立派な牛車《ぎっしゃ》でお送りしなければいけない。

ところが、このような時に、「**〝あるまじき恥もこそ〟**」そんなことをしたら、またとんでもない恥をかかされ、意地悪を受けるんじゃないかと桐壺の更衣は用心をして、「**御子をば、とどめたてまつりて**」、お子さんの光源氏もまだ三つですから、いっしょに里へ連れていきたいけれども、親子で出ていくと、子供まで虐められたら困る。そう思って、光源氏はそのまま天皇の傍にとどめて「**忍びてぞ出で給ふ**」自分だけが人目につかないようにこっそりと出て、里へ帰ったのです。

「**限りあれば、さのみも、えとどめさせ給はず**」物事には限界というものがありますから、帝もこれ以上、桐壺の更衣を留めることはできませんでした。「**御覧じだに送らぬおぼつかなさを、言ふ方なく思さる**」本当は中宮ですから堂々とお見送りして差し上げられるわけですが、そういうことをするとかえって桐壺の更衣がまたさらに余計な苛めに遭うかもしれないということで、見送りはしない、というより、できない。「**言ふ方なく思さる**」帝自身も、自分の出処進退をどうしていいかわからない、というふうになってしまったのです。

「**いと、匂ひやかに、うつくしげなる人の**」、桐壺の更衣は可愛らしくて美しい。これは単に美しいのではなくて、「**匂ひやかに**」この言葉はどう解釈していいかちょっとわかりませんね。まあ、いま目の前でしずかにパッと開いた美しい花のような魅力あふれる女性のいのちの薫りがあったのでしょう。そんなに可愛らしかった美しい桐壺の更衣が、「**いたう面《おも》痩せて**」意地悪が重なって、線香のようにゲッソリと痩せてしまった。

「**〝いとあはれ〟と、物を思ひしみながら、言に出でても、きこえやらず、あるかなきかに、消え入りつつ物し給ふを**」。こんな辛いことはこの世にはない。天皇さんの子供を産み、本来ならば中宮の位にあるのにもかかわらず、父がいないためだけで、まだ桐壺の「更衣」の身で、自分の子供を宮中に置いて、逃げるようにこっそり人目につかないように一人で里に帰っていかなくてはいけない。

「**物を思ひしみながら**」自分の人生や運命について深く思い悲しみながらも、「**きこえやらず**」桐壺の更衣という女性はその悲しさやるせなさをひとことも言葉に出して桐壺帝に言わない。「ああ、辛い」と思っても、絶対にそれを口に出さなかったんです。

「**あるかなきかに**」だんだんと桐壺の更衣は、生きているか死んでいるかわからないように「**消え入りつつ**」正体もなくとうとう息も絶え絶えになってしまった。

いよいよ彼女が里へ帰ろうとする日だった。「**（帝は）御覧ずるに**」、桐壺帝は苦しんでいる桐壺の更衣を見ていると、「**来《き》し方・行く末、思し召されず、よろづのことを、泣く泣く契りのたまはすれど、御いらへもえ聞え給はず、まみなども、いとたゆげにて、いとど、なよなよと、我かの気色《けしき》にて臥《ふ》したれば、〝いかさまにか〟と、おぼしめしまどはる**」。「**來し方**」、帝は、いままで桐壺の更衣にずいぶん辛い思いをさせて悪かったな、と胸が痛む。「**行く末**」、どうか早く元気になってまた戻ってきておくれ。そしたら必ず中宮の位にして、あなたにふさわしい人生を約束するから……。というようなことが、つと、帝の頭をめぐりました。

「**思し召されず**」というのは、分別なくいろいろな思いが頭をめぐることです。「**泣く泣く契りのたまはすれど**」泣きながら桐壺の更衣に、「悪かった。悪かった。元気になって戻って来たらきちんとするから」ということを「**契りのたまはす**」約束をして、語りかける。

「いかまほしきは命なりけり」――死出の旅に立つ桐壺の更衣

しかし、桐壺の更衣は「**御いらへもえ聞え給はず**」答えを一つも言いません。その時にもう二度と宮中には帰ってこられないと思ったのでしょうね。「**まみなども、いとたゆげにて**」目がだるそうで、「**いとど、なよなよと、我かの氣色にて臥したれば**」体が正気を失ってまったく自分か誰かわからないような状態になって横になっていた。それを見ると、「〝**いかさまにか**〟」今後どうなるんだろうと帝は「**おぼしめし惑はる**」お思いになって惑い出したのです。一所懸命謝っても、安心するように将来を誓おうとしても、返事がないので、いったいどうなるのかと不安になったわけです。

「**手車の宣旨《せんじ》など、のたまはせても、又、いらせたまひては、さらにえ許させ**」。「**手車**」というのは乳母車みたいなもの。牛車を出すと大変だけれど、人が押していく手車ならば他人にも見えないし大袈裟にもならないから、手車で桐壺の更衣を里に送るようにと天皇さんは指示を出したわけです。しかし「手車を出せ」と一度は命令しても、「又、いらせたまひては」また桐壺の部屋にやってきては、「**さらにえ許させ**」やっぱりこの状態では里に行かないほうがいい、心配だから、ここにこのままいてほしいというふうに里に帰ることを許さなかったのです。

「**〝限りあらむ道にも、後れ先だたじ〟と、契らせ給ひけるを、さりとも、うち捨てては、え行きやらじ**」もう里へは行かないほうがいい。「**〝限りあらむ道にも〟**」いずれ私たち二人は死出の旅に出るけれど、その時には遅れたり先立ったりすることはやめよう、いっしょに死のうと私はずっとあなたに「**契らせ給ひける**」約束したでしょう。あんなにずっと約束していたのに、「**さりとも、うち捨て**」私だけを見捨てて行くのですか、「**え行きやらじ**」ダメだと、一人では行かせない、いっしょに死のう。「**と、のたまはするを**」そのように桐壺の更衣に言い続けた。

更衣はそこで初めて「**〝いといみじ〟**」ああ、もったいないことです、と帝に申しました。掟を破ってまで、私をこんなにもやさしく愛してくださったために桐壺帝はみんなから悪口を言われ、軽蔑され、罵倒されたのです。さらに私がこんな姿になったのにもかかわらず、もっと深く私を愛してくれた。もったいないことですと「**(帝を)見たて**

まつりて」帝を見上げて、言葉にならない言葉を臓腑から絞り出すようにしてかすかな末後の声で歌を詠《よ》みました。

「**かぎりとて別るる道の悲しきにいかまほしきは命なりけり**」

「**かぎりとて**」もう私は生きて帰ってこられない。これが最後です。これで最後のお別れをして、私は死出の旅に立ちます。それはとても悲しい。死出の旅に出る時には遅れたり先に立ったりするのはよそうといままで何回もお約束をいただいたのに、でも現実は私だけが先に死出の旅に立たねばいけない。それはとても悲しいことです。

「**いかまほしきは命なりけり**」こうして私の命は一人で死出の旅に行きます。

この「**いかまほしき**」の「いく」には二つの言葉が掛かっています。これを掛け詞《ことば》といいます。一つは「行く」という意味ですね。これを最後の別れとして死出の旅に私一人で「行く」のは悲しいけれど、思い切って一人で私だけの命と共に私は一人で行きますという、一つ目は「行く」という意味です。

もう一つの「いく」は、live の「生く」です。「生きたい」です。これを最後の別れとして旅立っていきますけれど、今、私の心にあるのは、もっと生き続けたいと叫んでいる私の命です。これは「生きる」の「生く」です。私は、もっと、あなたさまのお傍で生きたい、という意味が掛かっています。

源氏物語は、歌物語ですからいろんないい歌がありますけれど、私はこの歌はすごくいいと思いますね。「いかまほしき」に二つの意味を掛けている。私の命といっしょに私だけで一人で行きますという意味と、もっともっとお傍にいて生き続けたいのは私の命なんですという意味。つまり、一人で別れて死の世界へ「行く」けれども、私の命がいま思っていることは、もっとあなたさまのおそばで「生き」たいということなんです……。

もし、また生きて帰ってくれれば、源氏さんとも生活できる。いずれは自分の身分もきちんとする。そうなればいままでの苦しみ、意地悪をされても、こうして自分の命まで痛めても、桐壺帝の愛に報いた意味が出てくる。

この桐壺という女性は、桐壺帝の愛を受けて震えて感動していたんです。その愛の深さを受けて、あたりかまわず、力のかぎり女の命を強く生き抜いてきた。そして桐壺帝の光輝くような子供を産んで、一人で死の旅に立つ……。

「〝**かぎりとて別るる道の悲しきにいかまほしきは命なりけり、いと、かく思う給へましかば**〟と、**息も絶えつつ**」こんなことになってしまうのは私はよくわかっていましたが……、と言って息が絶えた。「**聞えまほしげなる事はありげなれど**」これから帝にもっと話したいことがありそうだけれども、急に桐壺の更衣は「**いと苦しげに**」苦しくなって「**たゆげなれば**」気力がなくなってしまったのです。

「〝**かくながら、ともかくもならむを、御覧じはてむ**〟」と帝は思った。これじゃいかん、この状態でどうなるか、生きるか、死ぬか、その経過を自分で見届けたい。ここまで愛した桐壺の更衣の最期をどうしても見届けたいと帝は思ったのです。

更衣の死と悲嘆にくれる天皇

そこへ里からお使いが来ました。「〝**今日、始むべき祈りども、さるべき人々うけたま**

はれる、今宵より〞」。昔は病気を治すのは全部ご祈禱でした。お医者さんはいなかったんです。ですから、使いの者が「里にお祈りをする僧侶たちがたくさん来ている。帰ったらすぐにご祈禱を始めますから、すぐ里のほうへ！」と言ったわけです。「**さるべき人々**」とは、法力の確かな僧侶です。祈りの力の強い僧侶たちが「**うけたまはれる**」承知している。つまり、「今晩から病気平癒のご祈禱を始めますから、とにかく早く里へ帰してくれ」とお使いが言ったわけですね。

天皇は、もう死が近い、本人もこれが最後だと言っているから、とにかく宮中において最後まで彼女の状態を見たいと思っていたわけです。しかし、そこに使いがやって来て「ご祈禱が始まるから」と言って無理やりに急がせた。早くしないとダメだ、もうご祈祷の坊さんが待っているから……と。

「**（帝は）わりなく思ほしながら**」天皇は、もう僧侶たちが、いかに祈ってどうこうする状態じゃない、私のところに置いて私が最後まで見届けてやったほうが、桐壺の更衣は安心するに違いないと思った。けれども、そのお使いたちが「法力の確かな僧侶が待っている」というので、無理に桐壺を里に「**まかでさせ給ふ**」帰したということだったのでございます。

「**御胸のみ、つと塞《ふさ》がりて**」天皇は、桐壺の更衣を里へ送ったあと、つと胸が塞がった。「つゆまどろまれず」全然眠れない。「**明かしかねさせ給ふ**」この一夜を明かすことが大変なことだった。まったく眠れないで苦しい一夜を過ごしたのです。

「**御使の行きかふ程もなきに**」朝になると、すぐにお使いを出しました。そのお使いが行って、帰ってくるだけの少しの時間も、桐壺はどうなったかと「**なほ、いぶせさを**」気がかりで、気がかりでしょうがなかった。「**限りなくのたまはせつるを**」、まだ帰ってこないか、まだ帰ってこないか、と何度も何度も言われていた。

早朝にお使いが里へ着いた。が、お母さんも誰も出てこなかった。何かと世話をしていた里の人が「**夜中、うち過ぐる程になむ、絶え果て給ひぬる**」夜中をちょっと過ぎた頃に、桐壺の更衣は、息をお引き取りになりましたと言って、「**泣き騒げば**」泣き騒いだ。仕方なく「**御使も、いとあへなくて**」お使いの人も気が抜けたように、内裏に帰ってきたのです。

この桐壺の更衣が亡くなる、この表現は、見事ですね。他のことは丁寧に長い文章で表現しながら、いざ！ ということは短い文章になっている。まわりの人が泣き騒ぐだけで桐壺の更衣が亡くなったことを表している。その亡くなる時の彼女の様子は、一行もない。そこが、よけいに悲しい。あッという間に、一夜で簡単に亡くなってしまった。それほど桐壺の更衣は弱っていたということですね。

彼女のあッという間の臨終を思うと、先の「**かぎりとて別るる道の悲しきにいかまほしきは命なりけり**」という歌が、またふり返って私たちの胸を打ちますね。素晴らしい歌でしたね。

「**御心まどひ**」帝のお心の惑いは「**何事も思し召しわかれず**」なんの判断もできない。朝か夜かもわからない。「**こもりおはします**」自分の部屋にそのまま引き籠もって涙にくれてしまいます。

「**御子は、かくても、いと御覧ぜまほしけれど**」幸いにも光源氏は里へ行きませんでした。里へいっしょに行くと、途中で思わぬ悪戯をされる。子供が意地悪をされたら可哀想だからといって桐壺の更衣の意思で連れていかなかった。ですから帝は、「**いと御覧ぜまほしけれど**」ああ、とにかく光源氏だけは自分のすぐ傍にこのままずーっと置こうと思ったけれども、「**かかる程に**」喪中に子供だけを宮中の自分の脇に置くというのはできませんでした。

お母さんは里に行って亡くなり、子供だけが内裏にいるということは、当時の喪中の習慣としては許されません。「**かかる程に、さぶらひ給ふ**」このような時に子供だけが内裏にいるということは「**例《れい》なきことなれば**」例がない。だから、母親の桐壺の更衣の里に「**まかで給ひなんとす**」子供の光源氏までも出かけるということになりました。「〝**何事かあらむ**〟**とも、おもほしたらず、さぶらふ人々の泣き惑ひ、うへも、御涙《なみだ》のひまなく流れおはしますを、**〝**あやし**〟**と、見たてまつり給へるを。よろしきことにだに、かかる別れの悲しからぬはなきわざなるを、まして、あはれにいふかひなし**」。

若宮はまだ三歳ですから、「〝**何事かあらむ**〟**とも、おもほしたらず**」何か不幸があったとも思いませんでした。けれども周りにいる人がみんな泣いている。お父さんの帝も、「**御涙のひまなく流れ**」いつまでも泣いていいて涙が止まることがない。だから「〝**あや**

し〟と、**見たてまつり**」なんだかおかしいぞとだけ幼い源氏は思ったのです。

「**よろしきことにだに、かかる別れの悲しからぬはなきわざなるを、まして、あはれにいふかひなし**」。お母さんと普通のことで別れるということでも、母と子供が別れるということは悲しくないということはない。

特に子供が小さければ、夕方だけでもちょっと別れても子供は母を追いかけます。親子の別れというのは、普通の生活の中でも悲しいのに、母親が里で一人で死んでしまった。「**まして、あはれにいふかひなし**」ああ、なんてこの子は哀れなんだろう。こんな小さな時に母が他界してしまった。しかも、大勢の人に意地悪をされて、嫉妬を受けて、そのために病を重くしてわが子一人残して死んでしまったのです。

悲しみやるせなさに泣きこがれる更衣の母

「**限りあれば、例の作法にをさめたてまつるを**」とにかく物には限界がありますからいつまでも悲しんで泣いてばかりいられない、いずれにしても「**例の作法**」普通の葬儀の作法に従って、桐壺を納めることになる。「**母北の方**」、桐壺の更衣のお母さんは、「〝**おなじ煙**《けぶり》**にも、のぼりなむ**〟」娘を焼く煙と同じ煙で、私も天に昇っていきたい「**と、泣きこがれ給ひて**」胸を打って涙が枯れるまで泣きました。

そうして「**御送りの女房の車に慕**《した》**ひ乗り給ひて**」、普通、母は娘が先に逝った逆縁の場合は火葬場まで送ることはできません。母は家に待っていなければいけない習慣です。ところが自分だけ家で待てない。とにかく私もいっしょに焼かれて、同じ煙となって天に昇っていきたいと言って泣きこがれながら、見送りの車にいっしょに飛び乗りました。

「**愛宕**《おたぎ》**といふ所に、いといかめしう、その作法したるに、おはしつきたる心地**」、愛宕というところに着いたら、厳粛に桐壺の亡骸を処理する様々な作法が整っていました。母もそこにお着きになった。

「**おはしつきたる心地、いかばかりかはありけん**」、お母さんとしても辛いですよ。家にいれば普通の娘さんで、しかも、おじいちゃん、おばあちゃんは元気なのですから、なんの苦労もない。けれども天皇が、昔仲良くした大納言の娘だし、大納言と約束していたからと、最下位の更衣として無理やり宮中に入れてくれとお母さんにも頼んだのです。

それならばといって、やっとのことでご奉仕に出したところが、なんと「更衣」の位でありながら天皇さんに愛され、大勢の女性たちから憎まれ、嫉妬され、意地悪されて、その上天皇の子供を産んで亡くなってしまった。一人娘ですから、お母さんとしてもその悲しさやるせなさはたまらなかったでしょう。

「**その作法したるに、おはしつきたる心地、いかばかりかはありけん**」、その時のお母さんの気持ちはどんなだったでしょうか。「**空しき御骸《から》を見る見る**」、もう生きていない娘の体をまじまじと見て、「**なほ、〝おはするもの〟と思ふが、いとかひなければ、灰になり給はむを見たてまつりて、〝今は、なき人〟と、ひたぶるに思ひなりなむ**」。どこでも娘が亡くなった時は、お母さんは見送りしません、逆縁《ぎゃくえん》ですから。けれども母君は、「**なほ、〝おはするもの〟と思ふ**」、いや、まだ死んでいない、私には死んだとは思えない、と言い張ります。私はこれからも「まだ死んでいない、娘はまだ死んでいない」と思って生きていこうと思っておりますが、それはよく考えてみると甲斐のないことです、と。

だから逆に娘が「**灰になり給はむを見たて**」すっかり灰になった姿を見れば、「〝**今は、なき人**〟」本当に娘はいないんだ、娘はこの世の人ではないんだと「**ひたぶるに思ひなりなむ**」すっかり諦めがつく。だから火の燃えさかる所へ連れていってください、と言って車に乗ってきたわけだったのです。

ところが、いざ葬儀の場所に着いてみると、「**と、さかしうのたまひつれど**」、あの時には分別ありげに賢い顔をしてお母さんは言っていたけれども、斎場に着いた途端に、まるで「**車より落ちぬべう惑ひ**」車から落ちるくらいのた打ち回って、おろおろしてしまった。

「〝**さは、思ひつかし**〟」、いっしょに車に乗せてきてしまったその女房たちも、「やっぱりこうなるだろう、だから連れてこなければよかったのよ」と、「**もて煩ひ聞ゆ**」母をどうお世話していいかわからない。

人間のありのままの事実だけを書いた物語

そこへ「**内裏《うち》より御使あり**」内裏の天皇から使いがありました。「**三位の位おくり給ふよし、勅使来て、その宣命読むなん、悲しきことなりける**」、内裏から勅使が来て、「桐壺の更衣に、三位の位を贈ります」という天皇さんの宣命書を読み上げました。更衣は四位ですけれども、三位の位というのは女御の位です。もし、生きている時に桐壺が女御であればもう中宮さんです。だけども、それは周りがあるから生きているうちはできなかった。だからせめて亡くなったいま桐壺さんを更衣から女御にしたいというのが、天皇の気持ちでしょう。

「**〝女御〟とだに言はせずなりぬるが**」、最後まで桐壺の「更衣」だった。子供を産んでも桐壺の更衣だった。三位に位を上げて桐壺の女御なんて呼ばせたらまた周りから意地悪されるから、生きている時は桐壺の女御とは呼ばせられなかった。女御として、中宮として愛したかったが、それさえできなかった。「**(帝は)あかず、口惜しう思さるれ**

ば」天皇は「ああ、残念なことをしてしまった。気の毒なことをしてしまったのだ」と思われた。

当時は身分制度がはっきりしていますから、一位上げるかどうかで、その女性の見方、考え方はまるで違ってきます。更衣か女御かで全く人生が違うわけです。だからせめて帝は子供を産んでも女御を名乗らせたかったけれども、それができなかったということがまことに残念だったのです。

そこでいま取り急ぎ、「**〝いま一きざみの位〟**」、つまり四位から三位にする。「**〝いま一《ひと》きざみの位をだに〟と、(桐壺に)おくらせ給ふなりけり。これにつけても、にくみ給ふ人々多かり**」、亡くなってから地位を上げた。しかし、そのことに対しても「**(桐壺を)にくみ給ふ人々多かり**」桐壺の更衣を嫉妬する人が多かったというのです。

桐壺帝の気持ちは真実ですよ。どうしてもしたいことなんです。その一方で、それにつけても更衣を憎む人が多かったというのも真実ですね。いいも悪いもない、人は誰もが、そういう場合は、立場立場で、お互いにそうなります。

『源氏物語』というのは、どっちが良い、どっちが悪いということはあまりいいません。

ありのままが全部人間の事実、そういう時には誰でもこうなるという事実だけを書いていています。これが面白いし、この物語のすごさはそこにあるんです。

「**物思ひ知り給ふは、さま・かたちなどの、めでたりしこと、心ばせの、なだらかに、めやすく、憎みがたかりしことなど、いまぞ、思し出づる**」。しかし「**物思ひ知り給ふ**」女御の中でも冷静にものを見る人は、桐壺の更衣が生きている時の様子、姿形、顔形を思い出して、「**めでたかりしこと**」彼女は、いつも冷静で美しかった、「**心ばせの、なだらかに、めやすく、憎みがたかりしことなど、いまぞ、思し出づる**」気立てが本当に優しくて憎むことができなかった、やっぱり彼女は心から憎めない人だったねと、彼女が亡くなってハッと気がついたのです。

「**さまあしき御もてなし故こそ**」、結局は帝が見苦しいほどの愛情を桐壺にかけたからこそ、「**(桐壺を)すげなう嫉み給ひしか**」多くの女御や更衣たちが桐壺にそっけなくして焼きもちを焼いた。けれども、「**(桐壺の)ひとがらの、あはれに、情ありし御心を、上の女房なども、恋ひしのびあへり**」亡くなってからかえって桐壺の更衣の人柄がしみじみと偲ばれてきた。「**情ありし御心を**」本当にあの人は思いやりのあるなさけ深い人だったねと、「**上の女房なども**」女御の中でも一番天皇に近い上級の女御たちも桐壺の更衣が亡くなったからこそ、かえってしみじみと思い出して、恋しがったのです。

これも素晴らしいですね、憎み給うたのも事実、しかし死んでしまうと「恋しいね」としみじみと思い出すというのも人間の事実です。これが人間性のリアルというものです。まさしく人間の心の正直な変化のあり方を『源氏物語』は書き続けていくんです。

それでは今日はこのへんで終わらせていただきます。次のところに「**野分たちて、にはかに肌寒き夕暮の程、つねよりも**」とあります。これは『源氏物語』の中でももっとも名文と言われている部分です。次回はこの「**野分たちて、にはかに肌寒き**」から始めることにしましょう。

第三講

『古事記』を読むと源氏がわかる

『古事記』に源流がある源氏の愛のあり方

日本で一番古い本は何かと皆さんに聞けば、たぶん『古事記』とおっしゃると思います。『源氏物語』ができたのはいまから千年くらい前ですが、『古事記』は千五百年くらい前に書かれた本です。これが日本で一番古い本です。けれども、ほとんどの方はお読みいただいていないと思います。学校でも教えないし、読む機会がないのだから当たり前です。

ただ、『古事記』にはすごく面白い、いいことが書いてあります。そして、日本人の男女の考え方の基本が書いてある。これは絶対読まなきゃいけません。これを読むと感動します。欧米人と日本人の男女の考え方の違いが、一発でわかります。

『源氏物語』というのは日本の物語です。紫式部という人は、女性でありながら、日本の愛のあり方はこうなんだということを、長い物語にしたんです。男にはそれがわからなかったから、中国の王朝の組織を参考にしてしまったのです。これに対して、紫式部という女性が「それは違うでしょ」と警告を出したのが『源氏物語』です。

日本の女性はすごいんです。一見おとなしそうに見えますが、いざとなるとすごい才能を持って、ズバリと切り込みます。何もサッカーで強いだけじゃない。日本の女性は素晴らしい実践力を持っています。とにかく、あの時代に女性があれだけ長い物語を書いた。それは世界の十大古典のトップに挙げられるのですから、大変なことです。しかも日本人の愛のあり方をスパッと書き上げたんですね。

『源氏物語』は色好みの貴公子の物語だとか、政権を狙っている光源氏の物語だとかいう見方があります。そういう見方をなさる方は別にそれでもいいと思います。それを否定しませんけれども、私はそうは思わない。そんなものじゃない。もっと深い人間の本質的な愛の世界があると思っています。

だからこそ世界の十大古典のトップになるんです。外国の人が読むとその特徴がよくわかる。私たちは慣れてしまっているが故に、その特徴がわからないんです。ですからアメリカでも翻訳されています。中国語でも、もう二つの翻訳が出ている。フランス語でも翻訳が完成しています。彼らは源氏を読んで、日本人はすごいと、びっくりしているんです。

その源氏の愛のあり方の源流が、実は『古事記』にあります。そこで今日は、『古事記』で一番よく愛というものが書かれたところをちょっと勉強してみませんか。ゆっくり解釈いたしましょう。古い言葉ですから。現代人の目から見ると、よほどいろいろ考えないとわからないんです。けれども、ちょっと現代的な考え方に直すと、誠に面白いんですね。

リアルに描かれた男女の交わり

それはイザナギノミコト（伊邪那岐命）とイザナミノミコト（伊邪那美命）のお話ですね。まず、天からこの二人の神様が島に降りてきましたね。そして「**天《あめ》の御柱《みはしら》を見立《みた》て、八《や》尋殿《ひろどの》を見立てたまいき**」と。

その後、ある日イザナギノミコトというのは男の神様ですが、イザナミノミコトという女の神様に問いかけました。どのように問いかけたのでしょうか。「**〝汝《な》が身は如何《いか》にか成れる〟**」。あなたの体はどのように成長できましたか、と問いかけたのです。すると女性のイザナミノミコトのほうが「**〝吾《あ》が身は、成り成りて成り合はざる処《ところ》一処《ひとところ》あり〟**」と答えました。私の体には「**〝成り成りて〟**」成長しきって、「**〝成り合はざる処一処あり〟**」まだ成長しきらないところが一つございます、と答えました。

そうしたら男のイザナギノミコトは「**〝我が身は、成り成りて成り余れる処一処あり〟**」私の体はもう成長しきってでき上がったんだけれど、一か所、できすぎちゃったところがある、とこういうふうに言ったんです。

この「**天の御柱を見立て**」ていうのは何を見たのかわかりますね。当時は裸ですからね。天の御柱とは男の性器をさしています。八尋殿というのは、当然、女性器でしょうね。二人はこの天の御柱と八尋殿をおたがいによく見て、そして言ったんですね。まず女性のイザナミノミコトが「あなたの体はどうなってる？ 私の体は成長しきってね、まだ成長しきれないところが一つあるのよ」と言った。つまり女性器です。そうしたらイザナギノミコトは「いや私は成長しきったんだけど、一か所、でき過ぎて出ばったところがあるんだよ（つまり男根です）」と答えたのです。

そして「〝故《かれ》、この吾が身の成り余れる処をもちて、汝《な》が身の成り合はざる処にさし塞《ふさ》ぎて、国土《くに》を生み成さむと以為《おも》ふ。生むこと奈何《いかに》〟」と言いました。これはイザナギノミコトが言ったんですね。私の体のでき過ぎたところ、つまり男根で、あなたの体のまだ成長しきらないところ（女性器）をふさいで、子供を生み出そうと思いますけれど、どうですか？と。

すると女性のイザナミノミコトが「〝然善《しかよ》けむ〟」と答えました。ああ、それはいいことね、というふうに答えたんです。それはいいことなんですね。いまはうっかりすると男女の合体は悪いことと思っている人が多いんじゃないですか？古事記では、それはいいことなんですよ。

いいや、でもこの男女の性的部位の合体の表現が実に見事ですね。このような表現は現代人にはとてもできない。「〝この吾が身の成り余れる処をもちて、汝が身の成り合はざる処にさし塞ぎて、国土を生み成さむと以為ふ〟」。この表現は、とてもリアルです。

その次はどうなるか。これがまた面白いし、深い。

「**〝然善けむ〟**」いいでしょう、とイザナミノミコト（女性）が答えてくれましたので、イザナギノミコト（男）は言いました。「**〝然らば吾《あれ》と汝《いまし》とこの天の御柱を行き廻《めぐ》り逢ひて、みとのまぐはひ為《せ》む〟**」。それなら、まずあなたとこの天の御柱（男根）を巡ってから男女の交わりをいたしましょう、とおっしゃった。

「**かく期《ちぎ》りて、すなはち〝汝は右《みぎ》より廻り逢へ、我《あれ》は左より廻り逢はむ〟**」しっかりと約束をしてから、「それじゃ私は右より巡っていきましょう」「私は左より巡っていきましょう」とおっしゃった。約束をしてからお互いに巡っているわけですね。

天の御柱を巡るという表現はすごいですね。子供にはぜったいわからないけど、大人にはああ、なるほどとわかるようになっている。子供が見たら「ああ神様の話か」ということですが、大人が見ると「うむ！　うまく書いたね」となる。

日本の男女の伝統的なあり方は「男が先」

男女の交わりをして、さてどうなったか。イザナミノミコト、女性のほうが先に「**〝あ**

なにやし、えをとこを〟」と感動して声を上げました。女性が「ああ素晴らしい、素敵よ」、と先に言った。そのあとでイザナギノミコト、男が「**〝あなにやし、えをとめを〟**」素敵だ、なんていい気持ちだねえ、と言いました。

ここは大事。ここがすごく大事。いかに大事といえば、その後の段章に出ています。先に女性が感動した。後で男性が感動した。その時に男のイザナギノミコトが「**〝女人先《をみなさき》に言へるは良《よ》からず〟**」女性が先に感動の言葉を上げるというのはよくないんじゃないか？　と言ったのです。「**然れどもくみどに興《おこ》して生める子は、水蛭子《ひるこ》**」。だから、おそらくその子は産みたくなかったのでしょうけれども、昔はそういう制限が何もできませんから、とうとうその子を、「**くみど**」というのは寝室ですから、寝室で産んでしまった。

ところが、その子は「**水蛭子**」であった。水蛭子というのは、手足のない子供だったのです。そこで「**この子は葦船《あしぶね》に入れて流し去《ろ》てき**」この子を葦の葉で作った船に入れて川に流してしまった。「**次に淡島《あはしま》を生みき。こも亦、子の例《たぐい》には入れざりき**」次にもう一人の子供を産みましたけれど、この子もまた人間の子供の中には入らないような未熟な子供でした。やはり水蛭子のようなものだったのでしょう。この子も捨ててしまった。

さあ、どうしてこんな不完全な子になってしまうのでしょうか。その疑問に対して、次の一文があります。先ほど『古事記』はすごく面白いと言いましたけれど、実はここが一番面白いところなのです。ここを読んだらあとは読まなくてもいいくらい。ここに男女の真実があるんです。日本の神話は、すごい。

「**ここに二柱の神、議《はか》りて、云ひけらく**」、つまりイザナギノミコトとイザナミノミコトが二人で相談をした。「**〝今吾が生める子良からず。なほ天つ神の御所《みもと》に白《まを》すべし〟**」、いま、私の産んだ二人の子は手足がない未熟な状態で生まれてしまった。どうしてなんでしょう。天の神様のところへ行って事実を申し上げて、どうして健康な子が生まれないのかを聞いてみようと、「**すなはち共に参上《まいのぼ》りて、天つ神の命《みこと》を請《こ》ひき**」二人で天上に昇って行って、天つ神の命のもとを訪れたのです。

「私たちは地上に行きまして、二人で体の違うところを見て、出ているところで、ひっこんでいるところを塞いで子供を産もうとしたけれど、いい子供ができません。どうしてでしょうか？」と聞いたわけです。

この質問には天つ神も困ってしまいました。そこで天つ神の命は「**太占《ふとまに》に卜相《うらな》ひて**」占い師に占ってもらうことにした。その占い師はこう説明してくれた。「〝**女先《をみなさき》に言へるによりて良からず。また還り降りて改め言へ**〞」と言いました。ちゃんとした子供ができなかった理由は、女性が先に感動の声を上げたり、誘ったりしたのがよくないのだ、と言うのです。だから、「また帰って改めて男のほうからうまくリードし直しなさい」とおっしゃった。


「**故ここに反《かへ》り降りて、更にその天の御柱を先の如く往き廻りき**」。そこで二人は地上に降りてまいりまして天の御柱をまた二人で巡りました。「**ここに伊邪那岐命、先に**〝**あなにやし、えおとめを。**〞**と言ひ、後に妹伊邪那美命、**〝**あなにやし、えおとこを**〞**と言ひき**」。今度はイザナギノミコト、つまり男のほうの神が先に「〝**あなにやし、えをとめを。**〞」あなたは素晴らしい乙女だねと言い、後で女性のイザナミノミコトが「〝**あなにやし、えおとこを。**〞」あなたは素敵な男性ですね、うれしかったわ、と言いました。

こうして大八洲《おおやしま》国を産み、その主者として生まれたのが日本の建国神である天照大神《あまてらすおおみかみ》となります。

最近読ませてもらった本に『精子戦争』という本があります。アメリカの学者が研究に研究を重ねて書いた本です。友達にすすめられたので一応読みました。読みだしたら面白くて深くてびっくりしました。というのは、私は精子というのは一種類で、皆同じだと思っていたのですが、精子の中には、攻撃する精子、それを守る精子、卵巣の中に行って本当の子供になる精子と三種類あるのだそうです。

まずは、戦う精子が卵巣の中に行こうとすると、それを早く行かせないように守る精子が出てくる。その二つの精子の争いを精子戦争というんです。その時にあまり男性が興奮しなかったり感激しなかったりするような状態だと、強い精子、立派な精子は飛び出てこない。強い精子というのは、男が本当に性の活動が盛り上がって大感動、大感激しないと強い精子が出てこないと書いてありました。

それを読んで私は「『古事記』はすごい」と思ったんです。つまり女が先に感動して、男があまり感激しないような場合だと、いい精子が出て子宮に届かない。だから、はじめての時はしっかりした健康な子供が生まれなかったというのです。この原理から日本の男女の伝統的なあり方というものが生まれてきたんじゃないかと思うんです。

女性の魅力ある仕草が男性を燃えさせる

女性は愛の心が最初に燃え上がっても、それを欧米の女性のようには、オープンに素直にパッとは出さない。日本の女性の仕草で一番大事なのは、男性を燃えさせるような体の動きを表現していることです。惚れさせるというとおかしいけれど、男が惚れなければ、いい関係ができない、男がパワーをつけないと万事うまくはいかないということです。

もちろん女性が先に好きになる場合もあります。ほとんどは女性が男を選ぶといってもいい。女性が「この人、いいわね」と思って、この人と結婚したいと思った時に自分から「結婚して」と言うのではなくて、男を惚れさせて結婚したいと思わせなくてはいけない。そうしないと、男は生命のパワーが出ない。男は相手が惚れていない女性だったらなかなかパワーが出ないけれど、好きな女性だったらいくらでもパワーが出る。不思議なんですよ、日本の男というのは。これは女性にもわかっていただけるでしょう。日本の男が、ある女性を本当に好きになったら、いままでなかった、ものすごい力が出てくる。もちろん、片思いの場合はダメだ。

女性のことをお姫様といいますけれど、昔はこう書いてある。「秘女《ひめ》」。自分の気持ちは絶対秘密にしておくから、秘密の女と書いたのです。日本の女性は秘密にする仕草が綺麗なんです。ちょっとした仕草によって、男を燃えさせる魅力ある体の動きをもっている。越中おわら風の盆の女性たちの踊りの仕草を見れば、よーくわかります。よく欧米の私の友達も、日本の女性たちの髪をちょっとやさしくかき上げる手の仕草に、すごい魅力を感じると言っています。とにかく、自分の気持ちは秘めてあまり口に出してハッキリと女性のほうから愛してるとか好きだとかは言わない。ですから今日でも日本では「結婚したい」と思った時に、必ず男のほうから女性の両親に頭を下げて頼みに行くんです。

男性の皆さんの中で、女性のほうから頼みに来たという人がいますか？　いたら倒外です。全員、男のほうから頼みに行くんです。女性にしてみたら、男のほうから頼みに行くようにしなきゃダメなんです。女性のほうから頼みに行くような、そういう愛のもっていき方ではだめなんです。

どうしてかというと、何よりもまず男が本当に女性を愛して熱くならないと、力が出ないからなのです。たとえば子供を産んだ後でも、好きな女性に産んでいただいた子供だからなと思えばすごく頑張れる。その反対だと、子供だってあまり可愛がらないこともあるでしょう。

ちょッと余計なことかもしれませんが、最近の女性は割合そういうことをしないように思えるんです。男も女もないみたいな風潮で育っていて、いつどこでも男も女もないですから、男を誘うというようなことは、いまの若い女性はほとんどしないんじゃないですか。しかし、どう考えても、女性が男性を強くする、男性を立派にするんじゃないですかね。一般的にいって、女性を愛することによって男というものはぐんと伸びる場合が多いようです。いまはそういうことが本当に少なくなったようですが、私たちの青年時代は大半が、大好きな女性に人生をプロデュースしてもらっていました。

「秘める」ことがなくなった今の女性

男が本当に女性を好きになるというのはすごいことだと思いますね。男は女性を本当に好きになると途端に力強く変わります。女性の力って、なんでしょうね。言葉はいらない。会っただけでもう男の行動力にスイッチが入ってしまう。だから男を燃えさせるには、女性が先に燃えちゃいけませんよということです。強い男を産むには、男がまず燃え上がっていなきゃいけないということですね。今、男が弱いとかおとなしいとか言われているのは、本当は好きな女性がいないからかもしれません。逆にいうと、男を上手に燃えさせてくれる女性が少なくなったということですかね。

女性が優秀だというのはもう昔から男性よりも女性が優秀だからいいんですが、いまの女性は昔と違って、「秘める」ということがなくなっているんじゃないかなと思いますす。男が「あなたは頭がいいね」なんて言った時に「いや、私なんて駄目よ」と自分の能力を「秘め」て遠慮してくれると、男は安心して惚れるんです。その時に「そうよ、あんた偏差値いくつなのよ。そんな低いの？」なんて言うと男はもう全然燃えません。結婚しても、五、六年経つと女性は文句ばかり言っている場合が多いでしょう。気の弱い男が、なんとか胸を張って一所懸命働いて稼いでいるのに「お父さんのお陰だ」なんて言ったことがない。そういう時代じゃ男は燃えないし、やる気が出ない。だから男がどんどん弱くなってしまう。

女性が悪いというわけじゃないけれど、ちょっとそこに気を付ければ、男は気分よくじゃんじゃん働く。でも、男が強くなって得するのは女性なんですよ。男が弱くなって損するのは結局は女性なんじゃないかな。やっぱり。男はシッカリと強くなってもらわなければいけない。そうすれば女性と子供たちの社会のために、男は身をもって頑張る。そういうことなんです。

女性が偉いというのは知っているけれど、男の立場から見ると、自分より上になったら惚れられないということです。ただし、男性は、女性に強くしてもらったら、女性にだけはやさしくしなくてはいけない。

心に秘めるというのは、悪い言葉で言えば嘘をうまくつくことなんですよ。だから、心の中では「とんでもない男だわ」と思っても、「あなた、素敵ね」と嘘でもいいから言えばいいんです。「私が家の中でいろいろ働いて、こうやってみなの面倒を見ているからあなたも働けるのでしょ！」というのが本音でも、それを直に言わないほうがいい。「あなたのお陰よ。ありがとう。朝から晩までご苦労さんね。行ってらっしゃい」とニコッと笑って送り出せば、あとはいくら遊んでいてもいい。

そして帰って来たら「あらお帰りなさい。今日もお疲れさま」とでも言ってやればいいんです。それを「何さ！　もう帰って来たの？」「あら、そこにいたの？」とでも言われたら、男はどうしたって頑張ろうなんて思えません。

それから男にわかってもらいたいのは、燃えるもの、好きなものがないと男はダメだということ。ゴルフが好きだなんていうのは大したものではない。やっぱり女性ですよ。女性にはかなわない。女性以上に男を燃やしてくれるものはありません。男は女性に強くしてもらって、強くなればなるほど、女性にはやさしく。女性の面倒をよく見てさし上げるのです。

原罪か神事か、正反対の考え方をする西欧と日本

もう一つ『古事記』から人間関係について学んでみましょう。

私たちはイザナミノミコト、イザナギノミコトが男女の始めですけれど、ヨーロッパの神話では、アダムとイブ。これが向こうの神話の男女の神様です。それが最初にセックスした時に、どういうふうなことでセックスを覚えたかというと、なんと蛇に教わるんです。イブ、女性のほうが蛇に教わる。

イブは蛇に教わって「禁断の木の実を食べた」と書いてある。禁断だからしちゃいけないこと。「禁断の木の実を食べた」というのは、知ってはいけないこと、やってはいけないことを教わったということです。

日本の『古事記』では、神様はセキレイのしっぽの振り方を見てセックスの仕方を勉強したと書いています。

そしてイブは、その禁断の実をアダムに食べさせたと書いてあります。最初は蛇に教

わった。その次に、してはいけないことを男にさせたということです。わかりますか。ヨーロッパの神話では、男女のセックスは禁断でしてはいけないことなんです。それを破ってしたので天にまします神様が怒った。それでエデンの園、いわゆる楽園から追放されたのです。

そういう「セックスは悪い」という基準を持つ国の女性が子供を産むというのは、してはいけないことをして子供を産むということです。これが欧米のセックスに対する大方の考え方で、それを原罪というわけです。

ヨーロッパでは人間はこの世に生まれた時にどんな人もやってはいけないことをやって生まれてきた罪を持っているというのが原罪。してはいけないことをして生まれてきたわけですからね。生まれてくる子は何も悪いことはしていないけれど、お父さんとお母さんがしてはいけないことをして生まれてきたのだから、もう生まれた時から人間は罪人なのだという考え方です。

生まれた時にすでに罪人だから、洗礼を受けて綺麗にならなきゃならないのです。私たちはとんでもない罪深いことをして生まれてくるというのが、ヨーロッパの原点的な男女に対する考え方なのです。だから不倫というような変な言葉が出てくるんです。

これに比べて日本の男女の結合はみんなが喜んでほめたたえる神事です。どんどん男女が結合して、どんどん生命を産みなさいというのが、日本のセックスに対する伝統的な考えです。

「**〝吾が身は、成り成りて成り合はざる処一処あり〟**」「**〝我が身は、成り成りて成り余れる処一処あり〟**」というのは本当にすごい表現力です。片方は成長し過ぎ、片方は未成長ということですが、これはお互いに足りないところを持っているということですね。それを埋め合って、男女で生活をしていくということです。もともと男女の肉体は違うけれども、男女が一体になることによって、そこに子供を産むという生成の世界と、男女が仲よく暮らすという喜びが生まれてくるんです。

うっかりすれば、「考え」が違うということだけで、人類は戦争しているじゃないですか。違うというだけで人を殺しているんです。宗教が違うか、考えが違うかだけで毎日のように人が死んでいるんです。

ヨーロッパの神話の世界では、男女は結合する時から罪を犯しているんです。男女は違うから、違うもの同士がいつでも敵対しているわけです。日本の場合はそうではない。お互いに違ってはいても、足りないところがお互いにあるから相手を必要とするんです。同じだったら相手は必要ない。足りないところがあるからお互いに必要だという考え方です。

そしてお互いに違うところを賛美しつつ仲よくやる。これが伝統的な日本の男女の考え方の基本です。たとえ考え方が違っても敵対しない。違いがあるからお互いに認めあって、お互いに相手を必要とする。お互いに仲よく賛美して生きていくというのが日本の男女のあり方の基本的な考え方。大事なことですね。

私は『古事記』を見たとたんに日本人でよかったと思いました。もしも欧米人だったら生まれたとたんに罪人ですから。それじゃなくたっていつも悪さばかりしているのに、生まれた時から罪があったら、罪だらけの人生になります。

幸いに日本人に生まれ、みんなから喜ばれ、心からお祝いされて出発した。そして、一人の女性を愛して、お互いに違うところを認め合って、仲よく子供を産んだというのは、そのことだけで生き甲斐のある、とてもいいことだったじゃないですか。

とにかく、男の愛が燃えるということを『古事記』はとても大切にしているということを頭に置いておいてください。

不合理な愛の世界に一矢を報いた紫式部

そこで源氏です。

私は最初、紫式部が嫌いでした。こんなにだらだらと面白くもないことを書いて、と思っていました。しかし、何度も読むうちに、すごい女性だと思うと同時に、ああ、私は日本の女性に産んでもらってよかったと思いました。今日は欧米化して、だんだん男も女もないと言い出して女性が男性化し、男が女性化しているのは残念です。それでは日本人らしさがどんどんなくなってしまう。

日本人の女性の良さもなくなってしまう。座るにしても立つにしても、日本の女性はどこかが違うんです。そこにはまだ男がひきつけられ愛が燃える仕草が生きているんです。もし、女性が、やさしく美しい仕草をすっかり失って男より行儀悪くなってしまったら、日本の男は燃えることがもっとできなくなる。

この間からくり返し説明しておりますが、すごく大事なことですから、もう一度源氏物語の冒頭部を思い出してください。

女御というのは、右大臣、左大臣、大納言、中納言の娘がなります。つまり三位以上。父親が三位以上の人たちの娘さんが女御になります。そして女御になると天皇と寝室を共にできます。だから、右大臣、左大臣、大納言といった人たちは自分の娘を教育して、後宮に入れるのです。

もしお嬢さんが天皇さんの子供を産めば、その娘さんのお父さんは、天皇さんの義理のお父さんになる。三位の中納言であっても一ぺんに天皇さんの義理の父という地位に行くことができる。しかも摂政という地位をもらって天皇さんといっしょに政治ができる力を持てるようになる。だから、三位以上の右大臣から左大臣などこぞって一所懸命に娘を教育して、とにかく後宮に入れるわけです。

後宮にはこの女御とは別に更衣という女性がいます。父親が四位五位の娘が更衣になります。お父さんのいない人はなれません。たとえお父さんが三位以上であったとしても、死んでしまった人の娘は宮中や後宮に入れない。娘の世話から、さまざまな行事の後援もいろいろしなければいけませんから、後ろ盾としてお父さんの経済力がないと入れない。これが原則です。

代々の天皇はこの組織を破ることはできませんでした。これは絶対の組織です。この組織で天皇の愛情というものは釘付けにされていました。好きな人といっしょになれるわけではないんですね。とにかく、名誉を得るためにお父さんたちがなんとか天皇さんと結び付けようと思ったお嬢さん（女御）ばっかり。お嬢さんのほうもお父さんのことがあるから、なんとかして天皇さんを自分のものにしたい、お気に入られたい。ところが天皇は、愛情を持って燃えて女性と交際することはできない。天皇さんは、いつもその組織の中で釘付けになって、単に後継者をつくるだけの人生を送るわけです。

そうした釘付けの中で、桐壺天皇も最初は右大臣の娘と結合します。この人は弘徽殿の女御といい、天皇さんとの間に子供を産みました。この子が今、皇太子になろうとする一番目の子供です。ところが、桐壺天皇は気が強くて意地悪な弘徽殿の女御はどうにも好きになれません。

後宮というのは宮廷の一つの組織で、この後宮制度というのは中国のある王朝制度が日本に渡ってきたものです。ずーっと以前の天皇の時代にはそういう制度はありませんでした。だから天皇は正常な恋愛をしてちゃんと燃えきって、好きな女性と結合していたます。平安時代に入ったころからこの中国のシステムを入れたために、日本の天皇は女性に対して自由な愛を燃やして結婚することができなくなってしまいました。この体制の中で天皇は政治のための結婚に釘付けにされてしまったんです。

この制度は、日本の伝統的な自由で明るい男女のあり方とは違うでしょう。これを紫式部は声を大にして叫ぶんです。そこで、なんと天皇さんと寝室を共にしちゃいけない「更衣」の女性を天皇さんが愛してしまうという小説を作ったんです。

考えようによっては、紫式部は、中国から持ってきた後宮のシステムの中で、天皇が釘付けになって自分の本当の愛情を燃やすことができないという悲劇に対して、ひそかな勇気を持って、天皇の不合理な愛の世界に一矢を報いたのではないかと思います。

日本の男女の関係の良さを書き続けている『源氏物語』

だから冒頭の「**いづれの御時にか。女御・更衣、あまたさぶらひ給ひけるなかに、いと、やむごとなき際にはあらぬが、すぐれて時めき給ふ、ありけり**」という一文が実はすごい迫力を持つのです。こんなことをスバリ書いた女性は、かつていない。天皇さんが釘付けにされて、自分が男性として本当に女性を愛することができない。そこで、いずれの時代だったかわからないけれども、愛してはいけない桐壺の「更衣」という女性を愛して、ルールを破って燃え上がった天皇がいたんだということを書きたかった。

当時、日本に中国の小説がたくさん来ました。漢詩もたくさんあります。これはすべて男の担当です。男は当時、漢文でものを書きました。平仮名では書かなかった。そして中国のシステムをいろいろと社会に取り入れました。それは悪いことではなかったかもしれないけれども、日本的な本質は、当然消えていったでしょう。女性は当時、平仮名とカタカナも使いました。たぶん女性のほうが保守的に日本の文化の価値を守ろうとしたと思われます。紫式部は漢字、平仮名で小説を書きました。男たちが、特に天皇がこういう体制の中に釘付けになって昔のように自分の愛を燃やすことができない。それがどんなにつらいことかと大声で叫ぶとともに、日本人の愛はそういうものではないわよ、ということを、源氏物語五十四帖で書き連ねたかったんじゃないかと、私は強く思うんです。日本の女性はすごい。いざとなるとシッカリとした勇気が生まれてくる。

いろんな物語や小説を見ると、日本の女性ぐらい男を助ける女性はいないです。男を守ってくれる。男を育ててくれる。

今日家に帰ったら、「今日は境野先生のいい話を聞いてきました。これを参考に明日から頑張りますね。いままでどうもありがとう、いつもありがとうね」と奥さんに申し上げてください。ついでにちょっと奥さんの好きなチョコでもケーキでも買っていかなきゃだめだ。ぜひそうしてください。

「あなたがいるから私がいる」というふうに思って生活すると、日本の女性くらい母性愛の強い女性は世界でないのです。日本の女性に嫌われた男は大損です。日本の女性はみんな言いますよ。「いまの日本の男は本当にダメね。もう少し女性の心をうまく動かせばいいのに。もっと女性に好かれるようなことをすれば、もっといくらでも尽くしてあげるのにね」と。女性の心をうまく扱えない男は、損するのよ、と言っているんです。

いまは女性がなかなかしっかりしてきて、男には辛い世の中になってしまったかもしれないけれど、そこを乗り越えて、ちょっと工夫をし、自分には強く、女性にやさしく、女性の大変さを心から思いやって感謝すれば、女性からも愛されてしょうがなくなっちゃうこともありますよ。

この源氏という物語は、本来の日本の男女の関係の良さを書き続けています。いずれにせよ、『古事記』にあったまず男が燃えるということもとても大切なことです。この桐壺天皇は、この後国民のために本当にいい政治をするんです。ですから、とても庶民から愛されるんです。亡くなった時には全国民が泣くような素晴らしい天皇になりました。

若い時には、恋のため一時は掟を破ったかもしれないけれど、あらゆる悪評を受けながらも、桐壺の更衣を、一人の市民の女性を一心に愛し続けて、人間として、男として完成していったのです。

女性の愛し方がわからない男は老いとともに光を失う

何回もお話ししますけれど、第一皇子と比べて、光源氏は問題にならないほどの可愛さで、才能も全く違います。ここが大事です。それは宮中の掟を破ってまで一人の女性を命懸けで愛した男の子供だからなのです。この物語は、そういう構造になっているのです。

私、『源氏物語』の女性講座は六回目です。最初は解釈だけでいっぱいでしたけれど、何回もやっているうちにすごい文学だなと思うようになりました。最初の講座では、奥底のほうに流れている思想が、ぜんぜんつかめていなかった。いいものは噛めば噛むほど味わいが出ますね。才能のある人は一度読めばすぐわかるのかもしれませんが、わたしは何回も読んで、どんどん深みにはまりました。私の申し上げていることが完全だとは申しませんけれども、他の評論をされている人とはちょッと違う見方ができるようになりました。

紫式部は、権威と地位名誉を上げるために、男たちが自分の娘を利用してのし上がろうとする理不尽な体制に釘付けにされた天皇の釘を、取り払ったのです。そして桐壺帝という架空の天皇を登場させて、自由な愛というのがいかに素晴らしいかというものを書き続けた。これは世界の金字塔だと思いますね。源氏物語は、世界十大古典のトップといわれておりますけれども、実にそれにふさわしい内容を持っています。

物語の筆を起こす入り口でこんなにすごいんですから、ちょッと奥に入れば入るほどすごい。講座を聞いている奥さんたちはハンカチ出して泣かれることがありますよ。それほど感動して、奥さんたちがよく口にするのは「これはぜひ男の人に読んでもらいたい」ということです。

それはなぜか。もっと女性の気持ちを理解して、やさしく深くこまやかに愛してください、ということです。「光源氏のように私を愛してください。そうすれば私は何でもしますよ」ということです。だからぜひ男の人に読んでもらいたいという奥さま方の声が非常に多いのです。

だけれども、男の人に源氏を読めというのはそれは絶対不可能です。みなさんお忙しいですから。手間ひまが、かかりますから。

でも今回、このようにたくさん集まっていただいて本当によかったと思います。この講義をお受けになった男性は、講座が終わった途端に輝く光源氏になります。男として光るにはどうしたらいいかがわかります。男が光るには、なんと言ったって女性の愛し方がよくわかることが第一条件です。

いくら企業が成功しても、いかに大金を持っていても、女性の愛し方がわからなかったら、男は、老いとともに光を失う。

いなくなってみてわかる桐壺の更衣の素晴らしさ

先ほども申し上げましたけれども、桐壺帝は後宮の大切な秩序を破って桐壺の更衣を愛してしまいました。「桐壺の更衣」も昔から天皇が好きな人だったかもしれません。お父さんが生存中は大納言でいっしょに政治をし、大親友同士だったものですから、おそらく小さい時から桐壺帝は知っていたはずです。けれども、大納言のお父さんが亡くなってしまって、女御として後宮に入ることはできなくなりました。それで仕方なく、四位の更衣として後宮に入ったわけです。

天皇さんが桐壺の更衣を深く愛してくれたのはよかったのですけれども、他の女御の人たちは当然のことながら、「身の程知らず。更衣のくせにいい気になりなさんなよ」と焼きもちを焼きます。これは当然です。焼きもちを焼かないと言ったら、それは嘘です。意地悪をしない。それは嘘ですね。

だから、愛されれば愛されるほど、憎しみとか妬みが桐壺の更衣に集中します。それでもやはり桐壺帝が、掟を破ってまで更衣の自分を愛してくれるという愛の深さに、桐壺の更衣は身を投じたんですね。そして、光源氏という子供を産む。

光源氏を産んで三年、まわりの女御たちの恨み、意地悪、妬みがますます増えてきて、ついに桐壺の更衣は病になって、死を迎える。天皇は、どうしても宮中で彼女が亡くなるのを見届けたいと思ったのですが、宮中は神聖な場所ですから、そこで彼女が死ぬことは許されない。死を迎えるとなると、皆、宮中の外へ出すんですね。

天皇は、その掟を破っても桐壺の更衣の死を見届けたいと言っていましたが、更衣のお母さんが「それは可哀想だから」といって実家に戻してくれるように頼みました。天皇もそれを許して、普通だったら牛車に乗せて送るのですけれども、目立たないように小さい車に乗せて、逃げるようにして桐壺の更衣は実家に帰ります。しかし、その翌日、亡くなってしまう。

お母さんは悲しんで、死んだことが信じられない。

普通、母親は斎場には行かない。逆縁だからということでね。今でもそうだと思います。でも、桐壺の更衣のお母さんは、娘がはっきりと焼かれて死んでしまったということを見届けないと納得することができないというので、車に飛び乗る。しかし、斎場に着いた途端に大混乱してしまう。

桐壺の更衣は生きている時は四位だったけれども、本当は天皇の子供を産んだ皇后ですから、皇太后と同じ位の中宮であるわけです。しかし、生きている間に中宮にするとまた周囲から大変な悪さを受けることになる。そこで亡くなってから三位の位を贈りました。せめて女御と同じ位を贈った。そして次へ続きます。

しかし、**「これにつけても、にくみ給ふ人々多《おお》かり」**と、死んでから三位を与えたということでも、焼きもちを焼く人が多かったのです。**「物思ひ知り給ふは、さま・かたちなどの、めでたかりしこと、心ばせの、なだらかに、めやすく、憎《にく》みがたかりしことなど、いまぞ、思《おぼ》し出《い》づる」**けれども、その中でも本当に冷静にものをわきまえている女御たちは、桐壺の更衣の姿、顔形などが何もかも立派で、しかも美しく、いつも気立てがおとなしくて、あの人は憎めなかったわよ、という女性もいらっしゃいました。亡くなってからこそ、人の素晴らしさというものが思い明かされるということです。

「さまあしき御もてなし故こそ」天皇の見苦しいほどの愛情のために桐壺の更衣を**「すげなう嫉み給ひし」**憎んでいたけれども、今考えてみればいい人だった。どうしてあんな素敵な女性を憎んだのかというと、天皇の見苦しいほどの愛情の故に、あのやさしく美しい桐壺の更衣をそっけなくして、焼きもちを焼いていた。

「(桐壺の)人がらの、あはれに、情《なさけ》ありし御心を、上《うえ》の女房なども、恋《こ》ひしのびあへ

り」桐壺の更衣は周りのお友達に大変親切にしていました。「**あはれに**」しみじみと「**情ありし**」誰に対しても本当に思いやりがあったということが亡くなってからよくわかる。「**上の女房**」とは天皇付きの一番上の位の女御です。その最上位の高貴な女御たちもそれを思い出しては、桐壺の更衣のことを懐かしがったのです。

ここまでは、先講で勉強いたしましたが、ご都合の悪い欠席者が数名いらっしゃいましたので、簡単にあらすじを述べ、さて、今日のところへ参りましょう。

人生の真実を大きな目で見る

「〝『**なくてぞ**』**とは、かかる折にや**〟**と、見えたり**」

「**なくてぞ**」とは、「**ある時はありのすさびに憎かりき無くてぞ人の恋しかりけり**」という古歌を指して「**なくてぞ**」と例をあげて説いています。この古歌の意味は「人というものは、生きている時は勢力とか、身勝手な振る舞いで憎たらしくなるが、その人が亡くなってしまうとなんと恋しいことか」……と。紫式部はこの古歌を「**なくてぞ**」と引用して、桐壺の更衣も、この世を去ってから、みんなから親われたのです……と。

「ある時はありのすさびに憎かりき無くてぞ人の恋しかりけり」。私の大好きな歌です。人間の心の真実をうたっていますね。**「ある時は」**というのは「生きている時は」です。**「すさび」**というのは「勢い」とか「成り行き」。私たちは他の人を成り行きで憎く思ってしまう、というわけですね。

都知事をお辞めになった舛添さんなんかも、ちょっと成り行きでっていうところもあるんじゃないですかね。

しかし、あの年金がバラバラになっていたのを整備したのは舛添さんですからね。舛添さんでなければできなかったかもしれません。知事になって確かにダサいことをしたのは事実かもしれないけれど、でも「あの時は頑張ったよね」という大きい見方もちょッぴりはしないといけないのではないか。いつでも「ありのすさび」で成り行きに任せていて、皆が「悪い」と言い出すと、その人の人生すべてを地獄へ落としてしまうというのは、あまりにも寂しい気がしますよ。

田中角栄さんの時だって皆で潰したでしょう。全国民が「角栄はダメだ」と言いました。ところが彼が亡くなっていまになって「角栄はすごかった」と言っています。とはいっても「ありのすさび」で成り行きに任せて人を評論するというのは仕方がないかも知れません。私たちが生きている時は、その成り行きに従ってしまいます。皆が「悪い悪い」と言うと自分もそう言うようになります。ところが、その悪く言われた人が亡くなってしまうと、「恋しかりけり」というわけで、「あの人もいいところがあった」と偲ぶようになる。まさに田中角栄さんがそのようでしょう。そのことも事実ですね。

世の中一般とはそういうものかもしれませんが、人生の真実を大きな目で客観的に主体的に観察することを学ぼうとする私たちは、常日頃からもう少し広い目で、いまだけの失敗を見るだけではなく過去も見て、ここだけではなく広い世界も見て、全体的にものを評価し、ものを大まかに見るという知恵を、そういう見方を、自分で確立していかなければいけないいんじゃないかと思います。

自分なりの広い目で世界を見ていく。そうすると皆が悪い悪いと言っている世の中も、結構よく見えてくるんですよ。そういう見方が日本的なものの見方なんです。「大目に見てやれ」というわけです。

大きな目でものを見る。これが「いい加減」なものの見方なんですよ。マイナスだけ見るんじゃない。プラスも見てやる。そういうふうに全体を見てやると、それほど悪口を言う必要もなくなる場合もある。

「泥棒にも三分の理」という言葉がありますが、これは日本的な言葉ですね。泥棒といっても十の行動のうち三つくらいはいいところがある、という見方です。その三つのいいところも見てあげる。完全にクロにしないで、グレーにしてあげるというものの見方ですよ。それが日本人の基本的なものの見方ですね。一点の悪いことで全部をまっクロにしない。そういうことも含めて、「**ある時はありのすさびに憎かりき無くてぞ人の恋しかりけり**」、これは伝統的な心の広い見方をしたいい歌だなと思います。

時間が経っても忘れられない桐壺の面影

先に進みましょう。「**かかる折にや**」は「このような時に」、亡くなった人の評判がよくなった時の歌のことを言うのでしょうね……と「見えたる」思います。「**はかなく日ごろ過ぎて、後のわざなどにも、こまかに訪《とぶら》はせ給ふ**」夢のように日が過ぎて、桐壺の更衣が亡くなって七日七日《なぬかなぬか》にご供養をいたしました。桐壺帝はいつもその折々に、桐壺の更衣の里のお母さんを使いに訪問させたのです。

「**程経《ふ》るままに、せん方なう悲しう思さるるに、御かたがたの御宿直《とのい》なども、たえてし給はず、ただ涙にひぢて、明かし暮らさせ給へば、見たてまつる人さへ、露けき秋なり**」

当時の平安時代の人は、「亡くなってもあの世には必ずいる」ということを固く信じていました。さらに「生まれた先もある」というふうに考えていました。ですから、ご供養という作法もきちんとするんですね。

生まれる前も、突然生まれるわけがない。前世というものがあって、いま生まれてきたという考えを持っていましたし、亡くなっても後があるという考えを持っていました。わたしたちの生命は、今生だけではない。

そういうふうに思っていましたから、七日ごとに亡くなった人の供養を丁重にいたしました。普通であれば、七日七日と供養をすればだんだんと悲しみを忘れるものですが、**「程経るままに」**桐壺という女性は時間が経てば経つ程だんだんに忘れられなくなる。**「せん方なう悲しう」**だんだんもうどうにもやりきれないくらい悲しくなる。**「御かたがたの御宿直などもたえてし給はず」**天皇は、他のいろいろな女御の方々の部屋にもまったく行かなくなってしまいました。

いままでは女性の部屋に時々行ったこともあったかもしれませんが、まったく行かなくなってしまった。**「ただ涙にひぢて」**ただひとり涙に浸って**「明かし暮らさせ」**明かしていたのです。**「見たてまつる人さへ、露けき秋なり」**いつも泣いている帝の姿を見ている人さえ、秋という折も折、涙の露が秋の露のようにいつも絶えない、露っぽい秋となってしまったのです。

「〝なき後まで、人の胸あくまじかりける、人の御思えかな〟とぞ、弘徽殿などにはなほ、許しなう、のたまひける」。ところが、弘徽殿の女御は天皇に対して「なきあとまで、人の胸あくまじかりける、人の御思えかな」と言うんですね。「死んでからもあの女の名前を聞くだけで気が晴れ晴れしないのよ」と。「そんなにもあなたはあんな程度の低い桐壺の更衣が好きだったたんだ」と、弘徽殿は容赦なく天皇に言葉をぶっつけます。弘徽殿の気持ちもわかります。第一皇子を産んでいるのですから。無理もない。けれども、この弘徽殿の女御の性質は角々しくて意地っ張りで、わがままでどうにもならない。

「一の宮を見たてまつらせ給ふにも、わか宮の御恋しさのみ、思ほし出でつつ、親しき女房、御乳母などを、つかはしつつ、ありさまを聞し召す」。帝はそういう冷酷なことを弘徽殿の女御から言われながら、「一の宮」皇太子になる長男を見るたびに、かえって「わか宮の御恋しさ」いま桐壺の更衣の里で、おばあちゃんと二人で暮らしている三歳の源氏が恋しくなって、事あるごとに親しくしているお世話役の女性や気心の知れた源氏の乳母などを、桐壺の更衣の里に送って、光源氏の状態を聞いていたのです。

桐壺を思い出し、物思いに沈む天皇

「**野分**《のわき》**立ちて、にはかに肌寒き夕暮れの程、つねよりも、おぼし出づること多くて**」。「**野分**」というのは「台風」ですね。野の草をパーッといく筋にも分けて通るような激しい風をいいます。野分が初めて吹く、これを「**野分立ち**」という。いい言葉ですね。野を分ける風。嵐のような、ちょうど二百二十日あたりに吹く野分。小さい嵐のような風がふわーっと吹いて、「**にはかに肌寒き夕暮れの程**」の「**にわかに**」は「急に」。にわか雨というのは急に降ってくる雨ですね。急に冷たく肌寒き夕暮れに「**つねよりもおぼし出づること多くて**」いつもより帝は桐壺の更衣を思い出すことが多かった。

いいですね。このところは英訳しようとしても難しい。日本語の音の並びがいかに優れているか。「**にはかに肌寒き**」は、意味としては「急に肌寒い」ということだろうけれど、「**にはかに**」と「急に」ではニュアンスが違います。

桐壺を思い出すことがあって、「**靫負**《ゆげい》**の命婦**《みょうぶ》**といふをつかはす**」。「**靫負**」というのは宮中の門を守っている人。「**命婦**」というのはその娘さん。お父さんかお兄さんが宮中の門の警備をしている人の娘さんを「靫負の命婦」といいます。この靫負の命婦を桐壺の里に遣わせたのです。

「**夕月《ゆうづく》夜のをかしき程に、いだしたてさせ給ひて**」。昼間は目立つから、目立たないように夕月夜がふわっと浮かび上がって、里の景影がほんのりと美しく輝いたころに、「日暮れになってからいってらっしゃい」と言って靫負の命婦を、桐壺の更衣の里に出したのです。「**やがてながめおはします**」、そして帝は、そのまま物思いに沈んでいたのです。このあたりは『源氏物語』の名文中の名文とも言われています。

「**かやうの折は、御遊びなどせさせ給ひしに、心ことなる、物の音《ね》を掻き鳴らし、はかなく聞え出づる言の葉も、人よりは殊なりし、けはひ・かたちの、面影につとそひて、おぼさるるにも、〝闇のうつつ〟には、猶劣りけり**」。このような夕暮れには必ず桐壺と笛や箏を演奏しましたけれども、桐壺の更衣は「**心ことなる、物の音を掻き鳴らし**」素晴らしい音を出して演奏して、ひたすら見事だった。

もちろん、これはお父さんが大納言の時から天皇さんと「この子は必ず後宮に入れよう」という話をしていて、天皇さんもその気になっていたので、桐壺の更衣に娘のころからいろいろと芸を仕込んでいたからでしょう。

「はかなく聞え出づる言の葉も、人よりは殊なりし、けはひ・かたちの、面影につとそひて、おぼさるるにも、〝闇のうつつ〟には、猶劣りけり」。帝に喋る言葉も他の女性と違って優れたところがある。とても耳にやさしい声だった。その姿形がいま、**「つとそいて、おぼさるるなも」** ぴったりついて、ハッと自分の中に入ってきたように思われたけれども、**「〝闇のうつつ〟には、猶劣りけり」** 真っ暗で見えないそんな体験は現実に生きていた桐壺にはかなわない。つまり、いくら思い出が自分の中にはっきりと入ってきても、その桐壺の姿は生きていた桐壺のなまなましさにはかなわない。

更衣の母の痛ましい姿に涙を流す靫負の命婦

「命婦、かしこにまかで着きて、門ひき入るるより、けはひあはれなり。やもめ住《ず》みなれど、人ひとりの御かしづきに、とかくつくろひ立てて、目安き程にて過ぐし給ひつる

を、やみにくれて臥し給へる程に、草も高くなり、野分に、いとど荒れたる心地して、月影ばかりぞ、八重葎《むぐら》にもさはらず、さし入りたる。南おもてに、おろして、母君も、とみに、え物ものたまはず」

命婦が桐壺の里に到着しまして、門を引いてその中に入ったとたんしみじみと悲しい。「**やもめ住みなれど**」お母さんは未亡人であったけれども、「**人ひとりの御かしづきに**」桐壺の更衣一人を教育するために、「**とかくつくろひ立てて**」屋敷にいろいろ手を入れて、「**目安き程にて過ぐし給ひつるを**」人から見ても決して見苦しくないように生活しておりましたけれども、「**やみにくれて**」桐壺の更衣が死んだあとは真っ暗闇になって、「**臥し給へる程に**」もう寝てばかりいました。

「**草も高くなり、野分に、いとど荒れたる心地して**」、草がぼうぼうと高くなったところに野原に吹いた風がわーっと吹き分ける。それでなくても悲しいところなのに、野分がそこに荒れ狂うと「**いとど荒れたる心地して**」とても耐えられない気持ちになる。「**月影ばかりぞ、八重葎にもさはらず、さし入りたる**」月の光だけが揺らぐことなく、茂りに茂った雑草に触ることもなく、屋敷内にさっと射していたのです。

この「**月影**」の「影」は「光」という意味ですね。「星影やさしく」という歌がありますけれど、この星影は、星の影という意味ではなく、星の光という意味です。皆これを結構知らないんです。「**月影**」というとそのまま月の影だと思っている人が多いのですが、これは月光のことです。月光が屋敷の内に射し入ったということですね。

「**南おもてに、おろして、母君も、とみに、え物ものたまはず**」車で行った命婦を南面のほうにおろした。命婦がお母さんのお見舞いに行くにしても、大きい車を出したんですね。ところが桐壺の更衣が最後に宮中を去る時には、大きい車が出せなくて、小さい乳母車のような車に桐壺を括り付けるようにして出したんです。そうでないと皆がまた意地悪をするので、背を低くしてこっそり出たわけです。ところが、いま、単なるお使いの命婦でも大きい立派な車で来た。お母さんとしてはやりきれないでしょう。天皇さんのお使いだから仕方がないとしても、あの時は逃げるように小さい車で来たけれど、命婦という地位の低い女性でも大きい車でやって来た。それを見て「**母君も、とみに、え物ものたまはず**」お母さんもすぐにはものを言うことができなかった。車のことだけではなかったと思いますけれど、いずれにしても何も言葉が出せなかった。

「〝今までとまり侍るが、いと憂《う》きを、かかる御使《つかい》の、蓬生《よもぎゅう》の露分け入り給ふにつけても、いと、恥づかしうなむ〟とて、げに、え堪ふまじく、泣い給ふ」。

これはお母さんの言葉です。「これまで年をとったのは情けない」。このころは長生きをするのはあまりいいことではありませんでした。みんなの平均寿命が二十八歳ぐらいで短かったですからね。当時はあまり長生きするのはみっともないという感じでした。ちょっと元気で綺麗なうちにさらりと去るというのが、美だったんですね。あまり醜くならないうちに早く死んだってそのほうがいい。

いまは、長生きしたってみっともないなんて思うことありません。長生きしたら長生きしたでいいのですが、早く死ぬ時には、「ああ、美しいうちに死ねてよかった」と思えばいい。

しかし、「**〝今までとまり侍るが、いと憂きを〟**」、「こんな年まで、この世に生きてしまっているうとましさを」というセリフは、いまではちょっと出ないセリフです。「**〝かかる御使の〟**」天皇様のお使いの方が、「**〝蓬生の露分け入り給ふにつけても〟**」この雑草で荒れ果てた草の宿を分けてお越しくださったけれども、「**〝いと、恥ずかしうなむ〟**」

お目にかかることさえ恥ずかしい。「**とて、げに、え堪ふまじく、泣い給ふ**」本当に生きていられないような状態、もうこれ以上私は生きていけませんというような状態で泣いてしまったのです。

「**〝参りては、いとど心苦しう、心・肝も、尽くるやうになん〟と、内侍《ないし》のすけの、奏《そう》し給ひしを、物思う給へ知らぬ心地にも、げにこそ、いと、忍びがたう侍りけれ**」

今度は命婦のセリフですね。私がこのように参上して「**いとど心苦しう**」お母さんが本当に悲しく生きるか死ぬかわからないような状態で生活しているということを思うと、身も心も魂も尽きるように痛ましくお気の毒です。「心臓がいっぺんに止まってしまうような悲しさになる」ということです。

「**内侍**」というのは、この命婦の前にやってきた人で女官の長です。その女官の長が天皇さんに、「とにかく参上しまして、あのお母さんの状態を見ると心苦しくて、その悲しさに魂も消えてしまうようでした」と申し上げておりましたけれども、いざ私もこちらへやってくると、何も感じない鈍感な私のような者でも、「**げにこそ、いと、忍びが**

たう侍りけれ」この母親の生活の様子を見ると我慢ができないくらい悲しくなってしまいます……と。

自分の娘が亡くなって、娘の産んだ子供と二人で一つ屋根の下にいるんですからね。しかも娘は天皇に愛されたが故に周りの女性の嫉妬に押しつぶされて亡くなったのです。実家で普通の生活をしていれば、何もこんなに早く死ぬことのない娘さんだった。そういうことを思うと、お母さんは本当にお気の毒だなあと、我慢ができないほど悲しくなる。そう小さな声で申し上げて、しばらく泣いてしまった。

お母さんは「いままで生きていても、生きている甲斐がない」と言って泣く。その姿を見て命婦も「これは本当に大変なことだ」と一緒に泣いてしまうのです。

命婦が更衣の母に伝えた天皇の願い事

「**とて、ややためらひて、おほせごと、伝へ聞ゆ**」そして、やっとのことでお母さんに、天皇のお言葉を伝えたのです。

「〝しばしは、『夢か』とのみ、たどられしを、やうやう思ひしづまるにしも、さむべき方なく、堪へ難きは、『いかにすべきわざにか』とも、問《と》ひ合はすべき人だになきを、忍びては、まゐり給ひなむや。わか君の、いとおぼつかなく、露けきなかに過ぐし給ふも、心苦しう思さるるを、とく参り給へ〟など、はかばかしうも、のたまはせやらず、むせかへらせ給ひつつ、かつは、〝人も、心弱く見たてまつるらむ〟と、おぼしつつまぬにしもあらぬ、御気色《けしき》の心苦しさに、うけたまはり果てぬやうにてなん、まかで侍りぬる〟とて、御文たてまつる」。

次に命婦が天皇のお言葉をお母さんに伝えます。

「〝しばしは、『夢か』とのみ、たどられしを、やうやう思ひしづまるにしも、さむべき方なく、堪へ難きは、『いかにすべきわざにか』とも、問ひ合はすべき人だになきを、忍びては、まゐり給ひなむや」

桐壺は里に帰ったその日に死んでしまいましたから「あの後しばらくは夢だ夢だと途方に暮れていましたが、夢ではなくて本当に死んでしまったんだと、私の気持ちがだんだん落ち着けば、悲しみもなくなるだろうと思っていたら、桐壺の更衣は夢のように覚めてはくれない。その悲しさは胸につきささって耐えがたい。どうやってこの悲しさを鎮めたらいいのかと話し合う人が私の周りには誰もいない。だから、お母さん、昼間に堂々と来ると人目に付いてお母さんにも災いがあるかもしれないから、どうか宮中にこっそりと帰ってきてください」。

これが最初の、帝のお願いです。お母さんと話がしたいからこっそり宮中に来てほしいというわけですね。何か気持ちがわかるような気がします。他の人ではない。桐壺を産んでくださったお母様ですからね。

そして次に二つ目のお願いをします。

「わか宮の、いとおぼつかなく、露けきなかに過ぐし給ふも、心苦しう思さるるを、とく参り給へ」。帝は、若宮、つまり子供の源氏のことも心配なのです。お母さんのことも心配。源氏のことも心配。源氏はまだ三歳で桐壺が亡くなったということについてもあまりよくわかっていませんでした。だから、周りの人に「お母さんはどうしたんだ、どうしたんだ。お母さんはどこにいるんだ」と聞いている。まだ母が死んだという悲しみは源氏にはない。

「**露けきなかに過ぐし給ふも**」。おばあちゃんは毎日のように泣いている。そういう涙でぬれているところで子供の光源氏が生活しているというのも、私にとってはすごく心苦しい。涙に暮れているおばあちゃんと小さな源氏がいっしょにいるのも心配の種だから「**とく参り給へ**」とにかく源氏を連れて宮中へ来てください、と。

そのように帝は靫負の命婦に言づけたのですが、「**はかばかしうも、のたまはせやらず**」はっきりとおっしゃりきれない。帝は途中まで言っては「**むせかへらせ給ひつつ**」全部言い終わらないでむせ返って泣いてしまいました……と。

「**かつは、〃人も心弱く見たてまつるらむ〃と、おぼしつつまぬにしもあらぬ**」靫負の命婦は言づけをしながら泣いてしまったので、周りの人が自分のことを「なんて心の弱い人だろう」と見るだろうと気がねはするものの、それでもむせ返って泣いてしまったというのです。「**おぼしつつまぬにしもあらぬ**」は「気がねをしないわけではない」の意味。

宮中の帝は「**御気色の心苦しさに**」ひどく心苦しい状態でございましたから、天皇さんの言葉も「**うけたまはり果てぬやうにてなん**」全部は聞けませんでした。が、途中まではお聞きした。「**まかで侍りぬる**」私はここにやって来たのです。「**とて、御文たてまつる**」そういってお母さんへの天皇のお手紙を差し上げたのです。

天皇もすごいですね。言づけだけではなく、きちんとお手紙をお母様に差し上げる。このへんがこの桐壺帝という方の立派なところです。光源氏も、終生とにかく女性に対してはものすごく礼儀正しい。これはお父さん譲りです。光源氏は女性に対しては特に礼儀正しくて、女性の悪口をあれこれ言ったこともない。

男の強さとはやさしさのことである

僕の文学講座に市民病院の婦長さんをやっていて、今はもう定年で辞めた方がいらっしゃいます。その人がこういうことを教えてくれました。入院すると奥さんが朝来て、看護師さんに「よろしくお願いします」と言ってさっと帰る女性と、一日いて手をさすったりしてよく面倒を見る女性と、タイプが二つあるというんです。そこで、その看護師さんが、どういう人がすぐ帰っちゃう人で、どういう人が最後までさすっているかを調べたというのです。「それを先生にだけ教えてあげる」と言ってくださったんですね。

その看護師さんが言うには、「お願いね」って言ってすぐに帰ってしまう女性は、旦那さんが奥さんのご両親や兄弟を大事にしない人。自分のお父さんお母さんの面倒は見るくせに、奥さんのお父さん、お母さんの面倒はあまり見ない人。逆に私（妻）の実家のお父さんが破産しそうになったとか、私の実家のお母さんが病気になった時に、本当にこの人は面倒見てくれたのよという人は、夕方までそばにいて、ずーッとさすってくれる……。

だから奥さんの両親が病気になった時はチャンスなの。その時には面倒くさいな、俺も忙しいんだからっていう人は、さすってもらえない。自分もまっ先に飛んでいってお見舞いに行って心から尽くしてやるのがすごく大切なのよ、と教わりました。

それを聞いてから、私もよく面倒を見ていますよ。自分の兄弟のことは放っておいても、かみさんの兄弟から甥っ子まで面倒を見ます。それが妻から愛されるコツの一つなんだね。なおかつ買い物に私の車で行ったら、ちゃんと車のドアを開けてまずお先に妻に乗ってもらう。これは『源氏物語』から私が勉強したことです。ずーっと勉強しているとそうしたほうがいいということがよくわかる。日本の男はこうでなきゃいけない。日本の男の強さとは、「やさしさ」です。すべての母性に対してやさしくなるには、男は強くなければ「やさしく」はなれないのです。女性に「やさしく」なれない男は、弱い男なのです。これが日本の男のあり方だということを紫式部が書いたんです。

女性にやさしく出来ないで、偉張っているばかりの男性は、女性にとっては、最低。

第四講　男は女性によって一人前になる

『歎異抄』に書かれた日本人の人間観・男女観

この間、母系婚、父系婚、個人婚の話をしました。その時に母系婚の時は、東屋を作って、そこに娘を住まわせ、村の男性が夜這いをして夜這い婚をしたという話をしました。では、母系婚の時に夜這いをしていた男たちが、父系婚の時にはいったい、どのようにして娘さんと交際したのでしょうか？　今回は最初にその話を少ししてみましょう。

その前に、親鸞聖人の『歎異抄《たんにしょう》』についてちょっと勉強したいんです。「日本では仏教も神道も男女についての考え方は全く同じだ」ということを知っていただきたいんです。仏教や神道を問わず、これは日本人の考え方の基本と思えます。

最初に親鸞聖人の『歎異抄』の五章と六章から、人間や男女というものに対して私たち日本人は伝統的にどのような考え方をしていたかということを少し勉強してみましょう。そうすると、あとでお話しする源氏物語の展開がよくわかっていただけると思います。そこで『歎異抄』です。

「親鸞は父母の孝養のためとて念仏、一返にても申したることいまだ候わず。そのゆえは、一切の有情は皆もって世々生々の父母兄弟なり」

ここに父とか母とか兄弟とか恋人とか、そういうものに対する基本的な考えが実に見事に書いてあります。これは日本の伝統的な考え方とまったく同じですね。

親鸞は鎌倉時代の浄土宗のお坊さんです。師匠さんは法然さんですね。法然さんから親鸞さん、次に一遍さんというふうに続きます。ご案内でない方もいらっしゃると思いますから、その三人の違いを喋らせてもらいます。柳宗元という学者が『南無阿弥陀仏』という本を書いていらっしゃいますけれども、そこによく書いてあります。

法然上人といえば、「南無阿弥陀仏と言えば必ず極楽に行けますよ」ということを言われた方です。それまでは座禅を組まないと極楽という心境は悟れなかったんですね。座禅を組まなければ悟れない。座禅を組まなければ悩みがとれて安楽にはなれないということだったんです。

ところが鎌倉時代はみんな食うのに精一杯で、座禅なんか組んでいる暇はない。あんなに時間がかかって、世間的にはなんの役にも立たないものはないくらいです。私は二十二歳から今日まで座禅を組んでいますけども、どの人にもどうぞというお勧め商品とはとても言えません。六十年組んで、まあ、ちょっと禅の世界がほんのちょッぴり悟れたようなものですから。

ところがこの法然という人は「座禅を組まんでもいい」「南無阿弥陀仏と言えば、阿弥陀仏さまのお力で、生きている時も、亡くなってからも必ず幸せになれる」と言いました。死んだあとを「後生《ごしょう》」と言いまして、当時はこれを皆が信じていました。それは明治時代までは深く信じていたんですね。この後生というのをほとんど信じなくなったのは、昭和二十年以後ですね。

前世も後世も信じていた昔の日本人

そして後生だけではなく、生まれる前の「前世」というのも絶対にあると信じていました。生まれる前があるから、私たちは皆ここに生きていると信じていたんです。考え方は一つの大きな生命でみんなが生きているということですけれど、とにかく死ぬ前があって、死んでから後も必ずあると信じていたということです。

ですから「後生大事」といいます。日本の伝統的なこととして、亡くなってから七日、七日、七日には法事をして、四十九日まできちんとお経をあげることによって、亡くなった方が少しでも楽になるようにとお祈りをしたんです。これは日本人の独特の民間信仰みたいなものでした。

お釈迦さんはそういうことは言わなかったんです。もともと仏教は、死後のことは、一切言いません。しかし日本人は元から「後生大事」と、亡くなってから後もあることを固く信じていました。あるかないかわからないけども、あると信じておりました。

その後生を幸福にするには、法然さんは毎回いつでも「南無阿弥陀仏」と口にとなえていなくてはいけないと言いました。「こんにちは。南無阿弥陀仏、南無阿弥陀仏。さよなら、南無阿弥陀仏、南無阿弥陀仏」という具合ですね。ご飯を食べても、キュウリを食っても、「南無阿弥陀仏、南無阿弥陀仏」。肉を食べても「南無阿弥陀仏」を言わなければならない。

だけど、「それは一般の生活をしている人にはできないのではねえか」ということで、親鸞は「十回でいい」と言ったんですね。「南無阿弥陀仏、南無阿弥陀仏、南無阿弥陀仏、南無阿弥陀仏、南無阿弥陀仏、南無阿弥陀仏、南無阿弥陀仏、南無阿弥陀仏、南無阿弥陀仏、南無阿弥陀仏」でOK。「死に際に十回南無阿弥陀仏を言えば誰でも極楽に行ける。どんな罪人であっても大丈夫だ」と。一切合切、誰でも、十回念仏すれば救われるということです。

そのあとに出てきた浄土系の人が一遍さんです。一遍さんは「十回はいらない」と言ったんですよ。十回というと、たとえば死に際に「南無阿弥陀仏、南無阿弥陀仏、南無阿弥陀仏、南無阿弥陀仏、南無阿弥陀仏」と五回まで言って死んじゃった人は地獄に行くのかという問題が起こってきます。だから一遍さんは「いや、そんなことはない。たった一回『ナムアミダブツ』と言えばいい」と言ったんです。一回、南無阿弥陀仏と言えば極楽に行ける。これはすごい信仰心ですね。

たしかに、法然さんの言うようにいつも南無阿弥陀仏と言っているのは大変ですね。かといって一遍さんの言うように一回でいいというのはちょっとねェ……。それはなかなか信じられない。そこで一番流行ったのが、親鸞の浄土真宗（十回となえる）だったのではないかと思うんです。

だからいまでも、南無阿弥陀仏は浄土宗でも、浄土真宗でも、一遍宗でない一般の人はみんな自然にまかせておけば、たいてい十回です。それくらい、親鸞の教えが日本では定着しました。親鸞は、それまで坊さんは妻帯してはいけなかったのですが、「とんでもない。なぜ結婚が悪いんだ？」と初めて堂々と結婚をした人です。新潟県のお嬢さんと結婚いたしました。子供さんまで産んだんですね。これ以後、実は日本でお坊さんが結婚できるようになったんです。いまのお坊さんたちは皆ほとんど結婚しています。

それは誰のお蔭かというと、なんと言っても親鸞さんなんです。日本にはもともと女性軽視の思想はなかったのですが、仏教にはありました。親鸞は勇気をもって結婚して、仏教を日本的なものにしたのです。そこが親鸞さんの素晴らしいところです。つまり男女の関係を神事として「何が悪いんだ？」というふうに親鸞は言ったのです。

日本に独特な「共存共有」という考え方

その親鸞さんが、「父母の孝養のために念仏したことはいっぺんもない」と言ったのです。自分のお父さん、お母さんだけの親孝行のためと言って念仏をしたことはないというわけです。うっかりすると私たちは、お父さんお母さんのご供養のために念仏をしますけれども、親鸞は「そういう祈り方はだめだ」というわけです。

なぜかというと「一切の有情は皆もって世々生々の父母兄弟なり」、お父さんお母さんだけで自分が生まれてきたわけではない。お父さんのお父さん、お母さんのお母さん、そのまたお父さん、そのまたお母さんというふうにして、何千年もずっと続いた父母があり、そして兄弟がいたからいまの私があるんだ、と。

だから単にお父さんお母さんのためではない、ずっと長い間続いてきたお父さんとお母さんや兄弟、そしてこの世に住んでいるみんなの幸福のために私は念仏するんですよということです。

親鸞聖人の見る「お父さんお母さん」は、自分のお父さんお母さんだけではなくて、他人のお父さんお母さんまでもお父さんお母さんなんです。「自分だけ」という「個」のものではない。「お父さんお母さん」はずっと続いてきたお父さんお母さん、人間すべてが私のお父さんお母さんだという考えです。つまりお父さんお母さんは「共存共有」です。この「共存共有」という考え方は、実は昔から日本の独特な考え方です。

ところが欧米の中心的な考え方は「個」です。「個」というものを非常に大事にしています。「個人情報が洩れてはいけない」みたいな、なんでも個人が中心ということですね。

個人情報が洩れてはいけないというので、いま、学校では名簿も作れません。この講座も前は参加者全員の写真と生年月日と出ている名簿がきちんと作られていました。そのころは名簿で皆が繋がった。数年前から個人情報ということでできなくなりました。私は本が出た時は、あとがきに出席なさった人の名前を全部載せていたのですが、それも個人情報の問題で書けなくなりました。

ところが、その一方で、インターネットで自分の所在は全国にパァーッと広まっているでしょう。学校の名簿を押さえてもインターネットでみんな繋がっています。これはまったく矛盾した面白い世の中です。「個人情報、個人情報」と言って、名簿は作らないのに、名前は平気で広っていく。そこには気づいていない。

その上、いまや我々には皆、マイナンバーという番号がついているでしょう。苗字がわからなくても番号がついているのに個人情報もへちまもないではないか。マイナンバーだって洩れないわけがないでしょう。必ずどこかで洩れるに決まっている。

いくら個人が隠したって銀行は知っているし、洩らそうと思わなくてもそれを盗む人がいる。皆が囚人みたいに番号をつけられていながら、「個人情報はダメ」と学校で生徒の名簿さえ出せない。同窓会の名簿もなくなった。本当に上っつらのお体裁だけ。嫌ですね。

それじゃ「個人を大事にするか」というと、とんでもない。「個人の権利を守る」ことは大事ですよ。個人の権利を阻害されることもたくさん見えますからね。「個人を守ってやる」という考えはけっこうなんですけども。日本の伝統的な考え方は、親鸞の行っているように、お父さんもお母さんも、兄弟も友達も、男性も女性も含めて「共存共有」です。一人ひとりの女性は、個人だけのものではない、皆のものです。一人の男性も個人のものではなく、女性に尽くすみんなの男性です。そういう考えです。

余計な話ですけども、未婚の女性、それから亭主を失った女性は、これは全部が男性にとっては共有のものです。「共有のもの」というのは、「女性を自分だけのものだと思って、手荒くしたり、粗末に扱ってはいけない」ということなんです。「女性はみんなの大切な人だからみんなで大事にする」ということ。それが「共有」という根本の理念です。

結婚した人はもう主がいますから共有ではないけれど、それでも昔は行商などで「一か月くらい薬を持って全国を歩かなければいけない」ということになると、その人は友達に「うちのかみさんも寂しいだろうから、ひとつ頼むぜ」と頼んでいったんです。頼まれればしょうがない、一所懸命に可愛がってやらなければいけない、というような感じだったんですよ。お互いにそんなことは平気というようなあっけらかんとした庶民の信頼に満ちた自由な世界です。皆がお互いに「皆のものだから」みんなでやさしくしてやろうという考えがあったということです。

自分固有のものにしようと思うから、若い男がお嬢さんに声をかけて、ちょっと冷たい言葉が返ってくると、それだけでカーッときて、殺すんですね。皆のものだったらてもじゃないが殺せないですよ。「自分のもの」「自分だけのものにして勝手に扱いたい」と思っているとだんだん、無残な扱い方になってしまうんですよ。

「共存共有」というのは、「皆のものだから大事にしましょう」ということですね。それは掟にちゃんと書いてあります。「皆のものだから、大事に女性は保護しなさい。大事に守ってあげなさい」という決め事がある。「自分のものだと思って、いいかげんに扱うな」「皆のものだから必ず保護して必ず世話をしなさい」ときびしい決め事になっていたんです。

「そういう時代がくればいいいな」と私は思っているわけではないですよ。だけど共存共有の考えで男女の関係がもっと安らかにうまくいけばいいですよね。むかしは皆、とにかく仲がいいんですよ。夫婦も仲がいいし村人同士も皆、すごく仲がよかったわけだ。

「皆のもの」だから大事にする

ついでに『歎異抄』の第六章にいきましょう。これも同じ気持ちです。

「専修念仏の輩の、『わが弟子、ひとの弟子』という相論の候らんこと、もってのほかの子細なり」

「専修念仏」というのは「座禅なんかしなくていいんだ、念仏だけしてればいいんだ」ということですね。そういうお坊さんたちが、「これは俺の弟子だ」「あれは人の弟子だ」というふうに区別する場合があるけれど、自分の弟子とか他人の弟子とか二つに分ける分け方は「もってのほかの子細」。「子細」というのは「間違った考え」です。

「我が弟子、人の弟子」という区別をすることがだめだと。

つまり、「私の妻、人の妻」と区別をすることはだめ。「女性は誰もが貴い人間の生命を産み育ててくれる皆の大事な女性だ」というふうに考えていく。「男性皆の尊い女性だ」と考えてどの女性にもやさしく親切にお手伝をしてお互いに大事にしあおう、という考えですね。

親鸞はそういうように鮮明に説いています。「皆のもの」だから大事にしろよ、ということです。「ある特定の人をおまえだけのものだと思うな、とんでもない」ということです。

だから結婚をして夫婦喧嘩をするのは、だいたい男が妻を「自分だけのもんだ」と思っているからではないでしょうか? 親鸞の考えはそうではありませんね。「おまえのものではないんだぞ。奥さんは皆のものだぞ。もしおまえが雑に扱えば、俺がもらっちゃうからな。俺は大切にするよ」と。だから、男はやさしく深い愛に責任を持たないといけなかったのです。

それで「共存共有」のものを粗末に扱う男は、最低の男と言われている。皆のものを粗雑に扱っていじめたりする男は最低。「そんなのは男じゃない」と言われています。そこから、実は、いつも「皆で仲よくやろう」というのが出てくる。個人のものになると、そこに面白くもない競争の意識が出てくるんです。「俺のもの」と考えると、意見があわないと、すぐ怒りも出てくるし、「勝手にしろ」ということにもなる。

だから、もしかみさんにカーッときた時には、「あ、これは隣の奥さんだ」と思えばいいでしょう。隣の奥さんなら文句を言うこともできないし、怒鳴れない。カーッときた時には、「あ、隣の奥さまだ」と思えばいい。隣の奥さんではしょうがない。そうすれば、怒ることはないから仲よくいくじゃないですか。

かみさんだって、「こんなことをしちゃった。怒られる」というのはわかっているんだよ。それを怒らないで、ただ単に「隣のかみさんのしたことだ」と口には出さずに思っていれば、怒る必要はない。カチンときても直接、それをかみさんにぶっつけちゃダメですよ。

「悪いことをしちゃった」「これは怒られる」「主人は気分が悪いだろう」ということを女性はわかっているんですよ。わかっているのに大声で怒られたら、女性も面白くなくなる。「そんなのわかっているわよ。言われなくたって」となる。「あんただって何さ?」ということにもなる。

そこを黙って「隣のかみさんだ」と思ってニコニコ笑って許してあげれば、「うちの亭主は心が広い」と思うでしょう。それが愛というものなんだ。怒るべきところを怒らない。それが愛です。

でも、それを口に出して言ってはいけませんよ。怒りたいと思った時に、「おまえは結局、隣のかみさんだからな」と正直に言うのはダメ。心の内に秘めておく。これを腹《はら》芸《げい》と言います。いまの人はどうも腹芸ができません。なんでも思ったことを正直に発言するでしょう。それがコミュニケーションだと思っている。正直なコミュニケーションなんて争いのもとだ。そんな正直なコミュニケーションばかりくり返しながら男女は喧嘩ばかりをしているじゃないですか。

本当のことを言うから喧嘩になるんですよ。考え方は皆が違う。それを正直に言ったらもう喧嘩になるのは当たり前だ。だからそう思っても、腹芸が大切になる。「ああ、けしからん」と頭で思っても、「怒っちゃいけない」と腹の底に収めることが必要なんです。

おおらかに考えるから思いやりが生まれる

腹芸というのは、頭で考えるものではなくて、腹で考える。「腹で考える」ということは「理屈抜き」ということです。胃だって、腸だって、大腸だって、小腸だって、考えて動いているわけじゃない。考えるのは頭だけでしょう。愛に生きるには、頭が邪魔なんです。

私たち人間というのは、どうしても頭だけでものを考えるんですよ。頭だけでお父さんお母さんを考える。しかし腹で考えたら、もう少し大きく考えることができるようになる。お父さんお母さんだけではなくて、おじいちゃんおばあちゃんも、もっとその先にいた人たちもいなければ、私たちはいま、生きていないのですからね。これは大変なことです。だから自分の命を粗末にしてはだめなんですよ。生命を産んでくれる女性には、もっともっと大切に思わなくてはいけないのです。

私は四十歳までお世話になったキリスト教系の学校で神父さんと仲よくして欧米の考え方をいろいろと教えてもらいました。いい考えもたくさんあります。欧米の人たちにとっては、欧米の考え方がいいんですよ。だけど私たち日本人にとっては、やはり日本人的な考えが合うようにいつも思いました。

良い悪いではない。欧米の考え方は、決して悪くはないが、日本人には日本人の考え方が適当のようにいつも感じました。

昔の日本人の「自分が留守の間はおまえがかみさんの面倒を見てくれ」というようなおおらかな感じが、私はいいと思うんです。いまは子供の教育でもちょっと細かくて、まじめすぎて、おおらかさがない。「まあ、そのくらいならいいじゃないか」というような考え方が全然ない。いつもきちきちきちきちしています。「考えた通り」という頭の考えを大事にする時代です。ちょっとぼんやりあたたかくという「心」の世界がない。

「考えた通りきびしく」これは欧米の伝統的な人間学です。「人間は考える葦である」「考えることがもっとも大切だ」というのは欧米の考え。それも大事です。が、世の中というのは、皆がよく考えて、皆がそれぞれの考えをしっかり持ってそれを実行しようとしていたらうまくいくわけがない。世界平和なんか絶対に来ないですよ。大きな国が戦争しなければ、今度は小さな国が内乱を起こすでしょう？　なんてことはない。いまでは爆弾を作るのに金がかかったけども、いまは爆弾なんか水素でできる。水道の水というわけにはいかなくても、水素の力だけでおそろしい爆弾ができちゃうんだ。だから大国も小国もなくなって、みんなが、自国の考えを平気で、ふり廻してとんでもない世界になった。

いままでは大国だけが原子爆弾ができた。だけどいまは小国もできちゃうから、これじゃもう収まらない。皆が自分の考えで国の利益を主張するようになる。会合とかいったって、他人の利益を考えないで全部、自分の国の利益の主張ばかりでぶつかりあっているでしょう。それじゃ平和が来るはずがない。

個の考えを大切にするのはいいことだけど、その考えのぶつかり合いはうっかりすると、とんでもない結果を生むことになる。というか、もう少し相手の考えにもおおらかに対応できなくては、もう現実として世界平和は来ないでしょう。テロなんていうのも、

「相手の考えが自分と違うから殺す」という感じでしょう。

この日本の共存共有の考えからいうと、この地球だって皆のものなんですよ。皆で生きている。「共存」「共有」「共栄」という考えがなければ平和は来ないと思います。この共有、共生の考えから、おおらかで、人同士がおたがいに明るく和して生きる考えが出てくるんですよ。優しい思いやりも出てくるんですよ。

個の考えだけを大事にして、思いやりなんか出ますか？　自分を守るエゴばかりでしょう。

自然の法則には誰も逆らえない

法然に「天地人」という考えがあります。「天」とは何かというと、自然の法則です。自然の法則というものはどうにもなりません。だから、それを天命という。自然の法則というのは何かというと、私たちは生まれれば必ず死ぬということ。生きているということは、死ぬことが条件。これが天命です。いくら私たちが努力をしても、いくらあがいても、死を免れることはできない。すべてそれは天命です。

この天命は、私たちが考えて改造しようとしてもできません。春はいい季節だけれど夏は暑いから、なんとか皆で考えて直に秋になるようにしようとしてもできない。春の次は夏、夏の次は秋です。そうやって季節は変わっていくものです。

だから会社にしてもなんでも「いつまでも栄えよう」なんて思ってはだめ。いま栄えているものはいつか必ず衰えるのが自然の法則です。でも、衰えたといって悲しむことはない。必ずまたよくなる。冬があったら必ず春が来る。

そういうふうに物事一切を天命として考えていくと、「人間がいくら考えても、どうにもならんことがあるぞ」ということがわかってきます。

それをなんとかよくしようと会議ばかりをいくら開いたってしょうがない。いまはどこの会社でも会議会議会議だけれど、いくら会議をやったって不況の時には儲からない。会議なんかやらなくても景気のいい時には儲かったんです。バブルの時には遊んでいたって儲かった。それはそういう時期だったからですよ。

儲からないからといって会議をやる時間があるなら、その時間もっと有効に働けばいい。なんのために会議をやっているのか？　なんとか皆が散らばらないようにやるだけのことです。会議ばっかりやっていると、だんだん社員たちは、会議の時だけうまいことを言ってごまかせばいいやと考えるようになる。あとはさぼっていたっていいんだ。会議の時に適当に作った資料だけを揃えて、うまいことを言って安心させようとするようになります。

そんなふうに頭だけでしか考えていなくて、上っ面で仕事をしているから、ミスばかり、不正ばかり飛び出して、社長や会長がテレビの前でペコペコ頭を下げる結末になる。会社はうまく発展していきません。

数字数字ばっかり。数字がよければ評価される。「私は一所懸命にやりましたけども、こんな数字です」なんて言ったら、「一所懸命にやった？　一所懸命にやってこの結果かよ。結果がすべてなんだ。これでは、一所懸命にやったことにならないんだよ。こんな悪い数字が出るというのは、お前のやり方が悪いんだよ、馬鹿野郎！」と言われる。こん

社員は一所懸命にやっている。日本人の若い人はみんなよくやる。放っておいても皆、

真面目です。信じてやればいいんです。それなのに「その数字で一所懸命やったのか？」はないでしょう。リーダーなら部下の仕事ぶりは見ているでしょう。

そういう時は、「おまえが一所懸命にやったのは、よく知っている。でもな、世の中は一所懸命にやってもいい結果が出ない場合があるんだ」というのがリーダーの言葉です。「俺もそういう経験がいっぱいあるよ」「こんな悪い結果でも、おまえが会社のために一か月一所懸命にやったというのはよく知っているから、力を落とさないで、いままでどおり頑張ってくれよ。今度は、きっといい結果がでるよ」というのがリーダーというものでしょう。

そういうリーダーなら、部下も会社のために命を張るんです。社長や上司にそう信頼されたら誰だって奮起するはずですよ。それが、日本人なのです。

それをいちいち頭の中の数字の勘定ばかりを気にしている。数字の勘定も大事だけども、人間には人情というものがあります。数字が悪くて「叱られるに決まっている」と思っている時に、やさしく「おまえが一所懸命にやっていたのはよくわかっているよ」と努力を認めてやれば、その時には勘定にあわなくとも、人情が湧きたつんですよ。

それが腹芸というものなんです。頭だけではない。こういう人情というものを一番大事にしたのが日本人です。義理人情を大事にした。義理がたくキチンとやらせる。しかし、ゆたかな人情は、決して失わない。

自然こそ私たちのいのちの故郷

次に「天地人」の「地」ですが、これは「大地」ですね。すべては大地から生まれて、大地に落ちて死ぬという考えです。

すべての動植物は地から生まれて地に散っていきます。人間だって地から生まれる。頭で子供をつくってはいない。我々の精子一粒だって、大地で育った動物の肉を食べたり、野菜を食べたり、空気を吸ったり、水を飲んだり、それでやっと一粒の精子を作っているんです。

全部、大地つまり自然が作っています。だから私たちは自然から生まれて、自然に返っていくんです。自然こそ私たちの命の故郷です。私たちを産んでくれ、私たちを迎えてくれる故郷です。自然はみんなで愛さなければいけない。

人間は天命の因果の運命によって生きている。そしてその人間の命は大地によって生まれ、大地に返るという考えです。そういうふうに人間というものを摑むとどういうことになるかというと「自分の子供は、自分の子供ではない」ということになります。「自分の子供は天の子供であり、大地の子供である」ということになるわけです。

いまは個人の持ち物のように考えているけれど、江戸時代までは、子供は「天からの授かりもの」だった。「天からの賜物」という感じだった。いまでは子供はすっかり「個人のもの」と思っている。自分の子供だなんてとんでもない。天地自然が十月十日で人間にしてくれたんですよ。これは理屈抜きの事実。子供は自分の子供ではなく、天からの授かりもの。だからみんなで、みんなを大事にしなければいけない。

明治時代までは、日本人は皆、子供は「天からの授かりもの」として大事にしました。「自分のもの」なんて誰も思っていなかった。隣の子供でも皆、自分の子供だと思ったから、悪いことをしたらみんなで注意したり、いいことをしたらみんなで褒めてやった。特に村内の子供は、皆自分の子供として、皆で育ててきたんです。

この間、東慶寺の竹藪で近所の子供が筍を掘って盗みに来た。気づいた和尚がとんで行って、「馬鹿野郎！　筍が欲しいなら、ちゃんと断って取れ」と言ってちょっと軽い拳骨をくれた。そうしたらすぐにお母さんが飛んで来て、「うちではお父さんも私も手を上げたことがないのに、どうして他人のお坊さんが私の子供を打つんですか？」と文句を言ってきた。そうしたら和尚は「そういう親だからだめなんだ。おまえの子供は竹藪で筍を盗んでいるんだぞ。悪いことをしたら皆で止めてやらないと、ろくな人間にならん」と言ったといいます。和尚は、明治生まれの老僧でした。

軽くコツンがいいか悪いかわからないけれども、僕らもしょっちゅう、近所のおじさんには軽くコツンとたたかれたり、怒鳴られたりしました。スイカ泥棒なんかして怒られたんです。でも、「何をやっているんだ。この野郎！」と軽くコツンと頭をやられても、あとは「そんな格好のいいスイカを持っていくんじゃない。売れないゆがんだやつがあるからこれを持っていけ」「今度来る時には俺に言え。そうすれば形の悪いのをやるから」なんて笑いながら言われたものです。

怒られたって、あとで必ず何か一つスイカでも、メロンでも柿でもちゃんとくれたから、「おじさん！　おじさん！」となついたものです。ぼくらの子供のころでも、共有、共生の気持ちがまだありましたね。叱られても、そのおじさんは好きだった。

「天地人」というのはまさに日本の伝統的な考えです。天命というものを大事にします。そして大地は私たちの命の故郷であるということを大事にします。人は皆が天と地の同じ生命を生きているのだから、共有のものと思っていたのです。「自分の息子だけ」と思ってはいない。天から授かったみんなのものです。

「金は天下の回りもの」

ひとつ和歌を勉強してください。

「もつ人の　心によりて　宝とも　仇《あだ》ともなるは　黄金なりけり」

これは昭憲皇太后、明治天皇の奥さんが詠まれた歌です。この方は偉かった。「明治天皇があれだけの天皇になったのは昭憲皇太后がいたからだ」というくらい素晴らしい女性でした。

これは「持っている人の心しだいで、宝になったり、仇にもなるのはお金。お金とか、財産というものは持つ人の心によって、宝にもなるし、仇ともなる」という歌です。お金は本当に尊い。金がなければだめです。いつも「金があればいいな」と思います。だけどもお金というものは、うっかりしますと恨みのもとになってしまう。あるいは、金は自分の味方ですけれども、金が敵になってしまうということがある。そう、それはみんな心の持ち方次第で、そういうことになってしまうのです。

では、「持つ人の心によりて」と言うけれど、どういう心だったら宝になるのか、どういう心だったら仇になるのか。お金を生き生きした宝にするためには、このお金は共有のものなんだと考える。せめて家族であれば、このお金は皆のもんだという考えを持つことです。家族の中だけだって、このお金は「自分だけのもの」となると、これは自分の子供であっても譲りたくない場合が生じてきます。だから稼いだお金は共有。みんな家族のものだという意識を持つ。そうすれば仇にはならないよ、ということです。

簡単なようで、なかなかできないですね。「皆のものとして、それを自分の欲から離してしまえ」と考えたら宝になりますよ、ということです。

お金に対する伝統的な日本人の考え方があります。これは皆さん、ご案内でしょう。「金は天下の回りもの」といいます。いい言葉ですね。「金は天下の回りもの」。「自分のものではない」ということです。それで、お金のことを「お足」と言うんです。足がついているから、自分のところに貯めてはおけない。どんどんいろいろなところに行ってしまう。止めてもいいんだけれど、止めたとしてもいずれは娘や息子に譲っていかなければいけない。だから、もう生きている時から「稼いだものは共有のもの、皆のもの」という意識を持つことです。

そのことをもっと広い目で見ると、「お金というのは社会のものだ」という考えになります。そういう考え方をすれば、金に対する執着心がなくなるんです。ここが大事なところ。こう思うことは一見損のようだ。けれども、実は人間にとって一番の害の心は執着ということです。執着心があると健康に悪いし精神も溌剌《はつらつ》としない。笑顔が出ない。だんだん暗くなっていく。自分の能力まで出なくなってしまう。

だから、「お金というのは社会のものだ」と思うことは、実は執着心から離れて、自分の健康、自分の才能、生き生きしたプライベートな生活を輝かせることに繋がるんです。いくら財産を持っていても、プライベートな生活が輝かなければだめでしょう。逆に、金がなくたって、地位がなくたって、プライベートな命の生活が輝いていればいい。

金を持つことに執着してプライベートな生活がどんどん曇っていくのは寂しいことです。金がなくても、プライベートな命が輝いていればそのほうがいいとなれば、最上級は「金を持って、それに執着心を持たないこと」です。それで自分のプライベートな生命が輝いてくれれば、これがトップ。だから僕みたいな貧乏人はトップにはなれない。

その次は、金はないけれどプライベートな生命が生き生きしていること。三番目は、金はあるけれどプライベートな生活があまり良くない。最後、四番目は金もないし、プライベートな生活も……(笑)。

だけれど、一番目の人はほとんどいないんです。なぜかというと、一所懸命に努力をし、一所懸命に勉学をし、就職して、そして築いた財に執着をするなと言われても、それはできないからです。苦労して真面目な人ほどできません。できなくて当たり前ですよ。それだけやってきたんだからね。

もし私が一所懸命にやってきて金を持ったら、「これはね、俺のものだよ！　人になんかあげられるかよ！　冗談言うなよ！」と絶対に思いますよ。たまたま私は金がないから「執着なんかするな」と言うけども、一所懸命に一生かかって財を築いたとしたら、執着するよ（笑）。

だから一番目はなかなかいない。もしそれができたらすごい人生ですね。私から言わせれば、そういう努力をなさったのだから、社会にお金を還元してほしい。そうすれば執着なく、おおらかにこの人生を終わることができますし、周りの人も拍手をするんです。

いくら名誉があって、いくら地位があって、いくら財産があったって、死ぬ間際になって親子喧嘩をしたり夫婦喧嘩をしたりするのはみっともない。それはみんな世間が見ている。長い間、努力をして、皆が尊敬をしていても、最後にそんな場面を見せられたら、その人を尊敬できるでしょうか？「一所懸命にやっていたけど、最後がね」という気持ちになるでしょう。

それより、金はないけれど、かみさんとだけはうまくいっている。そういう人のほうが尊敬できるんじゃないですか。そういうことです。

「もつ人の　心によりて　宝とも　仇ともなるは　黄金なりけり」とは。本当にいい歌ですね。

この「心によりて」というのを昭憲皇太后はちゃんとご説明なさっていて、「個人のものと思ったらだめですよ。皆のものとお思いなさいよ」とおっしゃっています。これはすごいですね、日本の女性のリーダーはすごい。

江戸時代に、年を取ってから倒産した人が「散る秋があれば、必ず花の咲く春が来るんだ」と言って、倒産してもニッコリしていたというんです。今、中小企業の人は倒産すると自殺してしまうでしょう？　それは会社とか名誉とかお金とかに執着していたからです。それがなくなったら絶望して死んでしまうんですよ。

だから、もっと共存共有という日本人の心の原点を考えて執着を捨てる。私たちは天地のお世話になって、同じ命を生きている人間なんだから、心を繋いで生きていこう。私たちは大地の命を生きているのだから、絶対にいいことばかりは続かない。悪いことがあって、またよくなる。そのリズムの中に入って生きていかないといけないと思いますね。

いずれにしても、この「共生共有」というものの考え方は、お金についても男女のあり方についても言えることでした。そのあり方が、いいと言っているのではありません。いいか悪いかはわからないけれど、日本人は「そうでした」というご報告なのです。

女性は男を一人前にする指導者

話を戻します。母系婚の時には男が妻屋に通いました。それを夜這い婚というと説明しましたね。室町から江戸にかけて父系婚になって、男の系統がわかれば何人でも女性を持てるという時代に、どのようにして男は女性を得たのか。それをちょっとお話しします。

母系婚の時には母屋があって、妻屋を建てて男が通いました。それで何人かと付き合って、いい男を見つけたら、今度は母屋に連れていって、お母さんに「この男でいいかどうか」と見てもらいました。お母さんが見て、「真面目そうだけども、ちょっと迫力ない。だめよ」と言ったら、その男はもうダメ。また妻屋に来て新しい男が来るまで待っているという状況でした。

これが父系婚になると、どういう形をとったのかというと、だいたい地方でも男が十五歳になったら自分の家にいてはいけない。若衆宿といって、若衆は皆、自分の家に小屋のようなものを作って、その小屋に入るんです。するとその小屋に女性たちが夜になると通いました。村の女性は共有で、いろいろな男と付き合いました。村内の男なら全員と付き合ってもいいんです。村の外の人はダメです。村内の人なら誰が行ってもいい。

それで通っているうちに子供が生まれると初めて結婚ということになったんです。だからいくら付き合っても子供を産まない女性は、結婚できない。そういうふうな男女関係で生活していました。

もし小屋のような家が作れない場合は、男が十五歳になったら、家の戸の鍵は一切かけてはいけない。少なくとも、息子がいる部屋の鍵は一切かけてはいけない。鍵をかけている家がもしあると、村から罰が下りました。鍵をかけると女性が通えないからです。

明治時代までそんなふうだったんです。やはり男は多くの女性に鍛えていただかないとだめという考えですね。とにかく男は若いうちから多くの女性に鍛えてもらわないとだめ。男を一人前にする指導者はたくさんの女性です。

この共生共有の時代に、一対一という関係が成立して二人の生活が始ったら必ず男はその女性に尽くすことになる。男は常にその女性の下位になる。それをいまはうっかりすると、男に生まれたというだけで女性の前で威張っている男がいますね。そういうふうに教育されたんですね。一対一の関係になって、男が威張っていると男と女の関係は、どうしてもうまくいかない。

一対一の関係になったら男は女性の下位です。だから議論をふっかけたり、「おまえの考えは間違っている」とか「昨日言ったことと違うじゃないか」とか言ってはいけないのです。

女性の考えは日替わりメニューなんだから（笑）。女性の考えは日替わりメニューだから女性として生きてこられる。それだから子供たちの面白くない教育もできるんだ。子供の考えにしたがって日替わりメニューにしなければ、子供なんか育たない。女性は結婚して子供を産んだら、一つの主義主張や考えではやっていけないのです。その場、その時で考えなくてはいけないのです。

それを男は「こういう子にしなければいけない」と言って、自分の思うようにならないとむくれてしまう。思うようになるわけがないんです。自分の思うようにできるものは、この世の中に子供も含めて、一人もいないんですよ。

それに自分の思うようにしたところで、その自分は何を思っているのかといえば、結局がりがり亡者の見栄と欲しか思っていない。そんなもので自分の思うように子供を育てようなんて、とんでもない。ある時は、アッサリ自分の考えを捨てる！　自分持ちの自分だけの考えをしっかり卒業しなければだめ。

六十歳以後は、特にそこに気がつかなければだめだ。若いうちはいい。しかし人生の後半は、男は男というものを卒業して、自分の持っているいい、悪いの考えを超越した男にならなくてはいけません。女性を見たら「はい、はい」。何を言われても「はい、はい」。いつも「はい、はい」と言えるようにならなければ、幸福な家庭生活は、ない。

男は男同士で議論すればいい。男は男同士で競争すればいい。でも、男と女は競争してはだめなんです。男と女は議論してはダメ。男の役目は何か。女性の考えをよーく聞いて、シッカリと受け入れること。これが男の務めです。かみさんの言うことを大事にできる男になれ！　それが男の修行です。女性に好かれる男にならなきゃだめ！　いくら金を儲けたってだめ！　金を儲けた人は、特に女性にもてるやさしく謙虚な男にならなければね。

女性にもてる男になるとは、威張らないということ。威張ったらだめ。くり返します。「女性に好かれる男になれ」ということは威張らないこと。仕事で威張ってもいいけども、家に帰ったら絶対に威張ってはだめです。五十代のみなさん！　いまのうちから「威張ってはいけない。威張ってはいけない」と思っていないと、六十歳になってからでは遅い。間に合わない。

家に帰ったら「ただいま、帰りました」では足りない。「ただいま、帰らせていただきました」くらいでなくてはいけない（笑）。

天皇の手紙を読んで涙し、悩む更衣の母

それでは源氏に入りましょう。ずいぶん長い間、「共生共有」の話をくどくど申し上げましたが、源氏物語が「共生共有」の時代に創作された作品だと思わないと、光源氏が「次から次に浮気をする」あるいは「不倫をする」という不道徳な男の話になってしまいます。しかし、当時は不倫という言葉はありませんからね。この「共生共有の時代」というところをわかっていただかないと、源氏の文学的な本当の価値は理解できないと思います。

ですから源氏物語はすべてのいろいろなタイプの女性の素晴らしさ・個性・特質・くせというものを書いていくんですね。見事な作品です。勉強するところばかりですね。これを読んでいくと、男にとって日本の女性というものの本質がよくわかるんです。

今日は「**『うけたまはりも果《は》てぬようにてなん、まかで侍りぬる』とて、御文《ふみ》たてまつる**」というところからです。前回は、桐壺の更衣のお母さんのところに、靫負の命婦

という女性が訪ねていって、天皇さんのお手紙を差し上げにいったところでした。娘の桐壺を失った母は、本当に寂しいところに、まだ幼い光源氏さんと住んでいるというところで終わりました。

そして、「**御文たてまつる**」ですから、お母さんに桐壺帝の手紙を差し上げたのです。その手紙を受け取ったお母さんの台詞です。「**目《め》も見え侍らぬに、かくかしこき仰言《おおせごと》を、光にてなむ**」。お母さんは「私はいつも泣いておりますから、涙で曇ってもう目がよく見えません。だけども尊い天皇さまのお言葉ですから、天皇さんのお光をいただいて、見えない涙の目で拝見いたします」と言って、その手紙を見たのです。

その手紙には「『**程経《へ》ば、すこし、うち紛《まぎ》るることもや**』と、**待《ま》ち過《す》ぐす月日にそへて**」とありました。「**程経ば**」日がたちましたら「**すこし、うち紛《まぎ》るることもや**」哀しみが紛れることがあるだろうと、「**待ち過《す》ぐす月日にそへて**」いつ忘れられるかいつ忘れられるかと思っていましたけども、逆にどんどん悲しさが「**いと忍びがたきは、わりなきわざになむ**」もう日がたつにつれて悲しさが増えてきて、かえってますます我慢ができない。「**わりなきわざ**」は「その悲しさはもうどうしようもない」ということです。

「**いはけなき人**」、これは「小さい人」ということで、子供の光源氏のことです。まだ三歳くらいです。光源氏が「『**いかに**』**と思《おも》ひや**」どうして生活しているだろうか。「**もろともにはぐくまぬおぼつかなさを**」なんとかお母さまと一緒に光源氏を育てることができたらいいのにそれができない。「**はぐくまぬ**」は「育てることができない」。もういまは桐壺の更衣がいないのだから、「**むかしの形見《かたみ》になずらへて**」私は桐壺の更衣の形見だと思って子供といっしょに生活したいから、お母さん、どうかいっしょに「**ものし給《たま》へ**」内裏に来てください。寂しくてしょうがないので「光源氏を連れて、お母さん、いっしょに宮中に来てください」これが天皇さんの要望ですね。「**など、こまやかに書《か》かせ給へり**」このお願いをていねいに細やかに書いて、お母さんにお願いいたしました。

帝の歌。「**宮城野《ぎの》の露吹きむすぶ風の音《おと》に小萩《こはぎ》がもとを思ひこそやれ**」。宮中のことを宮城野といいます。宮中の秋の草花に露がのっている。その丸い小さな露をぱっと払うように秋風が吹いてくる。その風の音を聞きながら、「**小萩がもとを思ひこそやれ**」。三歳の源氏のことを「小萩」とたとえたんですね。「源氏がいまどのような生活をしているか、本当に心配でございます」ということを歌に詠んだのです。

「とあれど、え見《み》給ひ果《は》てず」という歌をいただいたけれどお母さんは、その歌を最後まで見ることができないくらい、涙にくれてしまいます。

源氏を不憫に思いつつも天皇の申し出を辞退する母

「命《いのち》ながさの、いとつろう思ひ給へ知《し》らるるに、『松の思《おも》はん』ことだに、はづかしう思ひ給へ侍れば、百敷《ももしき》に行きかい侍らむ事は、まして、いと、憚《はばか》り多《おお》くなむ」

こうして娘より長生きをする。これは昔は逆縁といってすごい恥のように思われたんですね。逆縁とは、娘や息子が両親より先に死んでしまうこと。そんなことがあると、娘よりも長生きしているお母さんというのは、あまりよく思われませんでした。

それでもこうしてまだ生きているということは、**「いとつらう」**大変に辛い。**「思ひ給へ知らるるに」**自分でももう自分の運命に愛想が尽きる。どうして私の娘は先に逝ってしまったのか？　私だけがこうやってなぜ生きているのか？　そのことをとてもつらく思っております。

「**『松の思はむ』こと**」とは、「あの長生きの松がどういうふうに思うか」ということです。「私は松だから千年も生きているけれども、あなたは娘さんが亡くなってもそうやっていつまで生きているの？　ちょっと、みっともないわよ」みたいに松が思うだろうと、「**はづかしう思ひ給へ侍れば**」私は大変恥ずかしく思っておりますので、「**百敷に行きかひ侍らむ事は**」の「百敷」は「宮中」のことです。桐壺の産んだ孫の光源氏といっしょに宮中に出入りをするということは、「**まして、いと、憚り多くなむ**」おおいにそれは遠慮しなければならないことでございます。

「**かしこき仰言《おおせごと》を、たびたびうけたまはりながら**」早く源氏を連れて宮中に来てもらって「お母さんといっしょに源氏を育てたい」というふうな帝のかしこき仰せ言を「**たびたび**」何回も聞いておりますけれども、「**みづからは、えなむ、思ひ給へたつまじき**」私自身、宮中に行くということは、「**えなむ、思ひ給へ**」どうしても決心がつきません。「**わか宮は、いかに思ほし知るにか、まいり給はんことをのみなむ、思《おぼ》し急《いそ》ぐめれば、ことわりに、かなしう見たてまつり侍る**」私は絶対に行けない。けれども、「**わか宮は、いかに思《おも》ほし知るにか**」孫の源氏はどう思っているかわからないけども、とにかく「**ま

いり給《たま》はんことをのみ」若君の光源氏は宮中に帰りたいということだけを、「**思《おぼ》し急《いそ》ぐめれば**」早く帰りたい、早く帰りたいと言っておりますけども、それは「**ことわりに**」もっともで当然のことです、と。こんな寂しいところでおばあちゃんといっしょに二人で生活しているよりも、早く宮中に行ってお父さんの傍で暮らしたい。「早く宮中に行きたい」と思うのはごく自然だと思うと、「**かなしう見たてまつり侍る**」ここで生活している若君を見ても、ああ可哀想だなと思います。

私は「行けない」けれども、源氏は「行きたい」と思っている。ああ、どうしたらいいのか、桐壺のお母さんとしてはどうしていいかわからない。

「**うちうちに、思ひ給ふるさまを、奏《そう》し給へ**」私はとにかく、自分自身は絶対に行かない、というふうに思っているということを、「**奏し給へ**」帝に申し上げてください。

手紙の内容が「二人で早く戻ってくれ」ということでしたから、私は「それはできない」と言ってくれ、と頼んだのです。お母さんも天皇さんから、しかも度々、宮中に戻ってほしいと言われていたわけです。しかし、何回そう言われても母は、「それはできない」ということですね。

「**かくておはしますも、いまいましう、かたじけなく**」このように若宮、光源氏が私の田舎で老いた祖母と二人で寂しく生活をしているのも、「**いまいましう**」実はなんか不吉であり、「**かたじけなく**」陰気くさくて、そういうところに若宮の源氏さんを置いておくということはもったいない気持ちもする。だから実は、なかなか考えがまとまりません。「**など、のたまふ**」おっしゃったのです。

「**宮は、大殿籠《おおとのごも》りにけり**」光源氏は「**大殿籠り**」寝室に入って寝てしまいました。「**命婦、若宮をみたてまつりて**」命婦は源氏さんを自分のこの目で見て、「**くはしく、御有《あり》様《さま》も奏し侍らまほしきを**」源氏さんの様子を天皇さんに詳しく申し上げたいと思っておりましたが、源氏さんが目を覚ますのを待つわけにはいかない。

「**待ちおはしますらむを。夜更《ふ》け侍りぬべし**」桐壺帝が宮中で返事を待っていらっしゃいます。もうすぐ夜が更けてしまいますから、そろそろ帰らなければと、帰りを急ぎます。

母が命婦に語る正直な気持ち

その時にお母さんが言いました。

「**くれ惑《まど》ふ心の闇《やみ》も、堪へがたき片端《かたはし》をだに、晴《は》るくばかりに、聞《きこ》えまほしう侍るを、わたくしにも、心のどかにまかで給へ**」ああ、お帰りですか？　私はいつでも亡くなった娘を思って、本当にいまどうしたらいいか迷っています。でも、「**堪へがたき片端《かたはし》をだに**」あなたが来てくださったので、本当の真っ暗な心の片方のちょっぴりだけでも「**晴《は》るくばかりに**」パッと晴れたような気持ちがしました。「**聞えまほしう侍るを**」このままずっと私はあなたとお話をしたいのですけども「もうお帰りですか」と。

「**わたくしにも、心のどかにまかで給へ**」今度はどうか公の用事でなく、私事でまた心のどかにゆっくりといらっしゃってください。あなたが来ると自分の娘に出会ったように心の闇が晴れるから、ということです。

「**年ごろ、うれしくおもだたしきついでにて、立《た》ち寄《よ》り給ひし物を。かかる御消息《しょうそこ》に**

て見たてまつる、かへすがへすつれなき命《いのち》にも侍るかな」

娘が生きている時は「**うれしくおもだたしきついでにて**」あなたは、いつも天皇さんからの贈り物などを持ってきてくださる名目で立ち寄ってくださいましたのに、娘の亡くなったいまはなんと「とにかく大事に生きなさい」というような天皇の御消息を持って、お使いとしていらっしゃった。

娘はいない。私はこうして生きている。そして娘の子供の孫と二人で暮らしている。そこへ今日はいつも、かつては晴れがましい時に明るく来てくれた靫負の命婦さんが来てくれている。

「**かへすがへすつれなき命にも侍るかな**」本当にどう考えても母が残ったということは「つれなき命」つくづく思うようにならない命でございますね。

「**むまれし時《とき》より、おもふ心ありし人にて**」実は桐壺の更衣は、生まれた時から私たち夫婦には思う心があった娘でございまして。父の按察大納言は（桐壺の更衣のお父さんは大納言でした）、桐壺帝とは本当に仲がよくて、桐壺帝の政治の中心的な力になった人でした。ですから帝は大納言の娘であった桐壺の更衣のことを小さい時からよく知っていました。

その大納言は、「『**いまは**』**となるまで**」ご臨終となる時まで、「**ただ、**『**この人の宮仕**《みやづか》**への本意**《ほい》』」桐壺の更衣を宮仕えにするというその気持ちは「**かならず、遂**《と》**げさせたてまつれ**」必ず遂げてくれよ、と遺言していました。

これは天皇さんとの約束でもありました。天皇さんから大納言の娘をどうか入内させてくれ、というようなご依頼もあったので、「**我なくなりぬとて**」普通は亡くなったらそういうことはできないけれども、天皇さんとそういう約束をしているのだから、私が亡くなったとしても「**口惜**《くちお》**しう思ひくづほるな**」亡くなってしまって残念だ、もう宮中へはお勤めできないといって志を曲げてはいけない。

「**かへすがへす、いさめおかれ侍りしかば**」「必ず女御として入内させてくれ」と何回もくり返しくり返し、私に「**いさめおかれ**」言い聞かせておりましたので、「**はかばかしう、後見**《うしろみ》**おもふ人なきまじらひは**」立派なきちんとした後見者というものがない宮中で「**まじらひ**」父親の生存している他の女御たちと交際をするということは、「**なかなかなるべきこと**」立派な後見者がいるといないでは大違いだから、いくら天皇さんとのお約束みたいなのがあったとしても、皇居に入内しないほうがいい「**と、おもう給へながら**」と思っていましたけれど、「**ただ、『かの遺言《ゆいごん》をたがへじ』**」でも、あの夫の遺言を聞かないわけにはいかないとばかりに「**内裏にいだしたて侍りしを**」、大納言の娘ですから父が生存していれば本来は当然、女御です。だけれども父の大納言が亡くなってしまったので、なんとか桐壺の更衣として、身分の一番低いお部屋に入れた。

これも天皇の配慮によって苦労して入れたのでしょう。

「**身にあまるまでの、御心ざしの**」女御ではなく更衣として入れたにもかかわらず、身にあまるまでの帝の「**御心ざし**」愛情を受けて「**よろづにかたじけなきに**」なんにつけてもていねいに思いやり、深く愛してくれた。「**人げなき恥《はじ》をかくしつつ、まじらひたまふめるを**」普通の更衣は天皇の寝室には入れないけれども、天皇がいつも無理に呼ぶので、「**人げなき**」隠れるようにして自分としても恥ずかしい。身分不相応の愛を受けているわけですから、「恥ずかしい」というふうに思いながらも「**まじらひたまふめるを**」他の女御、更衣たちとはなんとか仲よくやろうと一心に努力してはいましたけれども、ますます帝の愛情は強くなってくる。

そうすると女御、更衣たちの「**人の嫉《そね》み深《ふか》く**」嫉妬心がどんどん深くなってくる。その結果、「**安からぬこと**」気苦労が「**多くなり添《そ》ひ侍るに**」どんどん多くなってしまったので、とうとう「**よこざまなるやうにて**」道路で突然死ぬように「**遂《つい》に、かくなり侍りぬ**」このように娘は年若くして亡くなってしまったのです。

「**かへりては、つらくなむ**」いま思うとかえって天皇様のあの深い愛情というものが、辛い。「**かしこき御心ざしを、思ひ給へ侍る**」天皇さんからいただいた尊く有り難い愛ではありますけれども、私はかえって辛かったと思っているのです。「**これも、わりなき心の闇に**」これも娘のことを思えば思うほど「娘をどうして内裏にやってしまったのか」「お父さんの遺言とはいえ、それでよかったのか」と、娘に対して申し訳ないような、どうにもならない心の闇に落ちてしまうのです。「**など、言ひもやらず**」そのように言い切らないで「**むせかえり**」ワーッと泣きわめいているうちに、ぐんぐんと夜も更けてきたのです。

ここにはお母さんの気持ちが正直に書いてありますね。「**かへりては、つらくなむ**」。天皇さんが「源氏といっしょに早く内裏に来てくれ」と何回も言っても、私にとっては、かえって辛かったと。紫式部という人は、こういうところは、相手が天皇であろうと、お母さんの気持ちはきちんと書きつらねるんですね。

自然の愛情を生きぬいた天皇と桐壺の更衣

母の言葉に対して「**うへも、しかなむ**」と命婦が答えます。帝もいつもそのようなことばかり言っています。「**わが御心ながら、あながちに、人目《め》驚くばかり思《おぼ》されしも**」自分の心ではあるけれども、それをどうすることもできず、桐壺の更衣を「**あながちに**」無理やりに、人目が驚くばかり愛してしまった。とんでもない無礼なことをしていると思っても、これだけは自分の心ながらどうにもならなかった。「『**長《なが》かるまじきなりけり**』**と、今は、つらかりける**」ああ、桐壺との縁が短かったからこそ自分の心を制御することができず、夢中になって愛したんだなと、かえって桐壺の更衣に会ったということを辛く思っている。

お母さんも辛い。しかし天皇も苦しくて辛かった。「**人の契りになむ**」そういう辛い思いをしてまで愛情を交わした。これが私と桐壺の契りだったんだ。前世からの「運命」ですね。どうにもならない悲しい結果の契りだった。

政治の都合によってつくられた制度の中で、女御だけとお付き合いをしていた天皇の世界からは、絶対に人を愛した喜びと苦しみの言葉は出ません。人間として自然の感情の発露による行動はなかったのです。絶対の掟を超越して、どんな悪口を言われても桐壺の「更衣」を愛したことは、自然の愛情を生きぬいたことです。ここに『源氏物語』の原点があります。

普通ならこれはなかなかできることではない。それができたのは、あっという間に亡くなってしまう美しくやさしく素晴らしい女性だったからこそ、自分の心が迷い狂ってどうにもならないくらい愛してしまった。

「**『世に、いささかも、人の心をまげたることはあらじ』と思う**」

これは帝の言葉です。私はそれまでは人の心を傷つけたことはなかった。かつて人の恨みをかうようなこともなかった。ただ、この桐壺の更衣に会った故にて「**『あまた、さるまじき、人の恨みを負《お》ひし果《は》て果ては、かう、うちすてられて、心をさめむ方《かた》なき**

に、いとど、人悪《わろ》う、かたくなになり果つるも、前の世《さき》ゆかしうなむ』と、うち返しつつ」受けなくともいい人の恨みを毎日のように負って、そのあげく桐壺の更衣に打ち捨てられ「心をさめむ方《かた》なき」いついつまでも愛と執着の心が覚めない。愛情がおさまらない。

そのために、「いとど、人悪う、かたくなに」桐壺が死んでからも、彼女がどうしても頑固に忘れられなくなってしまった。

「前の世ゆかしうなむ」私と桐壺の前世はどんな関係だったんだろう？　どんな人生の関係があったから、このようにすべてを忘れて罠にかかったように愛するようになったのか。その前の世を「ゆかしうなむ」知りたい「と、うち返しつつ」くり返しくり返しそういうことだけを言って、「御しほたれがちにのみおはします」帝はいつもいつも涙がちに生活をしているのです。

「と、語りて、つきせず。泣く泣く」お母さんは「天皇の愛が辛かった」とおっしゃるけれど、天皇さんも「どうして自分の心が制御できずに、こんなに人から悪口を言われ、馬鹿にされ、恨みを買うようなことをしてしまったのか。かえってそれが辛い」と言ってうち返し泣いているのですよ……と。

お母さんもそれを聞いて、またもっと泣いてしまいます。

「『**夜、いたう更《ふ》けぬれば、今宵過《こよいす》ぐさず、御返り奏せむ**』と**いそぎまいる**」ああ、もう夜も更けたので、今宵のうち、「**御返り奏せむ**」帝にご返信を、内裏に来るとか来ないとかいう返事を持っていかなければいけないと、急いで帰り路についたのです。

互いの心情を込めた命婦と母の歌のやりとり

この次の表現がいいです。「**月は入りがたの、空清《きよ》う澄《す》みわたれるに**」月が山のところにサッと落ちる。そして光だけが空にいっぱい澄み渡ってくる。「**風、いと涼しく吹きて**」大変に涼しい、いい風が吹いている。「**草むらの虫の声ごゑ**」草むらに泣く虫の声が「**もよほし顔《がお》なるも**」その虫の声を聞いているだけでも涙が出てくる。「**もよほし顔**」とは、涙を催す、そんな淋しい景色のところにいま、お母さんをここに置いて、靫負の命婦は宮中に帰ろうとしています。

しかし、「**いと立ち離れにくき、草のもとなり**」本当にあなたが来てくれたから、心がちょっと晴れました。今度まだ来てください、ちょっとでいいからね……と言ってくれたお母さんのことを思うと、草庵のようなこの家から離れがたい。まず、命婦の歌……。

「**鈴虫の声のかぎりを尽《つ》くしてもながき夜あかずふる涙《なみだ》かな　えも乗りやらず**」

いい歌ですね。鈴虫が声の限りを尽くして鳴く。この長い夜を飽きないで、鈴虫は鳴き続ける。そのようにこの母も長い秋の夜を泣いて、涙を流してしまうでしょう。「**えも乗《の》りやらず**」後ろ髪を引かれるようで、車に乗ろうと思ってもなかなか乗れない。

そこで靫負の命婦は懐紙を出して、この短歌を書いてお母さんに渡します。そうするとお母さんはそれを受け取って、お母さんも歌で応えます。

「**いとどしく虫の音《ね》しげき浅茅生《あさじう》に露おきそふる雲の上人《うえ》**」

このように猛烈に虫の音が鳴き続けているのと同じように、私もずっと泣いている。この草むらのいろいろな雑草に露ばかりが光っているように、毎日涙にくれています。その涙の露に、お見舞いに来た雲上人（命婦）が、もっと私を悲しくさせてしまいました、という歌ですね。せっかく来てくれたのに帰ってしまう。いつもの涙の上にまた露のような涙をたくさん置いた。これも、いい歌ですね。

天皇さんの「私も辛いんだ」という言葉を聞いて、お母さんも天皇さんの気持ちがわかって泣く。「あんなに愛してくれた天皇さんも、娘が亡くなってもまだ悲しみの中で娘を思ってくださる」という天皇さんの気持ちを考えると、また涙が出てきたということです。

「**かごとも、きこへつべくなむ**」かえってあなたに恨み言ばかりを言ってしまいましたね。

天皇さんからもらった手紙は「早くいらっしゃい」というのに、行かない。そしてあなたが来たから、もっと寂しくなった。もっと泣きたくなった。そういう歌を詠んだので、せっかくいらっしゃっていただいたのにあなたには恨み言ばかりを申し上げましたね、ということをさらりと歌に書きそえて、「**いはせ給ふ**」靫負の命婦に返しの歌を手渡したのです。

素晴らしいですね。命婦は帰りがたくて籠に乗れずに、懐紙に「鈴虫の声のかぎり」の歌を書いた。その返歌として母が、「いとどしく虫の音しげき浅茅生に露おきそふる雲の上人」と書いて、使いの命婦に届けたのです。

千年も前にこんな素晴らしい歌のやりとりをしていた女性たちは、世界のどこにもいませんね。日本の女性はむかしから文化度がすごく高かったんです。だいたい欧米に最初の女流文学が出たのは、今から二百五十年から三百年前ですからね。この『源氏物語』は千年前ですから、ケタが全然違います。千年前に日本の女性はこういう文化的な生活をしていた。日本の女性の皆さんの先輩方は、すごいですね。

この文章を読んでいると、日本の古代の女性たちの文芸的な情景が浮かんできます。そういう情景が日本の女性のひとつの生活文化の姿であったということですね。これはすごく誇らしいことなのです。

とにかく日本の女性は最高。もう、ちょっとした日常の仕草から違います。外国の男は、よく日本人の女性のちょっとした手の仕草を見たらたまらない、と言います。

若い女房たちの催促にも決断できない更衣の母

「**をかしき御贈《おく》り物など**」洒落た贈り物などは「**あるべき折にもあらねば**」贈るべき場合ではないので、「**かの御形見《かたみ》に**」桐壺の更衣の形見としてきちんととっておいた「**かかる用もや**」何か役に立つんだろうと大事にしていた「**のこし給へりける御装束《しょうぞく》ひとくだり**」桐壺の更衣が召していたご衣装のひとそろい、それと「**御髪上《みぐし》げ**」髪の毛を調度する櫛などの「**調度《ちょうど》めく**」いろいろな道具をそれに「**添へ給ふ**」添えて命婦に差し上げたのです。

当時は、着物を贈るということが最高の贈り物でした。普通の人は着物などは着られないので、一般市民は布を巻いたり藁を巻いたりして生きていたのです。そのころに着物をひとそろい差し上げるというのは大変なことです。着物は最高の贈り物だったのです。

「**若き人びと**」、桐壺といっしょに宮中に行っていた人も、桐壺が亡くなったいまは、皆が近所に帰ってきていました。そういう女性たちは宮中から桐壺のお母さんのところにお使いが来るというのでみんな集まってきて、掃除をしたり、お茶を出してくれたりしてくれます。

その若い女性たちが来て、「**かなしきことは、さらにも言はず**」桐壺の更衣が亡くなってしまって本当に悲しいと思っているといって、寂しそうです。彼女たちは桐壺の更衣が亡くなったら、やはり自分たちも里に帰らなければいけなかったわけですね。

「**内裏《うち》わたりを朝夕《あさゆう》にならひて**」彼女たちはいままでは宮中の生活に慣れていたけれど、「**いとさうざうしく、うへの御有様《ありさま》など**」いまこのように田舎に帰ってきたら、「**いとさうざうしく**」とても物足りない。そして、「**うへの御有様**」、「ああ、あの時の天皇様も本当に素敵な天皇様だったな」などと、いまは近所に住んでいるお使いの女性たちも宮中での生活を思い出しておりました。

その若い女房たちも、「**宮様がとくまいり給はむことを**」若宮（光源氏）が内裏に行ければ自分たちもまた宮中に行けるわけですから、とにかく若宮が早く宮中に帰ってほしいと、お母さんに「**そそのかし聞《きこ》ゆれど**」そそのかし、催促をする。「お母さん、早く行ったほうがいいわよ」「源氏さんも早く帰りたいと言っているから」とお母さんに言うけれども、「**かく、いまいましき身の、そひたてまつらむも**」このように不幸な身。昔は娘が亡くなったり親が亡くなったりすると一年間は喪に服しますから、晴れがましいところには行ってはいけなかったんです。

家族の誰かが亡くなると、一年間は神社にも入れませんでした。私の時代でもそうです。どうしても神社に行く時には、決して鳥居はくぐれませんでした。神社の脇の広場に遊びに行く時は、鳥居の脇をすりぬけて通りました。

それは「**いまいましき**」不幸な状態ですから、「そひたてまつらむも」若宮といっしょに宮中に行くというのも、「**いと、人聞《ぎ》き憂かるべし**」。「桐壺が亡くなってまた一年もたっていないのに、どうして宮中に行くんだ?」と「**人聞き憂かるべし**」人聞き悪いことになります。

「**又、見たてまつらで**」あるいは一人だけ若宮を出してしまうということになれば、「**見たてまつらでしばしもあらむは**」若宮を見ないで一日でも二日でも生活をするということになると、「**いと後《うしろ》めたう**」それは気がかりでしょうがない。

二人で行くと桐壺が亡くなってまだ一年もたっていないのにとやかく言われるし、かといって源氏だけを宮中にやるというのは、まだ三歳だから気がかりだということです。

「**おもひきこえ給ひて**」そのようにお母さんは思っておりまして、若宮を「**すがすがとも**」はっきりと「**えまいらせたてまつり給はぬなりけり**」内裏に参上させないのです。それで近所のお世話役の女性たちも、やり場のない頼りのない生活をしているということです。

母からの手紙を読む天皇、胸に去来する桐壺の思い出

「**命婦は、まだ大殿籠《おおとのごも》らせ給はざりけるを、あはれに見《み》たてまつる**」さて、やっと別れて、命婦が宮中に帰りますと、天皇は「**まだ大殿籠《おおとのごも》らせ給はざりける**」お休みになっておらずに起きていた。「**あはれに見たてまつる**」こんなに遅くなってもまだ私の返事を待っていらっしゃった。「**御前《おまえ》の壺前栽《つぼせんざい》の、いと、おもしろき盛《さか》りなるを、御覧ずるや**

うにて」自分のお部屋の前の小さな中庭に秋の草花がいっぱい綺麗に咲いているのを帝はご覧になってずーッと待っていらっしゃった。

帝は、「**忍《しの》びやかに**」こっそりと「**心にくき限《かぎ》りの女房**」気持ちのよくわかる女性たちを「**四五人《よたりいったり》さぶらはせ給ひて**」四、五人を傍に置いて、「**御物語《がたり》せさせ給ふなりけり**」お話をなさりながら命婦の帰りを待っていらっしゃったのです。

「**このごろ、あけくれ御覧ずる長恨歌の、御絵《え》、亭子《ていじ》の院の書《か》かせ給ひて、伊勢・貫之《つらゆき》に詠《よ》ませ給へる、大和言《やまとこと》の葉をも、唐土《もろこし》の歌をも、ただ、その筋《すじ》をぞ、枕《まくら》ごとに、せさせ給ふ**」

このごろは、あけくれ見ている中国の楊貴妃の物語を書いた白楽天の長恨歌の絵を、ご覧になっていた。「**亭子《ていじ》の院**」、この絵は宇多天皇が上皇になった宇田院がお書きになったものだ。そして、その絵には「伊勢」、この歌人は当時から百年くらい前の九〇〇年代の女性の歌い手、また、「紀貫之」に読ませた大和言葉の歌も、書いてある。天皇はそれらの歌の説明をしながら、「**ただ、その筋《すじ》をぞ**」あんなにすてきな楊貴妃を亡くして玄宗皇帝も、すごく悲しかったんだねというようなことを、歴史的に話して聞かせていたのでした。

「いと、こまやかに、ありさまを問はせ給ふ」、やっと命婦が着くと、細やかに桐壺の里の様子を質問したのです。

「命婦は、あはれなりつる事」命婦は「お母さんは悲しくさびしそうでとてもお気の毒でした」と**「忍《しの》びやかに奏す」**静かに申し上げました。そして**「母君の御返り御覧《らん》ずれば」**お母さんからの返事を天皇はご覧になり、**「いとも畏《かしこ》きは、おき所《どころ》も侍らず。かかる仰言《おおせごと》につけても、かきくらす乱《みだ》り心地《ごこち》になむ」**天皇さんから直にお手紙をいただいて、身の置き所もないくらい恐れ多いことでございます。しかし、「内裏にいらっしゃい」という仰せ言についても、そのようなお言葉を聞くと、かえって心が真っ暗になってしまいます。祖母の歌……。

「荒《あら》き風ふせぎしかげの枯《か》れしより小萩《こはぎ》がうへぞしづ心なき」。この**「荒《あら》き風」**はいろいろな焼きもちや意地悪、まわりのつめたい仕打ちの中で、桐壺の更衣は三歳までは源氏さんを守って育ててきました。その荒い風を防いできた桐壺の更衣が**「枯れしより」**死んでしまった。**「小萩がうへぞしづ心なき」**娘が亡くなったあとの小萩、つまり源氏を見ていると、「**しづ心なき**」安らかな心になれません。「**などやうに、乱《みだ》りがはしきを**」天皇は「来なさい」と言うけれど、それに「行く」とも「行かない」とも答えられないで、恐れ多い仰せ言だけれども、「私の心は乱れています」私自身どうしたらいいのかわかりません。

はっきりとした返事ができないんですね。相手が天皇さんですから、普通は返事の答えをちゃんと書かなければいけない。ところがお母さんは何も返事をせずに、ちょっと愚痴めいたことを言っているわけです。

それを読んで、普通だったら、「あなただけじゃない、私だって寂しいんだ。来るかどうかを早くハッキリ知らせてほしい」という気になるかもしれないでしょう。ところが、この天皇さんは違いました。

「『**心をさめざりける程**』**と、御覧《らん》じ許《ゆる》すべし**」。「娘が亡くなって、悲しみにむせんでいるんだから、まだ自分の気持ちがはっきりきまらないのだろう。お気の毒なことだなあ」と言って、返事の書いていないうらみごとの歌を嫌な歌とも思わず、かえって母上に同情しているのです。大らかさというのは、こういうことをいうのですかね。

の歌を見ると、「唯一の頼りの光源氏はまだ自分のところには来ない」ということがわかります。「それどころではないよ」という歌ですから。けれども、「**いと、かうしも見えじ**」源氏が来ないといって、悲しむような姿は絶対に人には見せない。桐壺の更衣が産んでくれた心の唯一の頼りの源氏も来ない。「**おぼししづむれど**」ふと悲しさに沈んでしまう。まわりがあるから、なんとか悲しい顔は見せまいと思うけれども、「**更《さら》に、え忍《しの》びあへさせ給はず**」やっぱり悲しさを忍ぶことができないのです。

「**御覧《らん》じ始《はじ》めし年月のことさへ**」、その時にふーッと桐壺の更衣と初めて愛を交わしたころの年月のことが、かきあつめるように自分の胸に湧きあがります。「**よろづにおぼし続《つづ》けられて**」それを起点に桐壺とのいろいろな思い出が次々に浮かんできた。

「**時《とき》の間《ま》も、おぼつかなかりしを、かくても月日は経《へ》にけり**」生きている時は、ほんのちょっとした間も会わなかったら、もう気がかりでしょうがなかったのに、死んでしまった後は桐壺とまったく会わないで、こんなにも長い月日が経ってしまった「**と、あさましう思《おぼ》し召さる**」月日の流れの早さに、自分でもあきれたように思ったのです。

「こんな悲しい思いはしたくない」「こんな悲しさを人に見せたくない」と覚悟をきめた時に、桐壺と出会ってからの懐しい思い出がぐんぐんと浮かび上がってきたという「オーバーラップ」の表現ですね。素晴らしい。

「故大納言の遺言《ゆいごん》あやまたず、宮仕《づか》への本意《ほい》、ふかく物したりし喜《よろこ》びは、かひあるさまにこそ、思ひわたりつれ」

これは桐壺のお母さんに対する気持ちを表しています。あの時お母さんはお父さんが亡くなってから宮仕えをすれば、女御ではなくて更衣の身分で辛い思いをするだろうからと、入内をやめさせようと思っていらっしゃったけれども、亡き夫の遺言をあやまたず、**「宮仕への本意、ふかく物したりし」**娘をよく宮仕えに出してくださった。お母さんが出してくれたからこそ桐壺の更衣を愛することができた。その喜びのお礼として**「かひあるさまに」**苦労をして宮仕えをさせてくれたお母さんの気持ちにも応えたいとずっと思い続けていたのだ、……と。

しかし桐壺の更衣本人が亡くなってしまいましたから、お母さんも実家で淋しい生活をされているので、もうお母さんにも晴れがましいお礼がなかなかできない。**「と、う**

ちのたまはせて」とおっしゃって、母君を「いとあはれに思《おぼ》しやる」お母さんに可哀想な生活をさせて申し訳がないと、思いやるのです。

今日はこのへんで終わります。次は最終講、源氏さんがいよいよ宮中に帰ってくる場面となります。宮中では、弘徽殿の女御がそれを待ち受けています。

第五講　失われた母の愛を求めて

玄宗皇帝と楊貴妃の悲恋に自らの境地を重ねる

前回は桐壺の更衣が亡くなって、天皇さんが靫負の命婦という人を遣わせて、桐壺の更衣のお母さんのところにお見舞いに行ったという話でした。天皇さんは、光源氏とお母さんに「寂しいところに二人で暮らしていないで内裏に早くいらっしゃい」と何度も何度もお願いしたのですけれど、お母さんはこの年になって行くわけにいかないと、娘を失った悲しみで動けない状態にあったわけです。

また、自分の娘を育てた家で光源氏といっしょに過ごしたい気持ちもあって、天皇さんの誘いを断ります。しかし何回断られても、桐壺帝は「いいかげん出て来てください」ということはおっしゃらない。むしろお母さんに対して、「お父さんの遺言を守って、お世話役もいないのによくぞ桐壺を私のほうに寄こしてくれた、お陰で私はほんとに素晴らしい女性と愛情を交わすことができた。お母さん、ありがとう」というようなことで、まったく恨み言を言いませんでした。いくら断られても「ありがとう」と感謝する桐壺帝であったわけですね。実は桐壺帝という人は、なかなか魅力のあるやさしく人の心をよく理解する人ですね。

そこで今回は「**かくても、おのづから、若宮《わか》など生《お》ひ出《い》で給はば、さるべきついでもありなむ。『命《いのち》ながく』とこそ、思《おも》ひ念《ねん》ぜめ**」というところから始めることにしましょう。

このように今は別れ別れになっている。あなたは一人で光源氏の面倒をみて寂しく暮らしておられますが、だんだん若宮、光源氏も成長するから、「**さるべきついでもありなむ**」そのうちこちらの宮中に来るついでがあるでしょう。だから「**命ながく**」いまは寂しいかもしれないけれども、どうか長生きをしてください。私はいつでもその日のことを思っているんだと「**のたまわす**」おっしゃったのです。これは天皇が言われた言葉ですね。

天皇の言葉を伝えに行った靫負の命婦は「**かの贈り物**」お母さんからいただいた贈り物、桐壺の更衣が身に着けていた装束一そろえに髪を梳かす櫛などです。その贈り物を「**御覧《らん》ぜさす**」天皇さんにお見せしました。それを帝は御覧になったのです。

「『**なき人のすみか、尋《たず》ね出《い》でたりけむ、しるしの釵《かんざし》ならましかば**』と、**おもほすも**」

これは白楽天という人の書いた『長恨歌』という詩の一節と関係しています。玄宗皇帝が楊貴妃という女性を寵愛したために世が乱れた。ついに戦乱さえ起こって、楊貴妃は殺されてしまいます。残された玄宗皇帝は本当にまいってしまう。戦乱が治まると、すぐ亡くなった人の魂のありかがわかるという幻術師を訪ねていって、楊貴妃がどこにいるか尋ねてきてくれ、と頼みます。その幻術師は楊貴妃の魂のところまで行って、釵《かんざし》を貰ってきます。その釵を玄宗皇帝に渡すと、皇帝は大いに感動します。これはその場面を下敷きにして言っているんですね。

今、櫛を貰ったけれども、玄宗皇帝は幻術師に楊貴妃の魂のありかを探してもらい、釵を持ってきてもらった。しかし、桐壺の更衣はまだどこに行っているのかまったくわからない。「**なき人のすみか、尋ね出でたりけむ**」桐壺がどこにいるかをはっきり尋ねてきて、その印に貰った櫛ならばどんなによかったであろうかと「**おもほすも**」帝はお思いになりましたけれども、それは「**いとかひなし**」まったく甲斐のないことでございます。

「**尋《たず》ね行くまぼろしもがな伝《つて》にても魂《たま》のありかをそこと知るべく**」

「**尋ね行くまぼろし**」というのは幻術師のことです。桐壺の更衣の魂のありかを尋ねていく幻術師がいてほしいな、と。「**伝にても**」その幻術師の言伝てでも「あそこにいました」と桐壺の更衣の「魂のありかを知りたい」と。そういう歌を詠みます。

「**絵に書きたる楊貴妃のかたちは、いみじき絵師《えし》といへども、筆《ふで》かぎりありければ**」絵に書いた楊貴妃の姿は、立派な絵師が書いたにちがいない。けれども芸術的に素晴らしい絵であるにしても、書いたものの美しさにはやはり限度がある。「**いと、匂ひなし**」形は書けてもその生き生きとした艶《なま》めかしい美しさがない。

「**太液《たいえき》の芙蓉《ふよう》・未央《びおう》の柳も**」太液というところにある芙蓉、蓮の花も、未央というところにある美しい柳も。これは白楽天が楊貴妃について、太液の蓮の花のように美しく、未央の柳のようになよなよとしていると書いていることから出た言葉です。「**げに、かよひたりしかたちを**」楊貴妃の絵にそれは似つかわしい表現で、「**唐《から》めいたる粧《よそ》ひは、うるはしうこそありけめ**」一糸乱れぬその絵は、確かに美しいけれども、「**なつかしう、らうたげなりしを、おぼし出《い》ずるに**」あの桐壺の更衣の「**なつかしう**」人なつっこさ、

「らうたげなり」可愛らしさを思い出すと、**「花・鳥の、色にも音《ね》にも」**花とか鳥の色やあの小鳥たちの声にも**「よそふべき方《かた》ぞなき」**とにかく比べることができない。

桐壺の更衣には、独特な人なつっこく、可愛らしいところがあったということです。これは日本の女性の特徴らしいですね。世界的に見て日本の女性は人なつっこくて可愛らしいと外国の人たちは皆言います。日本の女性はいいというのは「人なつっこさ」ですね。これは伝統的な日本人の女性の心の在り方でしょう。

他の国の人たちもそれぞれ美しいですけども、オリンピックなんかに出ても、金メダルを取ったお嬢さんで、戦っているときにはきつい顔をしているけど、メダルを取ったとたん他の国の女性と比べてさっと笑う顔つきが、日本の女性は私にはとても可愛らしく見えます。

情景描写と心理状態が調和する

「朝夕《あさゆう》の言《こと》ぐさに」朝夕、桐壺が生きていたときには**「『羽《はね》をならべ、枝《えだ》をかはさむ』**

と、**契《ちぎ》らせ給ひしに、かなはざりける**」鳥になったら羽をならべて飛びましょうね、一本の木になったら二つの枝になって風が吹いてきたら、いつでも触れ合って楽しみましょうね、というようなことばかり話していたけれど、あっという間に桐壺の更衣が亡くなってしまった。その「**命《いのち》の程ぞ、尽《つ》きせず恨《うら》めしき**」あの短い命こそ、身にしみて恨めしい。

「**風の音《おと》、虫の音《ね》につけて、物のみ悲《かな》しう思《おぼ》さるるに**」風の音がする、虫が繁く鳴く、そんな秋の夜は、何かちょっとしたことで寂しくなる。

情景が浮かんできますね。暑い夏が終わって少し朝晩に涼しい風が吹いてきて、日が短くなりますと、物悲しくなります。変化していく秋の夜の状況をぴったり捉えていきます。最高気温が三十八度なんて言っているときには、そういう気持ちにはとてもなれません。自然の情景描写と心の状態の心理描写が『源氏物語』は、いつでも、ピタッと調和しています。

「**物のみ悲しう思さるるに**」何をしても悲しいとお思いになっているのに、弘徽殿の女御、桐壺帝の北の方、最初の奥さんですね。この弘徽殿の女御のお父さんは右大臣。弘徽殿の女御は右大臣の長女ですね。この弘徽殿の女御と桐壺帝の間に生まれたのが春宮、つまりいまの皇太子です。この人が長男になります。そして桐壺帝と桐壺の更衣の間に生まれたのが光源氏で次男です。

いまのところは弘徽殿の女御がお産みになった長男が皇太子で、いずれは天皇となります。けれども、源氏があまりにも美しくて才気煥発だというと、天皇の命令で源氏を皇太子にすることが、当時は簡単にできましたから、弘徽殿としては心配でしょうがないわけですね。ですから、いままでもう弘徽殿は桐壺の更衣に徹底的な意地悪をしていたんです。

「**久しう、上《うえ》の御局《つぼね》にも、参《ま》う上《のぼ》り給わず**」弘徽殿の女御は桐壺の更衣が亡くなってからも久しく「上の御局」天皇さんのお部屋にも来ない。「**月のおもしろきに、夜ふくるまで**」月がきれいなときに夜が更けるまで「**遊《あそ》びをぞし給ふなる**」皆でキャアキャアと遊んでいる。「『**いと、すさまじう、物し**』**と、きこしめす**」天皇は桐壺が亡くなって寂しいと思っているのに、弘徽殿は夜遅くまで自分のところへは来ないで皆と遊んでいる。「**いと、すさまじう**」まったく面白くないなあと帝は「**きこしめす**」その女性たちのわいわい騒ぎを聞いていたのです。

「**この頃《ごろ》の御気色《けしき》を見《み》たてまつる上人《うえ》・女房などは**」帝のこのころの様子を見ている天上人や多くの女房たちも、「『**かたはらいたし**』**と**」弘徽殿のあまりにもひどい遊び方を「不愉快だ。あんなにしなくてもいいのに」と言っていたのです。

弘徽殿の女御の性格は「**いと、おしたち**」とても我が強い、「**かどかどしきところ**」しかも角立った性格がある。「**物《もの》し給ふ御方《かた》にて**」そういう方だったので、「**ことにもあらず**」帝の悲しみ、桐壺の死など平ちゃらである。「**思《おぼ》し消《け》ちて、もてなし給ふ**」てんで知らん顔をしているのです。

桐壺帝は、冒頭にも申しましたように、愛もないのに女御であった右大臣の娘と結婚させられたわけです。組織の上で、権威のある右大臣のお嬢さんと結婚しなければいけないということでした。だから桐壺の更衣のほうへは、まごころからの人間本来の純粋な愛を感じていってしまった。

この当時はいまと違って一人の男性がたくさんの女性と結婚してよかった時代です。いわゆる一夫多妻の時代です。普通であれば正妻以外の女性を夫が愛しても、別にどうということはない。正妻にしては「まあご苦労様、私の足らないところを埋めてちょうだいね」という感じの場合がほとんどなんです。ところが弘徽殿はそうではなかった。今日だったら、こんな焼きもちを焼くのは当然かもしれません。が、当時の状況では、弘徽殿の桐壺の更衣への意地悪は、異常ともいっていいものでした。

清らかな秋の月に桐壺の母と光源氏を思う帝

「月も入《い》りぬ」秋の月も山の端に入ってしまいました。桐壺帝の歌……。

「雲のうへも涙にくるる秋《あき》の月いかですむらん浅茅生《あさじう》の宿《やど》」

雲の上、つまり宮中でも涙にくれて秋の月が見えない。「いかですむらん」お母さんからいまこの桐壺の更衣の着物と櫛を貰ったけれども、今夜はいかに寂しさをこらえているであろうか。「浅茅生《あさじう》の宿《やど》」桐壺のお母さんは叢の宿でどのようにこの秋の月を見ているのだろう。秋の月がどのように澄んで、あの桐壺の更衣の実家を照らしているんだろう。

この「**すむ**」というのは、「月が澄む」と「人間が住む」の掛詞になっています。だから、「月が清らかに照っている中で、どのように生活しているんでしょう」というふうに解釈します。二つの意味を掛けると和歌の味が深くなりますね。たかだか五七五七七ですけれど、一つの言葉に二つの意味を持たすことによって、非常に多彩な意味を持つようになります。

「**おぼしやりつつ、ともし火をかかげつくして、起《お》きおはします**」帝は、桐壺の里を思って、お母さんも光源氏もどうしているんだろうなと「**ともし火をかかげつくす**」ともし火が消えるまで、起きていたということです。

「**右近のつかさの宿直《とのい》申し**」、右近というのは帝のもっとも身近にいる宮内庁の役人です。「**宿直申し**」というのは、二時間おきに、「午後十二時になりました」「もう午前二時です」というふうにして大きい声でその時を知らせて回ることです。その宿直申しの声が聞こえました。その宿直申しが、「もういま、丑になりました」と言って時間を告げているんです。丑というのは午前二時ですから、もう午前二時にもなってしまったようでございます。それでも桐壺帝は、桐壺の実家の様子を思い出して、母上に同情を寄せているということですね。

「**人目《め》を思《おぼ》して、夜《よる》の御殿《おとど》に入《い》らせ給ひても**」天皇さんが起きているうちは、辺りの人もまだ起きて見ています。ですから「**人目を思して**」人目が悪い、周りの人に迷惑をかけるからといって「**夜の御殿**」いよいよ寝室に入ったものの「**まどろませ給ふこと難《かた》し**」ちっとも眠れない。「**朝《あした》に起《お》きさせ給ふとても**」朝起きようと思っても、『**明《あ》くるも知《し》らで**』と、**おもほし出《い》づるにも**」桐壺の更衣がいたときには遅く寝つきますから、夜が明けるのも知らないでいたけれど、「**おもほし出づるにも**」それほど桐壺の更衣を愛していたんだな、どうしてあんなに好きになったのだろうかと思い出していると、「**猶、朝《あさ》まつりごとは、怠《おこた》らせ給ひぬべかめり**」朝の政治の会議にも出席することができないようになってしまったのです。

「**物なども聞《きこ》し召さず**」何も食べず、「**朝餉《あさがれい》の、けしきばかり触《ふ》れさせ給ひて**」朝の餉は少しだけ箸をつける程度で、「**大床子《だいしょうじ》の御膳《おもの》などは**」昼ご飯の御膳などは「**いと、はるかに思《おぼ》し召したれば**」もう全然手がつかない。朝はちょっとだけ、昼のご飯はまったく食べられなくなってしまったので、「**陪膳《はいぜん》に侍《さぶら》ふかぎりは**」配膳係の人たちは「**心苦《ぐる》**

しき御気色を、見たてまつり嘆く」本当に帝は心苦しいのだなとみんなで嘆いていたのです。

「**すべて、ちかうさぶらふ限りは**」帝の近くに侍る人たちは皆、男も女も口をそろえて「『**いと、わりなきわざかな**』と、**言ひ合はせつつ嘆く**」大変なことになったねと言い合って嘆いていた。「『**さるべき契**《ちぎ》**りこそは、おはしましけめ**』」桐壺の更衣と桐壺帝は前世からの深い契りがあったんだね、一方ならぬ契りではなかったんだね、と辺りの人が同情していました。

「『**そこらの、人の謗**《そし》**り・恨**《うら》**みをも、はばからせ給はず、この御事**《こと》**にふれたることをば、道理をも失はせ給ひ、今**《いま》**はた、かく、世の中のことをも、思**《おぼ》**し捨てたるやうになり行**《ゆ》**くは**』」桐壺の更衣を深く愛したがために女御たちの恨みもかったけれども、帝はそれを「**はばからせ給はず**」まったく遠慮しないで、「**この御事**《こと》**に**」とにかくいつでも桐壺を愛することに心を集中してしまった。「**道理をも失はせ給ひ**」ものごとの道理を失ってしまい、桐壺の更衣が亡くなったいまも政治のことさえ考えなくなってしまったのは、大変困ったことだなと「**人の朝廷**《みかど》**の例**《ためし》**までひき出**《い》**でて**」、これは当然玄宗皇帝と楊貴妃のことですね。それを例に困ったなあと話し合っていた。

白楽天が『長恨歌』という作品を書いたのは八〇六年です。『源氏物語』はだいたい一〇〇〇年あたりに成立しますから、それより二百年前の中国の漢籍はもう日本に入ってきていて、皆、それを漢文で勉強していたのでしょう。ですから周りの人たちも、玄宗皇帝と楊貴妃の例を引いて、「とんでもないことになった、内乱でも起こるんじゃないか」と思っていたということです。

ついに内裏に帰ってきた光源氏

さて、そんな悲しみのところに唯一の救いである源氏が、いよいよ内裏に帰ってきます。

「月日経《へ》て、わか宮、まいり給ひぬ」しばらくたって桐壺の更衣が産んでくれた若君（光源氏）が内裏にやって来たのです。二人の仲に子供がいたのは救いでした。これで桐壺帝は立ち直ります。若宮が来てくれたということで、立ち直るんです。

子供というのはすごい力を持ちますね。子供があるから我慢しなきゃいけないとか、子供がいるから頑張ろうという気持ちは、誰でも持っていると思いますけれど、桐壺帝にしてもそれは同じでした。「**月日経て、わか宮、まいり給ひぬ**」。紫式部はいいところに若君の力を持ってきましたね。

このときには、お母さんに若君を内裏に連れて来てくれと頼んだということは、書いていません。とにかく帰って来たとズバリ書く。「**いとど、この世の物ならず**」その光源氏はこの世の子供とは思えない。「**清《きよ》らにおよずけ給へれば**」ほんとに清らかに「**およずけ**」成長していました。

「**いと、ゆゆしう思《おぼ》したり**」。当時は、あまりきれいで可愛い子は神様が連れて持っていってしまうという俗信がありました。光源氏はあまりにきれいだったので、これは神様に連れていかれる、神隠しにあうのではないかと「**ゆゆしう思《おぼ》したり**」心配で恐ろしくさえ思ったのです。

「あくる年《とし》の春《はる》、坊定《さだ》まり給ふにも、いと、ひきこさまほしう思《おぼ》せど、御後見《うしろみ》すべき人もなく、又、世のうけひくまじきことなれば、なかなか、危《あやう》くおぼし憚《はばか》りて、色にも

出《い》ださせ給はずなりぬるを、『さばかり、おぼしたれど、限《かぎ》りこそありけれ』と、世の人も聞《きこ》え、女御も、御心おちゐ給ひぬ」。

「あくる年の春、坊定まり」「坊定まり」というのは、弘徽殿の女御との間に生まれた長男春宮が皇太子に定まったということです。そのときも帝は「いと、ひきこさまほしう」光源氏がこんなに清らかで素晴らしい子供だから、光源氏を皇太子にしようとふとお思いになりましたけれども、「御後見すべき人もなく」桐壺の更衣の父大納言がもう亡くなっていたのでお世話役がいませんでした。一の御子には右大臣がいます。しかし源氏は大納言であった祖父も亡くなっているし、お母さん（桐壺の更衣）も病気がちの状態ですから世話役がいません。

またもし一の宮、長男である春宮を越して光源氏を東宮、皇太子にしたということになりますと、「世のうけひくまじきことなれば」世の中が納得しないということもあったので、「なかなか、危くおぼし憚りて」源氏を皇太子にしたいけど、これは危険なことだなとお思いになって、帝は「色にも出ださせ給はずなりぬるを」そういうことは、色にも出しませんでした。「『さばかり、おぼしたれど、限りこそありけれ』と」世の中の人も「ああ、あれほど可愛がっていたけれどもやっぱり帝は源氏を皇太子にはしないな」「そうだね、世の中にはいろいろと限界があるからね」というふうに評判をしていたので、弘徽殿の女御も「**御心おちゐ給ひぬ**」ほっと安心されたのです。「うん、皇太子は私の子供になる」と満足したわけですね。

これは弘徽殿の女御にしてみれば大変なことですからね。自分の子供が天皇になれば自分は国母になり、弘徽殿の女御のお父さんの右大臣は、天皇の義父になるので、あっという間にすごい地位に上ることになります。

祖母の死の悲しみを乗り越え成長する源氏

「**かの御祖母北の方**《おばきたのかた》**、なぐさむ方**《かた》**なく思**《おぼ》**ししづみて**」あの桐壺の更衣の母は「**なぐさむ方なく思ししづみて**」もうずうっと慰めようもなく悲しい思いをしていました。それは、逆縁といって、自分の娘が自分より早く亡くなったショックです。しかも、素敵なお嬢さんだったのに、天皇に可愛がられたために、周りから意地悪をされて早く死んでしまった。宮中に入れたのはお父さんの遺言だったけれど、それにしたがって出さなければよかったという後悔があるわけです。

そして「**なぐさむ方《かた》なく思《おぼ》しじみて、『おはすらむ所にだに』**」私は、娘の桐壺の更衣がいるところに早く訪ねて行きたいと、毎朝毎晩仏様にお願いをした。そのお願いをした印が、あったのでしょうか、「**つひに、失《う》せ給ひぬれば**」祖母はあっという間にこの世を去ってしまった。「**又、帝がこれを悲《かな》しび思《おぼ》すこと、限《かぎ》りなし**」桐壺帝は母の逝去を大変悲しまれました。お母さんはどことなく娘さんに似ているから、娘さんの代わりはできないけれど、お母さんがいるだけで心が安らかになっていたのです。その桐壺をイメージさせるお母さんもとうとういなくなってしまったので、大いに悲しまれたのです。

「**御子《みこ》、六《む》つになり給ふ年《とし》なれば**」源氏は六つになりました。お母さんが亡くなったときは三つでしたけれど、今は六つになっていたので、「**このたびは思し知りて**」おばあちゃんが死んだということをはっきり知って、「**恋《こ》ひ泣き給ふ**」泣いて、泣いて、おばあちゃんを恋しがりました。

「年ごろ、なれむつび聞《きこ》え給ひつるを」おばあちゃんは、年頃からお母さんがいない源氏に親しくしておりました。お母さんが亡くなり、おばあちゃんであるこの私までも亡くなったら、いったいこの子はどうなるでしょう。**「見たてまつり置く悲しびをなむ」**源氏を置き去りにして自分が死んでいくこの悲しみを**「かへすがえす、のたまひける」**何回も何回も源氏に「あなたを置いて死んでしまうのはごめんなさい」と話しかけていたのです。

「今は、内裏《うち》にのみ侍《さぶら》ひ給ふ」源氏はもうお母さんの実家に帰ることはなく、いつでも宮中に住むようになりました。

源氏が七つになりました。**「書始《ふみはじ》めなどせさせ給ひて」**読書始めです。これは特に漢文です。七歳から『論語』、老荘思想などの勉強を始めるのです。筆記用具はありませんから口伝え、朗読です。「子曰く、吾れ十有五にして学に志す。三十にして立つ」というようにくり返しくり返し音読によって学びます。書道はもちろん、歌の勉強もします。

学び始めると、「**世《よ》に知らず**」世の中に例がないくらい「**敏《さと》う賢《かしこ》く**」すごく頭がよくて賢い。「**あまりに恐ろしきまで**」帝が、光源氏がこんなに清らかできれいな上に、こんなに頭がいいと、ますます「神隠し」にあうのではないかと心配するほど、とんでもないくらい優秀な子でありました。あんなに意地悪をされて、息も絶え絶えになりながら意地悪をこらえて桐壺が産んだこの子供が、このように素晴らしい子供であったというのは、なんとも言えず面白い物語です。

七歳にしてすでに艶かしいほどの美しさ

「**『いまは、誰《たれ》も誰も、えにくみ給はじ。母《はは》君なくてだに、らうたうし給へ』とて、弘徽殿などにも渡《わた》らせ給ふ御供《とも》には、やがて、御簾《みす》のうちに入《い》れたてまつり給ふ**」

帝は本妻の弘徽殿の女御に、「もういまは誰も源氏を憎む人はいないよ。母である桐壺の更衣も死んでしまっているんだから、どうか源氏を可愛がってやってほしい」とお願いしました。「**弘徽殿などにも渡らせ給ふ御供《とも》には**」帝が弘徽殿の女御のお部屋に出かけるときにも、その御供に必ず光源氏を連れて行って、女御の部屋の御簾の内に入れました。男の子は七つまでは女性の部屋に入れます。

「**いみじき武士《もののふ》・仇・敵《かたき》なりとも、見ては、うち笑《え》まれぬべきさまの、し給へれば**」恐ろしい武士や仇や敵であっても、源氏を見ればふと笑ってしまうくらい可愛い子であったので、「**えさし放《はな》ち給はず**」今まで源氏を憎らしいと思っていた弘徽殿の女御さえ、源氏を抱き締めて、放すことができませんでした。

「**女御子《みこ》たち二所《ふた》**」弘徽殿の女御には女の子供が二人、「**この御腹《はら》におはしませど**」女御のお腹からお生まれになっていたけれども、「**なずらひ給ふべきだにぞ、なかりける**」その可愛さは、源氏とはまるで比べることができない。源氏のほうがよっぽど可愛いので、あの憎たらしい桐壺の更衣の子供であったけれども「**えさし放ち給はず**」抱えたらもう放せなかったのです。

「**御かたがたも、かくれ給わず**」弘徽殿の女御にはお仕えしている女性がたくさんいました。その人たちも、普通は七歳ぐらいの男の子でも顔は見せずに、隠れてしまうのですけれど、源氏さんはあまりに可愛いから隠れない。

「今より、なまめかしう、恥づかしげにおはすれば」とにかく艶《なま》めかしい。この艶めかしいというのは、字引を引いても適切な意味が出てきません。どうか想像してください。「恥づかしげに」ですから、見ているほうが恥ずかしくなるくらい艶めかしいのです。まだ七歳の子供ですよ。「いとをかしう」とにかく大変可愛らしい。「うち解《と》けぬ遊《あそ》びぐさに」けれども女性たちは何か気を許して遊べない。気を許すと好きになってしまいそうだから気を許しては遊べない。そういう危険な遊び相手として、「たれもたれも、思《おも》ひ聞《きこ》へ給へり」皆、警戒をするぐらいの美しさでした。「わざとの御学問《がくもん》はさる物にて」表立ってしなければいけない学問はもちろんのこと、「琴《こと》・笛《ふえ》の音《ね》にも雲井を響《ひび》かし」琴を弾いても笛を吹いても「雲井」とは宮中のこと。宮中の人たちを驚かすぐらい素晴らしい。「すべていひつづけば」才能の一つ一つを数え上げたら「ことごとしう、うたてぞなりぬべき」かえって嘘だと思われます。すごいですね。一つ一つ挙げていったら大げさに思われたり、嘘でしょと言われるような状態だったと。そういう「人の御様《さま》なりける」光源氏様の様子でございました。

高麗の人相見の見立てと天皇の決断

「そのころ、高麗人《こまうど》のまゐれるが中《なか》に、賢《かしこ》き相人《そうにん》ありけるを」そのころ宮廷が呼んで、高麗の国から文化人がたくさんやって来ていましたが、その中に人相見の名人がいました。

帝は**「聞《きこ》し召して」**すごい名人が来たということをお聞きになって、**「宮のうちに召さんことは、宇多の帝《みかど》の御誡《いまし》めあれば、いみじう忍《しの》びて」**その人相見を宮中に呼んで見てもらおうと思ったけれども、「宮中に高麗人の人相見を入れてはいけない」という誡めが宇多天皇のときに決められていたので、**「いみじう忍びて」**内緒でひっそりと源氏を鴻臚館という高麗人が宿泊している場所に出向かせました。

「御後見《うしろみ》だちて仕《つか》うまつる右大弁の子《こ》のやうに思《おも》はせて」天皇の子供だという正体は隠して、右大弁という宮内庁の監督官の子供のようにして**「ゐてたてまつる」**宮内庁の監督官が光源氏をその人相見のところへ連れて行ったのです。**「相人、おどろきて、あ**

またたび傾《かたぶ》きあやしぶ」人相見はびっくりして、「この人の人相はよくわからんわ」と何回も何回も首を傾げたのです。

人相見はこう言いました。「**国《くに》の親《おや》となりて、帝王の、上《かみ》なき位《くらい》にのぼるべき相《そう》おはします人の、そなたにて見《み》れば、乱《みだ》れ憂《うれ》ふることやあらん**」この人は国のトップに立って天皇になるような、この上ない位に上るべき相をしている。けれども、この人がもし天皇になると「**そなたにて見れば、乱れ憂ふる**」世の中が乱れて辺りが大変になるだろう。

それはそうですね、そんなことになったら右大臣家出身のあの弘徽殿の女御が暴れるのは目に見えていますから。それを見抜いたわけです。

「**朝廷《おおやけ》のかためとなりて、天《あめ》の下助《たす》くる方にて見れば**」これは天皇のお子さんであっても、普通の役人のような形で一般国民となって「**かため**」朝廷の政治の土台となって「**天の下**」社会を助ける人のように見えるかといえば、「**又、その相たがふべし**」その相はそれだけでもないと首を傾げたのです。

「**弁も**」宮内庁の監督官も「**いと、才《ざえ》かしこき博士《はかせ》にて**」いろいろなことを知っている学識者でございましたので、その人相見と「**いひかはしたる事どもなむ**」この光源氏についで言い交わしたことは「**いと、興《きょう》ありける**」大変興味があったのでございます。「**文《ふみ》など作《つく》りかはして、今日《きょう》・明日《あす》、かへり去《さ》りなむとするに**」お互いに詩文などを作って楽しみ、今日明日、人相見がいよいよ高麗に帰ってしまうというときに、「**かく、ありがたき人に対面《たいめん》したる喜《よろこ》び、かへりては悲しかるべき心ばへを**」高麗から日本に頼まれてやってきたけれども、このようなめったにいない子に会えてよかった、「**かへりては悲し**」このまま高麗に帰るのは悲しいという気持ちを「**おもしろく作りたるに**」漢詩に面白く興味深く詠みました。

するとそれを見て光源氏も、「**みこも、いと、あはれなる句《く》を作り給へるを**」見事な漢詩を作って、その高麗の相人に差し上げました。「**かぎりなう愛《め》でたてまつりて**」相人はその漢詩を見てこれ以上褒める言葉がないくらい褒めて、「**いみじき贈り物どもを捧《ささ》げたてまつる**」源氏に「ご褒美だよ」と言って、立派な贈り物などを捧げたてまつったのです。「**朝廷《おおやけ》よりも、おほく、物賜《たま》はす**」朝廷からもこの高麗の相人に、「ありがとうございました」と、いろんなおみやげを差し上げました。

「おのづから事《こと》ひろごりて、もらさせ給はねど、春宮《とうぐう》の祖父大臣《おおじおとど》など、『いかなることにか』と、思《おぼ》し疑《うたが》ひてなむありける」

源氏を鴻臚館に連れて行って高麗の相人に見させたことは、帝は内緒にしていたけれども、春宮（弘徽殿の女御が産んだ長男）のおじいちゃんの右大臣の耳に入りました。「**いかなることにか**」右大臣は「どういうことなのか、ことによるとやはり源氏を皇太子（春宮）に代える気なのか」と「**思し疑ひてなむありける**」疑ったのです。いつの世も政治の世界の情報は敏感なんですね。

「**帝《みかど》、かしこき御心に、倭相《やまとそう》をおほせて、思《おぼ》しよりにける筋《すじ》なれば**」高麗の相人は源氏を天皇にしてはいけないということを言いましたけれど、桐壺帝は高麗人に見てもらう以前に「**倭相**」日本人の人相見にも源氏を見させていました。そしたら、その人相見も、やはり同じように天皇にしないほうがいいといったので、「**今まで、この君を、親王《みこ》にもなさせ給はざりけるを**」今まで源氏を親王、つまり天皇の御子に任命しませんでした。天皇の御子に任命すれば春宮の下になります。そうなると、いつでもどちらを次の天皇にするかは天皇さんのそのときのお気持ちで決まります。けれどもそういうことはしなかった、というのです。

「『**相人は、まことに賢《かしこ》かりけり**』と、**おぼして**」帝は「高麗の人相見も日本の人相見もまことに賢いな」と言われました。二人の言葉を聞けば、源氏を天皇にしないほうがいいとお思いになります。

けれども、「**無品《むほん》親王**」親王であっても位のない人がいます。「**外戚《げさく》のよせなきにては、ただよはさじ**」親王にしたところで母方の後見がいない人は無品（位を持たない天皇の兄弟や子供）になる。長男のほうは親王であってもおじいちゃんが右大臣ですから、これははっきりと後見人がいるので無品にはならない。きちんとした地位が与えられます。しかし源氏を皇太子あるいは親王にしたところでお母さんはいないし、大納言だったおじいちゃんもいないので無品親王といって、何の地位も働きも与えられない無力の親王になってしまうわけです。

そのような無品親王にして源氏を「**ただよはさじ**」生活させることはよくない。

「**わが御世も、いと定めなきを**」帝の私の命もいつ終わるかわからない。だから「**ただ**

人《うど》にて」無品ではなく、臣下として、右大臣、左大臣、参議、一位、二位、三位というようなハッキリした位を持った臣下として、「**おおやけの御後見《うしろみ》**」天皇さんのいろいろな仕事のお手伝いをするような存在にしよう。「『**行《ゆ》く先《さき》も頼《たの》もしげなること**』**と**」そのほうが源氏にとっても頼もしい人生、しかも自由な人生が送れるであろうと「**おぼし定めて**」お思いになり決定しました。

源氏の由来

親王にしたら自由恋愛はできません。そのことも桐壺帝の頭にはあったでしょう。親王にしないで一般の人にすれば、恋愛は自由です。何人女性を持ってもいい。源氏にはそういう自由な人生を送らせてやろうという考えを桐壺帝は持っていたに違いありません。愛してはいけない桐壺の更衣との恋愛で死ぬほど悩み苦しんだ帝でしたから――。

ところが自分がそう決めたというと、いろいろ面倒が起こりかねないから、日本と高麗の人相見にも見させて、その結果こうするのが一番いいという結論を押し出してきた。

これは桐壺帝のすごく広く余裕のあるところです。

何も人相見に見てもらう必要はないのですが、それによって周りが納得するわけですね。こういう細かいところまで書き込む、紫式部という作家は大した方ですね。

そのほうが自由自在に生きられるであろうと帝はお思いになって、「**いよいよ、道々の才《ざえ》を習《なら》わさせ給ふ**」世の中で独立して生きていけるようにするために、いろいろな専門分野の才能をどんどん習得させたのです。それで源氏は実力がついてくるんです。

「**きはことに、賢《かしこ》くて、ただ人《うど》には、いとあたらしけれど、親王《みこ》となり給ひなば、世のうたがひ負《お》ひ給ひぬべく物《もの》し給へば、宿曜《すくよう》の賢《かしこ》き、道《みち》の人に考へさせ給ふにも、同じさまに申せば、源氏になしたてまつるべく、おぼし掟《おき》てたり**」

いろいろなことを習わせたけれど、「**きはことに**」とにかく際立って賢いので、「**たゞ人には**」こんな賢い人を単なる天皇の家来としておくのは「**いとあたらしけれど**」もったいない。つまり春宮さんの弟ではなくて家来になるわけですから、これはちょっと惜しい。けれども「**親王となり給ひなば**」これを親王にすると、「**世のうたがひ負《お》ひ給ひぬべく**」源氏がゆくゆくはいまの皇太子を抜いて天皇になるのではないかと、特に右大臣系が疑うのではないか。「**負《お》ひ給ひぬべく**」そうなったら必ず意地悪されるから「**物し給へば、宿曜の賢《かしこ》き、道《みち》の人に**」星占いの人にも見させた。「**宿曜**」は星占いです。

すると星占いの人も天皇にしないほうがいいと「**同《おな》じさまに**」同じように申したので「**源氏になしたてまつるべく**」源氏とされた。

「**源氏**」というのは天皇様の皇子が臣下、つまり家来となって一般国民のようになるときに付けられた名前です。

皇族に生まれて一般国民になって活躍した人たちが「源氏」と「平家」です。だから源頼朝とか平清盛はご先祖さんが天皇で、本来なら親王となる人が、一般庶民になった人です。

鎌倉時代になりますとなんとこの源氏と平家は武士の豪族となって、日本を支配していきます。その頃には、天皇よりも力を持ってくるということになってくるんです。

自らの子を皇太子にしないで臣下にし、光源氏という名を与えたのには当然、桐壺帝の底意があります。それは女性を自由に愛する普通の人間にしたかったということですね。しかし、そのことは一言も書かれていません。そこらへんが紫式部の技のあるところですね。でも、そのことは後になればハッキリとわかるようになっているんです。

桐壺の更衣にそっくりな藤壺に興味を抱く天皇

「年月《とし》にそへて、みやす所の御事を、おぼし忘るるをりなし」 さて、天皇さんのほうは年月にそえてどうしても桐壺の更衣のことが **「おぼし忘るるをりなし」** 忘れられない。よほど好きだったんですね。

「『なぐさむや』と、さるべき人々を、まゐらせ給へど」 この悲しみの慰め草になるかと、たくさんの立派で素晴らしい女性を帝に紹介しても、 **「『なずらひに思《おぼ》さるるだに、いと、かたき世かな』と」** 桐壺の更衣に **「なずらひ」** 似ているなという人は一人もいない。 **「いと、かたき世かな」** そういう世の中なんだな、この世にはあんな女性は一人もいないんだ **「と、うとましうのみ」** と、帝はもう女性に会うのは疎ましくなるぐらいでした。 **「よろづに思しなりぬるに」** そのうちもう若い女性に会うのは一切やめたとお思いになります。

そんなとき、実は、桐壺の更衣とまったく同じ女性が現れるのです。

「**先帝《せんだい》の四の宮**」前の天皇様の四番目のお嬢さんが「**御かたち勝《すぐ》れ給へる聞《きこ》え**」美しく、「**高くおはします**」その評判が高い。「**母后《ははぎさき》**」そのお嬢さんのお母さんは、この娘を「**世になくかしづき聞《きこ》え給ふを**」目に入れても痛くないくらい大事に育てていたのを「**上《うえ》にさぶらふ内侍のすけは**」いつでも天皇様の傍にいて、そのお言葉をいろんなところに伝えるお側役の女性が「**内侍のすけ**」です。この女性は、今の桐壺帝にも仕えていましたが、先代天皇にも仕えていて、「**かの宮**」そのお母さんにも娘さん（四の宮）にも親しく、「**いはけなくおはしましし時より**」四の宮（娘）が幼いときから知っていました。

それで「**今も、ほの見《み》たてまつりて**」今も時々お会いをして、「**失《う》せ給ひにしみやす所の御かたちに、似《に》給へる人を、三代《みよ》の宮仕《づか》へに伝《つた》はりぬるに、え見たてまつりつけぬに、后の宮の姫《ひめ》宮こそ、いとようおぼえて、生《お》ひ出《い》でさせ給へりけれ。ありがたき御かたち人になむ**」。

このお世話役（内侍のすけ）は三代の天皇さんに宮仕えをしてきたけれども、今までお付き合いをした娘さんたちの中で、桐壺の更衣に似た人は「**え見たてまつりけるに**」

全然見つからなかった。けれども、先帝の四の宮（四番目）のお嬢さんこそ「**いとようおぼえて**」まったく桐壺の更衣に似ているように思ったのです。「**生ひ出でさせ給へりけれ**」どんどん成長すればするほど桐壺の更衣に似てくる。「**ありがたき御かたち人になむ**」あのお嬢さまこそ、桐壺の更衣さんにそっくりですよ。それは素晴らしい人ですよ、と天皇さんに申し上げました。この四の宮の娘が、ゆくゆくは、あの素敵な藤壺となります。

私はよく『源氏物語』に登場する女性について聞かれるのですけれど、源氏の女性の中で恋愛するのなら「夕顔」、結婚するのなら「花散里」、尊敬する女性は誰かといったら「藤壺」だと申し上げます。藤壺はそれはそれは素晴らしい女性で、こんな方とは、お話もできません。その前にふるえてしまいます。

「**まことにや**」本当か。天皇は悲しくてしょうがない。いろんな女性に会っても一人として桐壺に似た女性はいない。もう女性に会わなくてもいいよ、と言っているときに、そう言われたので、「本当か、そんな女性がほんとうにいるのか」と言ったんですね。

「御心とまりて」それがお心にとまって、内侍のすけからそのお母さんに**「ねんごろに、きこえさせ給ひけり」**とにかく娘を宮廷に入れるようにと、申し出たのです。

ところがお母さんは、大反対です。**「あな恐《おそ》ろしや」**そんな恐ろしいことはできません。なぜ恐ろしいのかというと、**「春宮の女御」**今の春宮の母親の女御、つまり弘徽殿の女御が**「いとさがなくて」**意地が悪くて、**「桐壺《きりつぼ》の更衣の、あらはに、はかなくもてなされし例《ためし》も、ゆゆしう」**あのやさしくてすてきな桐壺の更衣をまったく無視して、**「あらはに」**おおっぴらに**「はかなくもてなされし」**ひどい目にあわせた。その**「例《ためし》も」**ためしが恐ろしいのです。

弘徽殿の女御みたいな恐ろしい人のいるところへ私の娘をやるわけにはいかないと**「思《おぼ》しつつみて」**気がすすまないと言ったのです。**「すがすがしうも思《おぼ》したたざりける」**いくら頼んでも思い切りよく娘の内裏（宮中）に参入する決心をしてくれない。

ところが突然、大反対をしていた四の宮のお母さんが**「失せ給ひぬ」**死んでしまいました。昔はお医者さんがいないので、人はまるで木の葉が秋に落ちるようにすぐ亡くなりました。病気になったら簡単に死んでしまうのです。平安時代の平均寿命は二十八歳です。ひょっとしたことで死んでしまう。突然死はままあることでした。

「**心ぼそきさまにておはしますに**」お母さんを亡くした四の宮は心細くなった。そのとき、帝から「『**ただ、わが女御子《みこ》たちと、同《おな》じ列《つら》に思ひ聞《きこ》えん**』**と**」そんなに遠慮しないで、私の娘と同じようにするから、娘になったようなつもりで気楽に宮中にいらっしゃい、と言われたのです。

いい台詞ですね。こんなに見事に日本語を使った人は日本で紫式部だけかもしれませんね。言葉の使い方、日本語の使い方が天下一品ですね。男の作家なんか全然寄せつけない。帝は「**いとねんごろに**」優しく丁寧に四の宮に申し上げたのです。

「**さぶらふ人々**」四の宮の周りにいる人、お世話役の人たち、あるいはお兄さんの兵部卿の親王などには「**とかく、心細《ぼそ》くておはしまさむよりは**」お母さんが亡くなって心細く生活しているよりは「**内裏住《うちず》みせさせ給ひて**」宮中の生活をしたほうが「**御心も慰《なぐさ》むべく**」気持ちも慰められるだろうと言われました。

「**思《おぼ》しなりて、まゐらせたてまつり給へり**」そのように言われたので四の宮もやっとそういう気持ちになって、ついに「**まゐらせたてまつり給へり**」宮中に入ったのでございます。もちろん宮中の内裏に入るには正式の儀式をします。正式の儀式をしてきちんと女御として入内するわけです。

「**藤壺《ふじつぼ》ときこゆ**」この方を藤壺と申し上げます。この表現がうまい。今まで一つの文章がダラダラと長いのに、ここは短い。だらだらと文章が続いてきて、プッと短い一つの文章で締める。

藤壺に亡き母を見る光源氏

「**げに、御かたち・有様《ありさま》、あやしきまでぞ、おぼえ給へる**」いざ四の宮という女性に会ってみると、本当にお姿、有様、しゃべり方、声はあやしいくらいに、桐壺の更衣に似ていました。

「**これは、人の際《きわ》、まさりて、おもひなしめでたく、人も、え貶《おと》しめ聞《きこ》え給はねば、うけばりて飽《あ》かぬことなし**」この人は身分が桐壺の更衣と違って先帝の四の宮ですから、位は桐壺よりよっぽどまさっていて、「**おもひなしめでたく**」周りの人たちも本当に大事にしてくれています。「**人も、え貶しめ聞え給はねば**」見下げる人は、一人もいませんし、「**うけばりて飽かぬことなし**」なんの気兼ねもなく不足もなかったのです。「**かれは、人の許《ゆる》し聞えざりしに、御心ざし、あやにくなりしぞかし**」桐壺の更衣を愛することは絶対に人が許してくれない関係だった。そのことが、かえって「**御心ざし**」帝の愛情が「**あやにくなりしぞかし**」どうにもならないくらい桐壺の更衣が好きになったのでありましょう。許されないということでかえって燃え上がった、ということですね。『源氏物語』の文章は隙がありません。

「**おぼしまぎるとはなけれど、おのづから御心移《うつ》ろひて、こよなく思《おぼ》し慰《なぐさ》むやうなるも、あはれなるわざなりけり**」

　これも名文です。桐壺を亡くした帝の悲しみは「**おぼしまぎる**」ことはない。悲しみは紛れない、悲しみをごまかすことができない。「**おのづから御心**」、桐壺の更衣が死んだことについての悲しみはいつまでも持っているのだけれども、藤壺に会っているうちに自然と心が移っていって、「**こよなく思し慰むやうなるも**」この上なくその悲しさが慰められるようになる。「**あはれなるわざなりけり**」藤壺の存在は、しみじみと、艶《なま》めかしく有り難く尊いことでございます。

藤壺がいるだけで、悲しみが自然になくなっていく。これは藤壺が桐壺帝を救っているということでもありますから、藤壺の存在はしみじみと有り難く尊く、艶めかしい。これは理屈ではない。女性の輝かしい生命の力です。

「源氏の君は、御あたり去《さ》り給はぬを」源氏はいつでも天皇の傍にいる。**「まして、しげく渡《わた》らせ給ふ」**そうなったら帝がしげく藤壺のところに渡っていきます。まだ子供ですから、いつでも天皇は、お母さんのいない寂しそうな光源氏を藤壺のところへ連れていくわけです。

天皇さんが源氏を連れて藤壺のところに行くと、藤壺のほうは**「えはぢあへ給はず」**たとえ七歳でも、相手は男ですから、顔を見せずにすぐ隠れてしまいます。

平安時代の女性が顔を見せるということは、いまで言うと体全体を見せるのと同じで、普通は絶対にないことです。ですから今日のように二人が会って好きになるわけじゃない。最初は人の噂で、「あのお嬢さんはいいわよ」というような噂で伝わってくる。それをきいてお互いに好きになるんですよ。あるいは歌を交わして好きになったり、牛車に乗っているお嬢さんの十二単の裾の色の合わせ方で好きになる。それぐらいのことで、男女が直接顔を見合わせるのは大変なんです。そういう習慣でしたから、七歳の光源氏が入って来ても、藤壺は顔を隠してしまったのです。

「いづれの御方《かた》も、『我、人に劣《おと》らむ』と、思《おぼ》いたるやはある」天皇様の傍にいる女御・更衣のいずれの人も、「私は人に劣っている」と思っているような人はいません。皆きれいで立派な人だから、「トップレディーは私よ」と思っています。**「とりどりに、いとめでたけれど」**確かにそれぞれ皆、立派な女性ですけれども、**「うちおとなび給へるに」**やはりなんとなく大人っぽくて貫禄がある。

ところが藤壺は**「いと、若《わこ》う美しげにて」**とても若く美しい。若さには勝てません。**「せちに隠《かく》れ給《たま》へど」**天皇と源氏が行くと藤壺はパッと隠れるけれども、源氏は藤壺がお母さんにそっくりだと言われているからちょっとでも顔を見たい。源氏は**「おのづから、もり見《み》たてまつる」**いくら隠れても、なんとかして藤壺を見よう見ようと思っているうちに、あるとき、はっと見て飛びのいてしまったのです。

「母《はは》みやす所は」自分のお母さんは三歳のときに亡くなったので、**「かげだに思《おぼ》え給は**

ぬを」ぼんやりした影さえわからないけれども「『いとよう似《に》給へり』と、内侍のすけの」天皇の傍にいて藤壺を紹介した内侍のすけが、源氏に、「あなたのお母さんにそっくりなのよ」といつも言う。この一言が、源氏の心をぐんぐん湧かせます。「わかき御心地《ここち》に」源氏はまだ七歳であったけれども「『いとあはれ』と、おもひ聞《きこ》え給ひて」姿もわからないお母さんが、黄泉の国から戻ってきたように思えて、懐かしくて、懐かしくて、飛びついて「お母さん」と言いたい。「『常に、まゐらまほしう、なづさひ見《み》たてまつらばや』と」いつでも藤壺の傍にいて、ずうっと藤壺のひざの上で安らいでいたい、と思ったのです。

「うへも、かぎりなき御思《おも》ひどちにて」天皇も桐壺の更衣とまったく同じように思い、だんだん気持ちが合うようになったので、「なうとみ給ひそ」源氏は桐壺との子供だけれども、決して疎かにしないでほしい、と藤壺に頼みました。「あやしく、よそへ聞《きこ》えつべき心地《ここち》なむする」帝が見ても、藤壺は源氏のお母さんである桐壺とまったくよく似ている気持ちがするのだ、と。だから、「『なめし』と思《おぼ》さで」いつもこうやって源氏が私と一緒にこの部屋に入ってきても、「なめし」どうか失礼なやつだと思わないで、可愛がってほしい。
「**つらつき・まみなどは**」桐壺の更衣の顔立ち、目つきと、「**いとよう似《に》たりしゆえ**」本当によく似ているから、「**かよひて見えたまふも**」光源氏とあなたが親子だと言っても「にげなからずなむ」それでもおかしくないぐらいなんだよ。「**など、きこえつけ給へれば**」そのように桐壺帝が藤壺に頼んでくれたので、源氏はますます「**をさな心地《ち》にも**」子供心にもお母さんとそっくりな女性として、日毎に親しみがたくましく湧くようになりました。

そうなるとだんだん「**はかなき花**」きれいな花、あるいは美しい紅葉を見るにつけても、「**心ざしを見えたてまつり**」藤壺のことばかり気にかけるような気持ちで、「**こよなう心寄《よ》せ聞え給へれば**」格別の心で、源氏は藤壺に心を泣きじゃくる子どものように寄せていきます。藤壺もわが子のようにやさしく源氏の面倒をよく見て、可愛がってくれたのです。

「光の君」と「輝く日の宮」

さて、「**弘徽殿**《こきでん》**の女御、又、この宮とも、御仲**《なか》**そばそばしきゆえ**」弘徽殿の女御は藤壺が桐壺とそっくりなのでまた面白くありません。いままで源氏さんを可愛がってくれて帝に言われて膝から放さなかったのに、藤壺のところへ行ってこちらへはまったく来なくなってしまったので、「**この宮とも、御仲**《なか》**そばそばしきゆえ**」藤壺ともうまくいかず、「**うちそへて、もとよりの憎**《にく》**さも立**《た》**ち出**《い》**でて**」藤壺が憎いと思うと同時に、もともと桐壺の更衣の産んだ源氏も憎かったので「『**物し**』**と思**《おぼ》**したり**」面白くない、あの藤壺という女も嫌なやつだと思ったのです。

「『**世**《よ》**に類**《たぐい》**なし**』**と、見たてまつり給ひ**」光源氏さんは、誰もがもうこんな可愛い人はどこにもいないと思い、「**名高うおはする宮の御かたちにも、なほ、にほはしさは、譬**《たと》**へん方なく美**《うつく》**しげなるを**」いま美人で名高い評判となっている藤壺の姿よりも、なお源氏の姿のほうが「**にほはし**」生き生きとしている。その輝くような鮮やかな美しさは「**譬《たと》へん方なく美《うつく》しげなるを**」藤壺をしのいでいるほどでありました。だから世の中の人は、源氏が艶々して輝くようであるというので、「**光《ひか》る君**」と申し上げたのです。実はここから「光源氏」という名前が出てきたのです。

その「光の君」が、亡くなってしまった母のように藤壺に対してますます恋しさが増してくる。その藤壺は、源氏と並んで「**御おぼえも、とりどりなれば**」帝が桐壺の更衣にも負けず劣らずその愛情を注ぎましたので、藤壺のことを「**輝く日《ひ》の宮**」と申し上げたのです。

そしてこの『源氏物語』の前半で骨になっていくのは、この「光の君」と「輝く日の宮」の二人です。光源氏はどうしても藤壺が忘れられなくなっていくんです。年をとればとるほどどうにもならなくなっていくというのが、物語の筋になって発展していきます。

女の人にはわからないと思いますけれど、男の子にとって母親というのは特別な存在です。私はこの年になってもお母さんの大きな写真を書斎に飾っています。親父の写真は小さい（笑）。親父にはあまり会いたくないけれど、お母さんにはいつでもますます会いたいですね。

しかし、源氏は藤壺を恋するあまり、だんだん逆に猛烈に苦しむことになります。なぜならば藤壺はお父さんである桐壺帝の愛している人だからです。藤壺は帝の中宮（皇大后）ですから……。

この「光源氏」という名前がどうして付いたかというと、高麗の人相見に見てもらって家臣にしたほうがいいというので「源氏」の姓になり、それから世間の人が皆、藤壺よりも美しいと「光る君」と呼んだので、そこから「光源氏」になったということです。

可愛らしい子供から美しい成人へと変貌する

それはそれとして源氏はとにかくいつまでも藤壺の傍にいたいと願っていました。その矢先に、いよいよ源氏は十二歳になります。成人式です。平安時代の成人式は十二歳だったんですね。早かったですね。

「**この君の御童姿**《わらわすがた》、**いと、かへま憂**《う》**く思**《おぼ》**せど、十二にて、御元服**《げんぷく》**したまふ**」

このころの童姿はとても可愛いんです。平安時代は特に男の子も髪を長くして耳のところで丸くして、とっても可愛らしくたばねる。成人するとそれを断髪してしまいます。帝は可愛らしい源氏の童姿を「**かへま憂く**」変えるのは嫌だなと思いました。可愛さがなくなってしまうから、……。けれども源氏は十二歳になりましたので「御元服」成人式を迎えたので髪を切ります。

「**居立**《いた》**ちおぼしいとなみて、限りあることに、事を添へさせ給ふ**」帝は先頭に立って「**おぼしいとなみ**」成人式についていろいろなことを計画して、そして「**限りあることに**」ほかの成人式の行事の限度を超して、その上また「**事を添へさせ給ふ**」いろいろな特別な催しを添えて、光源氏の成人式を盛大に行ったのです。

「**一年**《ひととせ》**の、春宮の御元服、南殿**《なでん》**にてありし儀式**《ぎしき》**の、よそほしかりし御響**《ひび》**きに、おとさせ給はず**」

一年前に弘徽殿の女御との間の子供、（長男）の春宮が皇太子になりました。そのときにも元服の儀式をいたしましたけれども、それは南殿でいたしました。その儀式は「**よそほしかりし**」すごく豪華な儀式だったねという「**御響《ひび》き**」評判だったけれども、その成人式に「**おとさせ給はず**」全然劣るところがありませんでした。

式の後の「**所々の饗《きょう》など**」宴会なども「『**内蔵寮《くらづかさ》・穀倉院《こくそういん》など、公事《おおやけごと》に仕《つか》うまつれる、おろそかなる事もぞ**』**と**」内蔵寮（金銀宝石、天皇皇后様の衣装、外国から来た宝物が収納されている場所）、穀倉院（穀物や食品を保管する場所）などの「**公事に仕うまつれる**」役所任せにしてしまうと「**おろそかなる事もぞ**」決まったことしかやらない。手抜きがあるということがありますので、「**とりわき仰言《おおせごと》ありて**」帝は特別に先頭に立って命令をして、「**清《きよ》らを尽《つ》くしてつかうまつれり**」けっこうずくめの成人式をしたのです。

「**おはします殿《でん》の東《ひむがし》の廂《ひさし》**」帝がいらっしゃる清涼殿の東のほうの長い廂がある部屋に東向きに椅子を立てて、「**冠者《かんざ》の御座《ござ》**」冠をつけた源氏の座る席、それから「**引入《ひきいれ》の大《おと》臣《ど》**」冠を被ったときに髪を中に差し込む役、これは左大臣がしますけれど、「**大臣《おとど》の御《ご》座《ざ》、御前《おまえ》にあり**」左大臣が座る席は、天皇さんのすぐ前にありました。

「**申《さる》の時にて**」午後四時に、源氏が式場にまいりました。「**みづら結《ゆ》ひ給へる面《つら》つき**」自分で髪を結って参上してきたその顔つき、「**顔《かお》のにほひ**」顔の美しさ、顔のかたち、あるいは顔から出るなんともいえない若々しい匂い、「**さまかへ給はんこと、惜しげなり**」こんな可愛らしい子供の姿を、成人の姿に変えてしまうことはとても惜しい。

「**大蔵《おおくら》卿、蔵人《くろうど》**」大蔵省の長官です。蔵人は長官であり天皇の秘書でもあります。大蔵省の秘書をしている人が「**つかうまつる**」この髪を切る役を承ったのです。「**いと清《きよ》らなる御髪《ぐし》をそぐ程**」大変きれいな髪を剃刀で削ぐ。それは「**心苦《ぐる》しげなるを**」辛い。こんな可愛いきれいな人の髪を切るというのは辛い。

「**うへは**」その髪をさっと切る姿を見て帝は、「『**みやす所の見ましかば**』**と**」ああ、桐壺の更衣がいま生きていてくれて、この十二歳の成人式の髪を切る様子を見ていたらなあと「**思《おぼ》し出《い》づるに**」思い出すと耐え難く、涙が溢れてこぼれてしまいます。けれども「**心強《づよ》く念《ねん》じかへさせ給ふ**」いや、ここで泣いてはいけない。このめでたい席で涙は禁物と「**心強く念じかへさせ給ふ**」涙をこらえて我慢したのです。

「**かうぶりし給ひて、御休《やす》み所にまかで給ひて**」髪を切って冠を着けて、一度休憩所に戻って、また「**御衣《ぞ》たてまつりかへて**」今度は大人の装束、直衣をきちんと着て東の庭に下りました。この庭は細かい石が畳のように敷かれているきれいな庭です。「**下《お》りて、拝《はい》したてまつり給ふさまに**」その庭に下りて、拝舞といって踊るようにお辞儀をしました。その様子を見たときに「**皆人《みな》、涙《なみだ》おとし給ふ**」皆感激のあまり目から一筋二筋と涙を流してしまったのです。

「**帝《みかど》、はた、まして、え忍《しの》びあへ給はず**」桐壺帝は、それでなくても桐壺の更衣がいたらなと思っているときですから、皆が泣いているのを見て、かえってどうしても我慢することができずに、涙をハラハラと流してしまいました。

このへんも実に細かい表現ですね。一度は涙を我慢する、光源氏が庭に下りて踊るように拝したてまつる。装束は長い袖が美しく目立つ。頭には冠を着けています。その格好で拝舞をするのを見て、皆が感動の涙を流す。その姿を見て天皇さんも、涙を流す……という構成です。

光源氏は、舞の名人です。紅葉の場というところで頭中将と二人で踊る場面が『源氏物語』には出てきます。秋の紅葉の真っ只中に、夕日の照明を浴びて頭中将と源氏が踊るが、頭中将とは比較にならない芸術的に深い趣のある見事な舞をするんです。ですから、やっぱりすごくいい遺伝子も持っていたのでしょうね。

「**おぼしまぎるる折《おり》もありつる昔のこと、とりかへし悲しくおぼさるる**」藤壺も宮中に来てくれたし、源氏も十二歳になった。やっとのことで「**おぼしまぎるる**」悲しみが紛れるようになっていたのに、この源氏が拝舞する姿を見て、帝は「**とりかへし悲しく**」昔のことがはっきりと思い出されてきて、ますます桐壺の更衣を悲しく思いました。

「**『いと、かう、きびはなる程は、上《あ》げ劣《おと》りや』と、うたがはしく思《おぼ》されつるを**」ああ、このように髪型を切って大人の姿になってしまえば、「**上げ劣り**」成人式を迎えると子供のときよりも可愛さがなくなる。一般には、誰でも美しさがなくなる。それを「上げ劣り」といいます。

だから源氏も上げ劣りをするのではないかと桐壺帝は「**うたがはしく思されつるを**」ああどんな面白くもない姿になるのかと思ったけれども、「**あさましう、うつくしげさ添《そ》ひ**」それはとんでもなかった、源氏はかえって驚くほどの美しさを添えてきたのです。

左大臣が天皇と交わした約束

「引入《ひきいれ》の大臣の、皇女腹《みこばら》に、ただ一人《ひとり》かしづき給ふ御女《むすめ》、春宮よりも御気色《けしき》あるを、おぼしわづらふことありけるは、この君に、たてまつらむの御心なりけり」このときの式で引入の大臣を務めた左大臣は、天皇さんととても仲が良かったのですが、「**皇女腹《みこばら》**」その左大臣の奥さんから生まれたただ一人の娘がいる。その娘は素晴らしい人で春宮（長男）の成人式のときも「**御気色《けしき》あるを**」成人式の日の晩には、添臥といって必ず女性を一人添い寝させますけれども、この左大臣の一人娘があまりに素晴らしかったので、春宮様のおじいちゃんである右大臣は、春宮の成人式のときに、「あなたの娘をどうかひとつ添臥にしてくれ」と希望しました。しかし左大臣は、「**おぼしわづらふことありけるは**」それを受けなかった。そこには何か考えがあるようだったけれども、なるほど、左大臣は春宮（長男）よりも次男の源氏に自分の娘を「**たてまつらむの御心**」嫁がせようという気持ちがあったのだとわかりました。

「内裏にも、御けしき賜はらせ給ひければ」左大臣は、かねてより、仲良くしている帝に「光源氏の添臥にはどうか私の娘を」と申し上げておりました。天皇も「それがいいだろう」というようなことで話が内々にあったので、「『さらば、この折の後見《うしろみ》なかめるを、添臥《そいぶし》にも』と」帝は、左大臣にあなたにそのような希望があるならば、源氏の成人式の後見人となりなさい。そして冠を着けさせなさい。そうしておけば元服の夜に、あなたの娘を添臥にしたらごく自然でいいんじゃないか、と「もよほさせ給ひければ」帝もそれがいいだろうと認めてくれていたので、左大臣は「さ思《おぼ》したり」よろしい、そうしましょう、と自分の娘を当夜の添臥にしようと決定していたのです。

しかし、これは源氏にとってはよけいなまったく面白くないお世話です。源氏はもう藤壺一本だったですからね。ここらあたりから、こじれてきます。

「さぶらひにまかで給ひて、人々、御酒《おおみき》などまゐる程、親王《みこ》たちの御座の末《すえ》に、源氏着《つ》き給へり」もう一度休憩所に入りまして、人たちはお酒を飲む。酒の席が始まったところに、「源氏着き給へり」源氏は親王たちの席の一番末に着いたのです。

「おとど、けしきばみ聞《きこ》え給ふことあれど」左大臣はすぐ源氏のところに行って「今日の添臥にはうちの娘が行くから」というような話をしますが、源氏は「**物《もの》のつつましき程《ほど》にて**」まだまだそういうことについて話すのは恥ずかしい年頃であったし、心の中は、自分のお母さんにそっくりの藤壺でいっぱいでしたので「**ともかくも、えあへしらひ聞《きこ》え給はず**」左大臣にはなんとも返事をしませんでした。とにかく、源氏の心には藤壺しかないんです。

「**御前《おまえ》より、内侍、宣旨《せんじ》うけたまはり伝《つた》へて、大臣《おとど》まゐり給ふべき召しあれば、まゐり給ふ**」天皇から内侍（天皇のお世話役のお嬢さん）が「**宣旨《せんじ》**」天皇の言葉を承って左大臣のところへ行きました。そして、天皇のところにいらっしゃいというお召しがありましたので、左大臣は天皇様の傍にまいったのです。

「**御禄《ろく》の物**」引入をしたご褒美、「**うへの命婦取《と》りて**」位の高い命婦が今日のご褒美を取って、左大臣に差し上げました。「**白《しろ》き大袿《おおうちぎ》に**」大袿とは真っ白な上着を作るための布で、「袿」というのは「上着」です。その白い大きい上着の布と「**御衣《ぞ》一《ひと》くだり**」御衣というのは上着の下に着る下着を一そろえ、左大臣は成人式のためによく働いてくれたので例の如くご褒美としていただいたのです。

左大臣と盃を交わすときに天皇が、

「いときなき初元結《はつもとゆい》に永《なが》き世《よ》をちぎる心は結《むす》びこめつや」

という歌を詠いました。「いときなき」幼い源氏が初元結、髪を切って初めて大人の髪に結ったときに、その紐を締めたのは左大臣です。それを結んだときに源氏と娘との「永き世をちぎる」源氏と娘が永く幸せになれるような将来の気持ちをちゃんと結び込めたか、というような歌です。

「御心ばへありて、おどろかさせ給ふ」この歌は「おまえの娘を源氏の正妻にしろよ」というのと同じですから、「おどろかさせ給ふ」左大臣はびっくりしました。そして、お返しの歌を詠みました。

「むすびつる心も深きもとゆひに濃《こ》き紫《むらさき》の色しあせずば」

結びましたよ、「心も深きもとゆひに」心を込めて結びました。「濃き紫」結ぶ紐の色は紫ですから、あの濃い紫（二人の愛）が「色しあせずば」いつまでもいつまでも褪せないように、きちんと心を込めて結びましたよ、と申し上げて「長橋《ながはし》よりおりて」左大臣は紫宸殿に通ずる長橋から、また庭に下りて「舞踏《ぶとう》したまふ」左大臣も御礼のお拝の舞踏をしたのです。

「**ひだりの寮の御馬《うま》**」右と左に役所がありますが、左側の役所の馬は「**蔵人所《くろうど》**」（天皇のお言葉を庶民に伝える場所）の鷹を「**据えて賜はりたまふ**」。昔は鷹狩りをするのが唯一の楽しみですから、貴族も鷹を使ってよく狩りをしました。鷹は当時としては大変貴重なものです。その生きた鷹を、止まり木に据えて左大臣に差し上げました。

「**御階《みはし》のもとに、親王《みこ》たち・上達部《かんだちめ》つらねて、禄《ろく》ども、しなじなに賜《たま》はり給ふ**」天皇のお子さんたち、あるいは摂政、関白、右大臣、左大臣、大納言、中納言、少納言といった三位以上の人たちが、ずうーと連なって「**禄ども**」お祝いの品を「**しなじなに賜《たま》はり給ふ**」その人の位に応じて天皇から賜りました。

「**その日の御前《おまえ》の折櫃物《おりびつ》**」その日の「**折櫃物**」というのはいまで言うと檜の皮で折った円形、四角、六角の食べ物を入れるような折りです。「**籠《こ》物**」は籠の格好をした食べ物の入れ物です。「**右大弁なむ**」宮内庁の監督官が「**うけたまはりて仕《つこ》うまつらせける**」天皇から承って、きちっと作ったものに、いろいろなものを盛り付けてそれぞれに配りました。

「**屯食《とんじき》、禄《ろく》の唐櫃《からびつ》**」、鶏卵の形のおむすびが「**屯食**」で、これは下級の人たちが食べます。「**禄の唐櫃**」というのは六本脚のついた中国風の箱です。それにまたいろいろな食べ物が入っている。「**など、所狭《せ》きまで、春宮の御元服の折にも、数まされり**」所狭しと並べられていて、前回の春宮（長男）の元服のときよりもたくさん賜り物があった。源氏にお母さんがいないから、なんとか立派にしてやらないと可哀想だと天皇さんが思ったのでしょう。「**なかなか、限《かぎ》りもなくいかめしうなむ**」とにかく万事に限度がなく立派だったのです。

光源氏をめぐってはじまる左大臣と右大臣の勢力争い

「**その夜、おとどの御里《さと》**」その夜、源氏は左大臣の家に連れて行かれました、左大臣の娘をその夜の添臥にしますから、左大臣のところに今夜は行きなさいということで、源氏の君は左大臣の家に行きました。「**まかでさせ給ふ**」天皇が行くように命じたのです。

それを迎える左大臣の家の作法は「**世《よ》に珍《めずら》しきまで**」世の中にはないくらい「**もてか**

しづき」丁寧に源氏さんを迎えたのです。しかし、源氏さんは藤壺以外にはまったく自分の心に女性が入ってこない。いままで源氏の心は、お母さんに似ている藤壺の傍にいつもいつもいたいんですね。

「**いと、きびはにておはしたるを**」源氏が大変子供っぽい姿だったので「『**ゆゆしう美《うつく》し**』**と**」とても可愛らしく美しいと「**おもひ聞え給へり**」左大臣は思ったのです。

「**女君**」左大臣の娘、これは後に「葵上」となって葵祭で「六条御息所」と車争いをする『源氏物語』では有名な女性になります。この娘は「**すこし過《す》ぐし給へる程に**」ちょっと源氏よりも年齢が上なので、源氏を見ると「**いと若《わこ》うおはすれば**」四つぐらい上ですけれど、十二と十六ぐらいの四つ違いは、もう体つきから全然違いますからね。だから源氏が「**いと若う**」大変若いので左大臣の娘は「**似《に》げなく恥《は》づかし**」なんとなく格好が悪く恥ずかしくて嫌だと思ったのです。

「**この大臣《おとど》の御おぼえ、いとやむごとなきに**」左大臣は天皇の御心を本当に大切にしていました。なおかつ「**母宮《はは》、内裏《うち》の一《ひと》つ后腹《きさいばら》になむおはしければ**」この葵上のお母さんが天皇と同じお腹から生まれた。つまり桐壺帝の妹が左大臣の奥さんでしたから、

「物あざやかなるに」左大臣にとってはいずれにしても**「物《もの》あざやかなるに」**けっこうづくめの大いに晴れやかな生活を送っていました。

その上に今度は源氏が娘の亭主になるのです。**「かく、おはし添ひぬれば」**この源氏が婿として左大臣の家に入ると**「春宮の御祖父《おおじ》にて」**今の皇太子春宮の祖父、つまり右大臣は**「遂《つい》に、世の中《なか》をしり給ふべき右の大臣《おとど》の御いきおひは」**いつか春宮が天皇になれば世の中の政治を握るはずの右大臣の勢いが、光源氏の正妻に、左大臣の娘がなることによって、**「物にもあらずおされ給へり」**いままでとは問題にならないぐらい落ちてきました。

それは右大臣の娘の弘徽殿の女御にとっても、面白くはありません。左大臣が光源氏の義理の父親になるわけですから、政治的な勢力が左大臣の系列に移っていきます。それでますます源氏が憎たらしくなって、ついには弘徽殿の女御、右大臣たちの一党によって、ついには源氏は須磨明石に流されてしまうことになるのです。

『源氏物語』はドラマや漫画で見るより、文章で読むのが一番です。文章だと自分自分のイメージで読めるから、感情がゆたかに入ってきます。この文章の力はすごいです。読んだ人がそれぞれの経験と気持ちでどんどん受け取っていけるから、それぞれの世界を創造することができます。そこでいろいろ考えるということも発生します。いろんな感情も湧き思考力も発生してくるんですね。

昔は活字はないし、紙も筆もほとんどないので、皆が『源氏物語』を耳で聞いて、読む人が「長橋よりおりて」と言うと「うーん」、「舞踏し給ふ」「うーん」、「うけたまはりて仕うまつらせける」「うーん」と、いちいち深く頷いて、想像の世界を巡らせていたわけです。私たちは活字で簡単に一人で読めるのですから、幸せです。

話はずいぶん後になりますが、右大臣の勢いが落ちてきたころ、源氏のふとしたミスが発見されて、弘徽殿の女御たちに大いに批判されて、ついに須磨明石に流されるという事件が起こる。すると、今度は左大臣のほうがアッという間に没落するということになります。光源氏まで位を全部失って島流しされてしまうというふうに、ドラマが発展していきますが……。さて、

「**御子どもあまた、腹々《はらばら》に物し給ふ**」左大臣の子供が「**腹々**」たくさんの女性たちのお

腹にいた。ちょっと今の女性は怒るかもしれませんけれど、当時の男には女性がたくさんいましたから、その女性ごとに子供を産ませていたということです。こういうことが平気で書けるような時代だったんです。いまのように浮気したぐらいで離婚だとか、そんなことは絶対なかった。が、もちろん、女性も自由だったのですよ。

「**宮の御腹《はら》は、蔵人《くろうど》の少将にて**」ところが腹々ではなくて、左大臣の本妻の腹には蔵人の少将、天皇の傍にいる役人で少将の位にある人（頭の中将といって、光源氏とは親しい友人となる）で、「**いと若《わこ》う、をかしきを**」大変若くてなかなか美しい貴公子がいました。

これは左大臣の長男ですね。

「**右の大臣《おとど》の、御中はいとよからねど**」左大臣とは仲が悪いけれども、右大臣はさすがの政治家で左大臣の息子の蔵人の少将は「**え見過《みす》ぐし給はで**」その男ぶりのよさを見逃しませんでした。「**かしづき給ふ四の君に**」右大臣は自分がいろいろ面倒を見ていた四人目の娘を、この左大臣の長男の蔵人の少将と「**婚《あわ》せ給へり**」結婚させていたのです。

「**おとらず、もてかしづきたるは**」左大臣が源氏を大事にするのに劣らず、右大臣は左大臣の息子の蔵人の少将を「**もてかしづきたるは**」大事にしていました。「**あらまほし**

き御あはひどもになん」いままでは、こんな申し分のない右大臣と左大臣のお似合いの間柄はなかったのです。

ところが、光源氏に対する焼きもちがどんどん燃え上がって、左大臣と右大臣の関係がだんだん崩れて険悪になってきます。「源氏の君は、うへの、常《つね》に召《め》しまつはせば」源氏さんはお父さんである桐壺帝が、いつでも呼びつけて手放さないから「心安《やす》く里住《さとず》みもえし給はず」気楽に里住み、つまり左大臣の家に住むことができません。「心の中《うち》には」でも源氏の心の中では「ただ、藤壺《ふじつぼ》の御有様《ありさま》を、『類《たぐい》なし』と、思ひ聞《きこ》えて」左大臣の家にいる葵上に会わなくても、ただ藤壺のお姿が「あんなにすてきな女性はいない、あんな美しい女性はいない。あんな美しくてやさしい人が、死んでしまったお母さんとそっくりだったんだ」と思い続けて、「さやうならむ人をこそみめ」左大臣の娘ではなくて、あの藤壺のような人と「みめ」というのは結婚すること。藤壺のような人と結婚をしたい……。

しかし「似《に》る人なくも、おはしけるかな」藤壺に似た人はどこにもいない。どうしたらいいのだろう。「大殿《おおいどの》のきみ」左大臣の娘、つまり葵上は「いと、をかしげに」本当に美しく、「『**かしずかれたる人**』**とは見**《み》**ゆれど**」大切に育てられた人とは思うけれども、「**心にもつかず**」源氏の心にはしっくりこない。「**おぼえ給ひて、幼**《おさな》**きほどの御ひとへ心にかかりて、いと苦**《くる》**しきまでぞ**」そう源氏は思って、幼いころから、一筋に夢中になって、脇目も振らず、苦しいぐらいに、いつでも、お母さんにそっくり似ている藤壺を思ってしまったのです。

源氏の子を宿した藤壺、それを察知した天皇

「**おとなになり給ひて後**《のち》**は、ありしやうに、御簾**《みす》**の内**《うち》**にも入れ給はず**」光源氏が十二歳になって成人になった。もう、絶対に女性の御簾の内には入れません。

桐壺帝は、皆が反対したから、狂ったように桐壺を愛してしまった点があるわけですけれど、源氏も同じです。今までは御簾に入ってせめて、かすかな声を聞いたりできたけれど、成人するともう御簾の中にも絶対入れない。もう、藤壺とはずーっと会えなくなってしまう。七歳のときから、お母さんとそっくりと言われる藤壺の顔が見たい、抱

いてもらいたいと、脇目も振らず、一心に藤壺を慕ってきた。しかし、もうその部屋に一歩も入れなくなるというので、その思いはますます燃えてきたのです。

『源氏物語』は面白いんですよ。私は一番長い講座で四十年、あとは三十年、『源氏』を奥さんたちと読んでいますけれど、途中で病気などでやめる人がいると、新しい人がすぐ入ってくるんです。でも新しい人でも、なんと、一講座で感動できるんです。『源氏物語』は、どこをとっても素晴らしいです。二時間講義したらもうやめる人はいません。つまらなかったらやめなさいと言ったって、絶対にやめない。それほど「源氏物語」の文章というのはどこを読んでもいいんです。ちょっと前の話のスジを説明してやれば、すぐ入れるんです。だから途中から入って、やめた人もいません。

皆もう『源氏物語』を聞きながらハンカチを出して泣き出したこともあります。どこのクラスでも一番感動するのは、やっぱりこの藤壺と光源氏の関係かもしれません。藤壺を忘れるためにたぶん光源氏は他の女性と恋愛を重ねたのかも知れない。

いまは、十二歳の源氏が十八歳になったときのことです。藤壺は二十四歳で六つ年上です。その間、六年間も、源氏はいろんな女性と恋愛をするのですが、結局どうしても藤壺が忘れられません。

あるとき藤壺が三、四日お里帰りをしました。これは、ずっと後の話になりますが、今日はそのときの話をちょっとだけ……。

藤壺がお里帰りをしました。源氏はもう日頃からそういうことが必ずあるんじゃないかと、藤壺の周りに付いている女性とお付き合いをして、藤壺が里に帰ったというニュースが入るようにしてありました。その女性からこっそりと藤壺のお里帰りを知らされた源氏は、日を決めて藤壺の里の家へこっそりともぐり込みます。

しかし、藤壺は真面目な人ですから、とんでもないと言ってはじめはしきりに拒むのですが、源氏の魅力にだんだん負けて力が抜けていくんですね。ここを読むと、奥さんたち、心臓が止まると言っていました（笑）。そのたった五、六行の表現が見事なんです。藤壺はだめだ、だめだと拒絶しながら、源氏の魅力に力を失って負けてしまう。そして一夜にして、子供ができてしまうのです。

天皇さんのところを離れてからだいたい二か月ぐらい里帰りをしていたのです。が、源氏はその最後のほうに忍び込んだわけです。そろそろ内裏に戻るというときを狙っているのです。そのへんもうまいところですね。もう内裏に帰るというときに、サッと行く。藤壺も源氏の気持ちがよほどのことと思うでしょう。

天皇さんも周囲も、藤壺に子供ができたことを、喜びます。もし天皇さんの子供であれば十二月に出産するはずです。が、十二月になっても出産しない。一月にも出産しない。そこで、周りが「あれ、どうしたのかな、二か月も遅いね」と思っていたら、二月に出産しました。そうすると、天皇さんも自分の子供ではないということが、わかるわけです。

藤壺が源氏との間にできたお子さんを、内裏に連れて行ったその時、桐壺帝がその子供を抱くのですが、桐壺帝は源氏の子供だと、うすうすわかっていても「おまえとそっくりだよ、可愛い子だな」と言うだけで、全然責めないのです。いまであれば裁判沙汰になってもおかしくない状況ですが、帝はその子を自分の子として限りなく可愛がって、次の天皇にまで仕上げるのです。

つまり、光源氏の子供が、天皇になるわけです。しかも、藤壺と源氏は、それを隠しに隠すのです。真相がわかったら大変なことになりますからね。桐壺帝の子供でなければ天皇にはなれない。だから命懸けで守るんです。

天皇になった後で、藤壺と源氏の子供だったという評判がたったら、天皇の位から落とされてしまいます。そうすると藤壺が産んだ源氏との子供は、流浪の子になってしまう。それで二人の子供が天皇になった翌日、藤壺は頭を剃って尼さんになって寺へ入ってしまうのです。そういう評判が起きないように出家したのです。出家したら源氏は、もう絶対に、会えない。そのことを、また、源氏は寂しがり、身もだえして苦しむ。

とにかくこの『源氏物語』は、藤壺と源氏さんを中心に読めば面白いこと限りがない。素晴らしい文学であることがわかります。なぜこういう文学を皆、読まないのかなと思います。今の日本人はほとんど読んではいないでしょう。大学で講座をやったとしても、全部は読めませんからちょっと一か所やるぐらいです。それは、ほとんど無意味。

とにかく、『源氏物語』は原文で読み通さなければだめです。翻訳なんかでは、作品のよさは全部消えてしまいます。翻訳はまるでだめだとは言いませんが、本当に味わうには、原文でなければ……。だから、源氏物語を深く味わえるのは、日本人しかいないんです。いくら難しい昔の言葉でも、日本人であれば、何かピントわかるでしょう。古文は日本人にしかわからないのです。それをどうして日本人がまるっきり読まないのでしょうか。

テレビで見ているドラマ。最近のドラマというのはいつスイッチを入れても必ず喧嘩、言い争いがあります。なぜかというと、ネコがネズミを食ったというのはドラマにならないけれど、ネズミがネコを食ったというのはドラマになる。平和で楽しく豊かに仲よく暮らしている生活は、ドラマにはならないんです。だから皆、毎日ケンカのドラマを見ながら荒っぽくなってしまう。ケンカばかりのドラマの台詞が自分の日常の台詞になると、男女だってうまくいかない。テレビのドラマのかみつきを毎日見ながら、いつかそれが自分の感性になってしまう。

『源氏物語』では、自分の息子と、自分の妻との間に子供ができても、争いは起きないのです。悠然とその子を自分の子として愛し、育てるのです。どうですか?

さて、次に移りましょう。

わかっていながら隠しておく日本人の奥ゆかしさ

「**おとなになり給ひて後は、ありしやうに、御簾の内にも入れ給はず**」成人をした後は前のように光源氏を藤壺の部屋には入れません。「**御遊《あそ》びの折々**」琴、管弦、笛の遊びの折々、「**音《ね》に聞《き》きかよひ**」藤壺が琴をぽろんと弾いたらそれに合わせて笛をひゅっと吹き込む。せめてそれだけで二人は心を通わせたのです。

「**ほのかなる御声《こえ》を慰《なぐさ》めにて**」ほんの微かに聞こえる藤壺の声だけを今日一度だけちょっと聞いた。それで一週間か十日我慢できる。「**内裏住《うちず》みのみ、好《この》ましうおぼえたまふ**」宮中にいれば琴との音合わせもできるし、時にちょっとした声も聞けるから「内裏住み」宮中にいることだけを「**好ましうおぼえたまふ**」好んで本妻のいる左大臣の家には帰らないのです。

「**五六日《いつかむいか》、さぶらひ給ひて**」五日六日宮中にいて、そして「**大殿《おおいどの》**」左大臣の家には二日三日。左大臣の家には二日三日いて宮中にまた五日六日。「**たえだえにまかで給《たま》へ**

ど」源氏は本妻の父親の左大臣に丁寧に迎えてもらっても、「**たえだえに**」左大臣の家には毎日は帰りません。

この左大臣もいい人なんです。それを、けっしてせめない。「**ただ今は幼《おさな》き御程《ほど》に、よろづ、罪《つみ》なくおぼしなして、いとなみ、かしづき聞《きこ》え給ふ**」まだ源氏は若いから「**よろづ、罪なく**」帰って来なくてもそんな罪に思ってはいけないと言って「**いとなみ**」大目に見て源氏を大いにお世話をして「**かしづき**」大切にしていたのです。今日でしたら、多分、「遅くてもいいから、毎日家に帰ってくるように……」となりますね。ひどくなると、「おい、夕方には帰ってこい」と怒鳴ってしまう人もいるかも知れませんね。

『源氏物語』が素晴らしいというのはここなんです。どんなことがあっても争わないし文句を言わずに収めてしまう。ものを大きな目でみて許す。いちいち、チェックをしない。これで外国の人たちは、まいってしまいます。いいか悪いかは別として、とにかく争うべきはずのところを、「まあまあ」と言って全部収めてしまうのが、素晴らしい日本人の柔軟な心だと言うわけです。戦後、「まあまあ主義」はいけない、イエスかノーかはっきりしろと言われるようになりました。「まあまあ主義」はいいかげんな生活態度だといって、日本からすっかり消えました。

しかし、皆さんも、昔はおじいちゃんなどから「ばかやろう、いいかげんにしろ」と言われたはずです。それがいまは「いいかげんじゃだめよ」となっているわけですね。いい悪いという考えをあらわに出さない。これが「奥ゆかしい」ということです。「奥ゆかしい」というのは欲望、希望などの自分だけのエゴの考えを奥に秘めることです。それがいまは欲望や希望などの自分だけの考えが奥に秘められるどころかそのまま飛び出してしまって、ぶつかり合っています。自分の考えよりも、相手の考えをまず思いやり、認め、理解してやることが「奥ゆかしい」生活の在り方です。そこに高邁なる「奥ゆかしい」人格というものが出てくる、それが日本人の落ち着いた態度です。

すべてよくわかっていながらそれは奥に隠しておく。切れる日本刀は持っていても抜かない。錆びついた日本刀ではいけないんです。よく磨いていて切れるけれども、絶対抜かないのが剣道の名人です。たとえ鞘に手はかけても決して抜かない。あるいは抜いてもいいけれど、抜き切ってはいけない。二、三センチちらりと美しく鋭い刀を見せて、

「鞘に収める」というのが武士の哲学です。

これは日本人の哲学、生きる哲学です。何かあればすぐに刀を抜いてチャンバラやって、勝った負けたとやるのは、本来の日本人ではないんですね。チャンバラ映画は、作りものですよ。

私たちはいつの間にか頭だけヨーロッパ人になりました。実は刀を鞘に収められる人は、鞘を抜く人より強いんです。強くなければ収められない。本当に強い人は抜かない。抜かないで、勝負をつけます。

こう考えると、『源氏物語』の文章はいいなと思います。みんなが「鞘に収める」ことを知っています。いまのドラマは、まず刀をむき出しにして問題を起こして、事件にして争って人の争いそのものを、いつしか面白く思って、心から楽しんでいます。

「**ただ今は幼き御程に、よろづ、罪《つみ》なくおぼしなして**」左大臣はまだ、若いからといって源氏の振る舞いを許してやる。

桐壺帝だって源氏の子供と知っていながらそれを罪と思わないで許してあげてお世話をして、その子を立派な天皇にまで仕上げるのです。しかし、源氏に対しては、一生そのことを一言も言わない。もし源氏に学ぶことがあるとすれば、そういう生き方が日本人の原形だということです。

『源氏物語』のモチーフとなった母の喪失

「御方々《かたがた》の人々、世の中におしなべたらぬを、えりととのへすぐりて、さぶらはせ給ふ」左大臣は葵上のところにも光源氏のところにも、**「世の中におしなべたらぬを」**世の中でも珍しいぐらい普通にはいないような気のきくお手伝いの女性を**「えりととのへすぐりて」**選りすぐってお世話役として**「さぶらはせ」**たのです。

「御心につくべき御遊《あそ》びをし」しかも源氏さんの**「御心」**に気に入るような遊びをして**「あぶなあぶな」**とにかく源氏さんを危ないものを扱うように、慎重に**「おぼしいたづく」**よく気を配ってとにかく源氏さんを引きつけていたのです。

「内裏《うち》には、もとの淑景舎《しげいさ》を」内裏には源氏のお母さんの桐壺の更衣が住んでいた淑景舎という部屋がありました。帝は、それを源氏の御曹子のお部屋にして**「母《はは》御息所《みやす》の御**

方々の人々」お母さんの世話をしていた女性たちを「**まかで散《ち》らず**」そのままキープしておいて、源氏さんのお世話役としては、侍らわせたのです。

そして「**里《さと》の殿は**」桐壺の更衣の実家、かつておばあちゃんと彼女が二人で生活していた実家は「**修理職《すりしき》**」修理をする人、「**内匠寮《たくみづかさ》**」内装の人、「**に宣旨くだりて**」そういう人たちに天皇が命令を出して「**二《に》なう改《あらた》め造《つく》らせ給ふ**」またとないくらい立派に造らせました。「**もとの木立《だち》、山のたたずまひ**」もとからある木、山のたたずまい、周りの築山の様子も「**おもしろき**」もともとおもしろかったけれども、更によく手を入れ、そこに「**池の心広《ひろ》くしなして**」大きい広い池を造って「**めでたく造り**」立派に大騒ぎをして桐壺の更衣のお家を源氏の住居として造ったのです。

「**かかる所に、思《おも》ふやうならむ人をすゑて住《す》まばや**」その桐壺のお母さんの郷里のきちんと整備されたお家に行った源氏は「ここに思うような人をすえて住みたい。私が思っている藤壺と一緒に住みたい」とのみ、「**なげかしう思《おぼ》しわたる**」溜め息をついて藤壺のことを思い続けたのです。どうしても、藤壺が忘れられない。

「**『光る君』といふ名は高麗人《こまうど》の愛《め》で聞《きこ》えて、つけたてまつりける**」『光る君』という名は高麗の人がつけたと人が言い伝えたのです。光る君が思っている人は「輝く日の宮」つまり藤壺です。「光る君」は、あくまでも、「輝く日の宮」と、この改修された気持ちのよい立派な御殿のような場所で一緒に生活したいというふうに願っている……。そこで、この「桐壺」は終わりになります。

光源氏は、三歳の時、母を失った。これは源氏物語のモチーフ（原動力）である。人は母がいなくてはこの世に生存していない。男子は、特に、母がいなくては安らかな少年時代は期待できない。面影のまったくない自分の母に会ってみたい、あこがれの母にやさしく抱いてほしい。幼いときに母を亡くした男子は、終生その気持ちから脱出できません。

光源氏は、自然のいのちの流れの中で、いつしか母とそっくりの藤壺が恋しくて恋しくてたまらなくなってしまう。が、父の妻であるために、近付くことができない……。そのやるせない気持ちが起爆剤となって光源氏は、空蟬、夕顔、若紫、末摘花、六条御息所、赤石……と、ひっきりなしに、やりきれない母への愛を炸裂させながら、愛に悩み、女性の情に、燃え上がって、熱い人生を全うしていくのです。

あとがき

いま、社長さんの家族が、あぶない。

いままで、ずいぶん、たくさんの社長さんと、お話しできた。

主に、中小企業の社長さんだった。

一人残らず、みんないい人だった。

夜中まで、会社のことを、しみじみ考え、従業員と、いかにうまく経営し、発展し、成長していくかを、心に秘めていた。

一人残らず、みんなまじめな人だった。

一人残らず、みんな、すごい努力家だった。

なのに……。

みんな、悩みが、ひとつあった。

だれもが、これだけは、思うようにならないという、文句が、あった。

不思議なことだ。ほんとうに、えッ、どうして？　と疑いたくなるほど、不思議でならない。

大成功した中小企業の社長さんの、共通した驚くべき悩みと文句とは、たった一つ、しかも、みんなほとんど同じだった。

「カミさんと、うまくいかない」

「息子と、うまくいかない」

なぜ！

なぜなんだろうか？

なにも、中小企業の社長さんだけではないかも知れない。

ことによると、定年退職をした男性は、ほとんどが、特に会社で地位をとった人が……。

「カミさんと、うまくいかない」

「息子と、うまくいかない」

じゃ、だれが悪いから、うまくいかないのか！

なにが、いけないから、うまくいかないのか！

原因は、個人には、ない。


昭和二十年八月十五日。

日本は、大きな戦争で、敗戦した。本来の日本人の生き方は、アリの巣をつぶすように、全滅した。

資本主義、いかにも崇高な主義のように思える。うっかりしてはいけない。この本体は、おカネ主義である。

みんなが幸福になるためには、なんといってもおカネだ。

そうだ。カネだ。カネだ。

他人よりも、もっと、もっとおカネを持たないと、ゆたかな生活は、できない。

みんなでおカネをとる競争が、始まった。

成長のための競争。

拡大のための競争。

つまり、おカネをたくさんとるための競争。

弱いものを、平気でつぶして、目をひんむいて競争しているうち、日本人は、日本人の心を、さくらの花が散るように、パッと失ってしまった。

人に、なさけをかける心。

人の心を、よーくおもんぱかる心。

お先にどうぞ、という心。

人の話を、よく聞いてやる心。

弱い人の立場を、思いやる心。

小さな親切をする心。

親しい友を、たくさん持つ心。

いい、悪いをいわない心。

がまんする心。

ことばづかいを大切にする心。

貧しくても平気な心。

そして、なによりも、男女が、仲よく楽しく、助けあい、いたわりあって生きていく心。

ほんとうに幸せな人生を送るには、カネだけではなく、仲のよい「男と女」の在り方が、いかに大事であるか……。いま、多くの人が気づき始めている。

紫式部は、男が女を支え、女が男を育て、喜び、悩み、楽しみ、まどいながら、おたがいにシッカリと愛の手応えを感じながら生きていくことが、いかにかけがえのない充実した人生であるかを、叫びつづけている。

『源氏物語』は、カネに操られ、男女の愛のない世界に巻き込まれてしまった、現代人の必読の文学である。

初春の大磯にて　　著者しるす

「桐壺」全文

いづれの御時にか。女御・更衣、あまたさぶらひ給ひけるなかに、いと、やむごとなき際にはあらぬが、すぐれて時めき給ふ、ありけり。

［入内の］はじめより、「われは」と、思ひあがり給へる御かたがた［女御・更衣］、めざましき者に、［桐壺更衣を］おとしめ嫉み給ふ。［桐更と］おなじ程、それより下﨟の更衣たちは、まして、安からず。朝夕の宮仕へにつけても、［桐更は］人の心をのみ動かし、恨みを負ふつもりにやありけむ、いと、あつしくなりゆき、物心細げに里がちなるを、いよいよ、「あかずあはれなるもの」に、［帝は］思ほして、人の誹りをも、え憚らせ給はず、世の例にもなりぬべき、［桐更への］御もてなしなり。

上達部・上人なども、あいなく目をそばめつつ、「いと、まばゆき、人の御思えなり」「唐土にも、かかる、事の起りにこそ、世も乱れ、悪しかりけれ」と、やうやう、天の下にも、あぢきなう、人のもて悩みぐさになりて、楊貴妃の例も、引き出でつべうなりゆくに、［桐更には］いとはしたなきこと多かれど、［帝の］かたじけなき御心ばへの、類ひなきを頼みにて、［桐更は］まじらひたまふ。［桐更の］父の大納言は亡くなりて、母北の方なむ、いにしへの人の、由あるにて、親うち具し、さしあたりて、世の思え花やかなる御かたがた［女御・更衣］にも劣らず、何事の儀式をも、もてなし給ひけれど、［桐更には］とりたてて、はかばかしき後見しなければ、事ある時は、［桐更は］なほ、より所なく、心細げなり。

前の世にも、［帝との］御契りや深かりけむ、世になく清らなる、玉の男御子さへ、［桐更には］うまれ給ひぬ。「いつしか」と、［帝は］心もとながらせ給ひて、［内裏に］いそぎ参らせて、［御子＝源を］御覧ずるに、珍らかなる、兒の御かたちなり。一の御子は、右大臣の女御の御腹にて、よせ重く、「疑ひなき儲けの君」と、世にもてかしづき聞ゆれど、この御匂ひには、ならび給ふべくもあらざりければ、［一の御子をば］おほかたのやむごとなき御思ひにて、この君［源］をば、［帝が］わたくし物に思ほし、かしづき給ふこと、限りなし。［源の］母君、［入内の］はじめより、おしなべての上宮仕へし給ふべき際にはあらざりき。思え、いとやむごとなく、上衆めかしけれど、［帝は］わりなくまつはさせ給ふあまりに、さるべき御遊びの折々、何事にも、故ある、事のふしぶしには、まづ、［桐更を］まう上らせ給ひ、ある時には、大殿籠もり過ぐして、やがてさぶらはせ給ひなど、あながちに、お前さらず、［帝が］もてなさせ給ひし程に、

〔桐更は〕おのづから、軽き方にも見えしを、この御子生まれ給ひて後は、〔帝は〕いと心ことに、〔桐更を〕おもほし掟たれば、「坊にも、ようせずば、この御子の居給ふべきなめり」と、一の御子の女御〔弘徽殿〕は、思し疑へり。〔此女御は〕人よりさきに、〔内裏に〕まゐり給ひて、〔帝の〕やむごとなき御思ひ、なべてならず、御子たちなどもおはしませば、この御方の御諌めをのみぞ、なほ、「わづらはしく、心苦しう」〔帝は〕思ひ聞えさせ給ひける。

〔帝の〕かしこき御蔭をば、〔桐更は〕たのみ聞えながら、貶しめ、疵を求め給ふ人は多く、わが身はか弱く、物はかなき有様にて、なかなかなる物思ひをぞし給ふ。御局は、桐壺なり。

あまたのかたがたを過ぎさせ給ひつつ、〔帝の〕ひまなき御前渡りに、人の御心を尽くし給ふも、「げに、ことわり」と見えたり。〔桐更が〕まう上り給ふにも、あまりうちしきる折々は、打橋・渡殿のここかしこの道に、あやしきわざをしつつ、〔桐更の〕御送り迎への人の衣の裾堪へがたう、まさなきこともあり。又、ある時は、えさらぬ馬道の戸をさしこめ、こなたかなた、心を合はせて、〔桐更を〕はしたなめ、煩はせ給ふ時も多かり。事にふれて、数知らず、苦しきことのみまされば、〔桐更は〕いといたう思ひ詫びたるを、「いとどあはれ」と、〔帝は〕御覧じて、後涼殿に、もとよりさぶらひ給ふ更衣の曹司を、ほかに移させ給ひて、上局に賜はす。その恨み、まして、やらむかたなし。

この御子、三つになり給ふ年、御袴着のこと、一の宮のたてまつりしに劣らず、内蔵寮・納殿の物を尽くして、［帝は］いみじうせさせ給ふ。それにつけても、世の誹りのみ多かれど、この御子のおよすげもておはする御かたち・心ばへ、ありがたく珍しきまで見えたまふを、［世人は］え嫉みあへ給はず。物の心知り給ふ人は、「かかる人も、世に出でおはする物なりけり」と、あさましきまで、目を驚かし給ふ。

その年の夏、御息所、はかなき心地に患ひて、［里に］まかでなむとし給ふを、［帝は］暇さらに許させ給はず。年ごろ、常のあつしさになり給へれば、御目馴れて、「なほ、しばし、［養生を］こころみよ」と、［帝は］のたまはするに、日々におもり給ひて、ただ五六日の程に、［桐更は］いと弱うなれば、母君、泣く泣く奏して、［桐更を］まかでさせたてまつり給ふ。かかる折にも、「あるまじき恥もこそ」と、［桐更は］心づかひして、御子をば、［内裏に］とどめたてまつりて、忍びてぞ出で給ふ。限りあれば、［帝は］さのみも、［桐更を］えとどめさせ給はず、御覧じだに送らぬおぼつかなさを、言ふ方なく思さる。［桐更は］いと匂ひやかに、うつくしげなる人の、いたう面痩せて、「いとあはれ」と、物を思ひしみながら、言に出でても、［帝に］きこえやらず、あるかなきかに、消え入りつつ物し給ふを、［帝は］御覧ずるに、来し方・行く末、思し召されず、よろづのことを、泣く泣く契りのたまはすれど、［桐更は］御いらへもえ聞え給はず、まみなども、いとたゆげにて、いとど、なよなよと、我かの気色にて臥したれば、「いかさまにか」と、［帝は］おぼしめし惑はる。手車の宣旨など、のたまはせても、又、［桐壺の局に］いらせたまひては、［退出を］さらにえ許させ給はず。

帝「『限りあらむ道にも、後れ先立たじ』と、［私は］契らせ給ひけるを、［桐更は］さりとも、［私を］うち捨てては、え行きやらじ」

と、のたまはするを、女［桐更］も、「いといみじ」と、［帝を］見たてまつりて、

桐更「かぎりとて別るる道の悲しきにいかまほしきは命なりけり

いと、かく思う給へましかば」

と、息も絶えつつ、［帝に］聞えまほしげなる事はありげなれど、［桐更は］いと苦しげに、たゆげなれば、「かくながら、ともかくもならむを、御覧じはてむ」と、［帝は］おぼしめすに、

使「今日、始むべき祈りども、さるべき人々うけたまはれる、今宵より」

と、聞え、急がせば、［帝は］わりなく思ほしながら、［桐更を里に］まかでさせ給ふ。［帝は］御胸のみ、つと塞がりて、つゆまどろまれず、明かしかねさせ給ふ。

御使の行きかふ程もなきに、［帝は］なほ、いぶせさを、限りなくのたまはせつるを、
里人「夜中、うち過ぐる程になむ、［桐更は］絶え果て給ひぬる」
とて、泣き騒げば、御使も、いとあへなくて、［内裏に］かへり参りぬ。［死を］きこしめす、［帝の］御心まどひ、何事も思し召しわかれず、こもりおはします。御子は、かくても、［帝は］いと御覧ぜまほしけれど、かかる程に、［内裏に］さぶらひ給ふ、例なきことなれば、［母の里に］まかで給ひなんとす。「何事かあらむ」とも、［御子＝源は］おもほしたらず、さぶらふ人々の泣き惑ひ、うへ［帝］も、御涙のひまなく流れおはしますを、「あやし」と、［源は］見たてまつり給へるを。よろしきことにだに、かかる別れの悲しからぬはなきわざなるを、［源の様は］まして、あはれにいふかひなし。
限りあれば、例の作法にをさめたてまつるを、母北の方、「おなじ煙にも、のぼりなむ」と、泣きこがれ給ひて、御送りの女房の車に慕ひ乗り給ひて、愛宕といふ所に、いといかめしう、その作法したるに、おはしつきたる心地、いかばかりかはありけん。空しき御骸を見る見る、
母君「なほ、「おはするもの」と思ふが、いとかひなければ、［桐更が］灰になり給はむを見たてまつりて、「今は、なき人」と、ひたぶるに思ひなりなむ」
と、さかしうのたまひつれど、車より落ちぬべう惑ひ給へば、「さは、思ひつかし」と、

人々［女房達］、もて煩ひ聞ゆ。内裏より御使あり、三位の位おくり給ふよし、勅使来て、その宣命読むなん、悲しきことなりける。「女御」とだに言はせずなりぬるが、［帝は］あかず、口惜しう思さるれば、「いま一きざみの位をだに」と、［桐更に］おくらせ給ふなりけり。これにつけても、［桐更を］にくみ給ふ人々多かり。物思ひ知り給ふは、［桐更の］さま・かたちなどの、めでたかりしこと、心ばせの、なだらかに、めやすく、憎みがたかりしことなど、［死後の］いまぞ、思し出づる。［帝の］さまあしき御もてなし故こそ、［桐更を］すげなう嫉み給ひしか、［桐更の］人がらの、あはれに、情ありし御心を、上の女房なども、恋ひしのびあへり。「『なくてぞ』とは、かかる折にや」と見えたり。

はかなく日ごろ過ぎて、後のわざなどにも、［帝は］こまかに訪はせ給ふ。程経るままに、［帝は］せん方なう悲しう思さるるに、御かたがたの御宿直なども、たえてし給はず、ただ涙にひぢて、明かし暮らさせ給へば、［帝の御様を］見たてまつる人さへ、露けき秋なり。

弘徽「なき後まで、人の胸あくまじかりける、人［桐壺］の御思えかな」とぞ、弘徽殿などには、なほ、許しなう、のたまひける。［帝は］一の宮を見たてまつらせ給ふにも、わか宮［源］の御恋しさのみ、思ほし出でつつ、親しき女房、御乳母などを、［源の］つかはしつつ、ありさまを聞し召す。

野分たちて、にはかに肌寒き夕暮の程、［帝は］つねよりも、［桐更を］おぼし出づること多くて、靫負の命婦といふを、［桐更の里に］つかはす。夕月夜のをかしき程に、［内裏より］いだしたてさせ給ひて、［帝は］やがてながめおはします。［帝は］かやうの折は、御遊びなどせさせ給ひしに、［桐壺は］心ことなる、物の音を掻き鳴らし、［帝に］はかなく聞え出づる言の葉も、人よりは珠なりし、けはひ・かたちの、面影につとそひて、［帝が］おぼさるるにも、「闇のうつつ」には、猶劣りけり。命婦、かしこ［里］にまかで着きて、門ひき入るるより、けはひあはれなり。［母君は］やもめ住みなれど、［桐更］人ひとりの御かしづきに、［邸を］とかくつくろひ立てて、目安き程にて過ぐし給ひつるを、［桐更死後は］やみにくれて、臥し給へる程に、草も高くなり、野分に、いとど荒れたる心地して、月影ばかりぞ、八重葎にもさはらず、［邸内に］さし入りたる。

南おもてに、［命婦を］おろして、母君も、とみに、え物ものたまはず。

母君「今までとまり侍るが、［私は］いと憂きを、かかる御使の、蓬生の露分け入り給ふにつけても、いと、恥づかしうなむ」

とて、げに、え堪ふまじく、泣い給ふ。

命婦「［参りては、いとど心苦しう、心・肝も、尽くるやうになん」と、内侍のすけの、［帝に］奏し給ひしを、［私の］物思ひ給へ知らぬ心地にも、げにこそ、いと、忍びがたう侍りけれ」

とて、ややためらひて、［母君に］おほせごと、伝へ聞ゆ。

命婦「［しばしは、『夢か』とのみ、［我は］たどられしを、やうやう思ひしづまるにしも、さむべき方なく、堪へ難きは、『いかにすべきわざにか』とも、［我が］問ひ合はすべき人だになきを、［母君は］忍びては、［内裏に］まゐり給ひなむや。わか宮［源］の、いとおぼつかなく、露けきなかに過ぐし給ふも、心苦しう思さるるを、［母君は］とく参り給へ」など、［帝は］はかばかしうも、のたまはせやらず、むせかへらせ給ひつつ、かつは、「人も、心弱く見たてまつるらむ」と、［帝の］おぼしつつまぬにしもあらぬ、御気色の心苦しさに、［仰言を］うけたまはりも果てぬやうにてなん、［私は］まかで侍りぬる」

とて、［母君に］御文たてまつる。

母君「目も見え侍らぬに、かくかしこき仰言を、光にてなむ」

とて、見給ふ。

帝「程経ば、［悲嘆も］すこし、うち紛るることもや」と、待ち過ぐす月日にそへて、

［悲嘆が］いと忍びがたきは、わりなきわざになむ。いはけなき人［若宮＝源］も、「いかに」と、思ひやりつつ、［御身］もろともにはぐくまぬおぼつかなさを。［桐更なき］いまは猶、［源を］むかしの形見になずらへて、［内裏に］ものし給へ」
など、こまやかに書かせ給へり。

帝　宮城野の露吹きむすぶ風の音に小萩がもとを思ひこそやれ」
とあれど、［母君は］え見給ひ果てず。

母君「［命ながさの、いとつらう思ひ給へ知らるるに、『松の思はん』ことだに、［私は］はづかしう思ひ給へ侍れば、［私が］百敷に行きかひ侍らん事は、まして、いと、憚り多くなむ。［帝の］かしこき仰言を、たびたびうけたまはりながら、みづからは、［参内を］えなん、思ひ給へたつまじき。わか宮［源］は、いかに思ほし知るにか、［内裏に］まゐり給はんことをのみなむ、思し急ぐめれば、ことわりに、［若宮＝源を］かなしう見たてまつり侍る」など、うちうちに、［私の］思ひ給ふるさまを、［帝に］奏し給へ。［私は］ゆゆしき身に侍れば、［若宮が］かくておはしますも、いまいましう、かたじけなく」
など、とのたまふ。宮［源］は、大殿籠りにけり。

命婦「［若宮を］みたてまつりて、くはしく、御有様も奏し侍らまほしきを、［帝が］

待ちおはしますらんを。夜更け侍りぬべし」とて、［帰りを］いそぐ。
母君「くれ惑ふ心の闇も、堪へがたき片端をだに、晴るくばかりに、聞えまほしう侍るを、わたくしにも、心のどかにまかで給へ。［御身は］年ごろ、［私の］うれしくおもだたしきついでにて、立ち寄り給ひし物を。かかる御消息にて見たてまつる、かへすがへす、［私の］つれなき命にも侍るかな。［娘＝桐更が］むまれし時より、［私達には］おもふ心ありし人にて、故大納言、「いまは」となるまで、ただ、「この人［桐更］の宮仕への本意、かならず、遂げさせたてまつれ。我なくなりぬとて、口惜しう思ひくづほるな」と、かへすがへす、［私を］いさめおかれ侍りしかば、「はかばかしう、後見おもふ人なきまじらひは、なかなかなるべきこと」と、［私は］おもう給へながら、ただ、「かの［夫］遺言をたがへじ」とばかりに、［内裏に］いだしたて侍りしを、［桐更は］身にあまるまでの、［帝の］御心ざしの、よろづにかたじけなきに、人げなき恥をかくしつつ、［女御・更衣と］まじらひたまふめるを、人の嫉み深く、安からぬこと、多くなり添ひ侍るに、よこざまなるやうにて、遂に、かくなり侍りぬれば、かへりては、つらくなむ、［帝の］かしこき御心ざしを、［私は］思ひ給へ侍る。これも、わりなき心の闇に」

など、言ひもやらず、むせかへり給ふ程に、夜も更けぬ。

命婦「うへ［帝］も、しかなむ。「わが御心ながら、［桐更を］あながちに、人目驚くばかり思されしも、『長かるまじきなりけり』と、今は、つらかりける、人［桐更］の契りになむ。『世に、いささかも、人の心をまげたることはあらじ』と思ふを、ただ、この人［桐更］の故にて、あまた、さるまじき、人の恨みを負ひし果て果ては、かう、［桐更に］うちすてられて、［我は］心をさめむ方なきに、いとど、人悪う、かたくなになり果つるも、前の世ゆかしうなむ」と、［帝は］うち返しつつ、御しほたれがちにのみおはします」

と、語りて、つきせず。泣く泣く、

命婦「夜、いたう更けぬれば、今宵過ぐさず、［帝に］御返り奏せむ」

と、［内裏に］いそぎまゐる。

月は入りがたの、空清う澄みわたれるに、風、いと涼しく吹きて、草むらの虫の声々、［涙を］もよほし顔なるも、いと立ち離れにくき、草のもとなり。

命婦　鈴虫の声のかぎりを尽くしてもながき夜あかずふる涙かな

えも乗りやらず。

母君「いとどしく虫の音しげき浅茅生に露おきそふる雲の上人

かごとも、［命婦に］きこえつべくなむ」と、［女房をして］いはせ給ふ。をかしき御贈り物など、あるべき折にもあらねば、ただ、「かの［桐更］御形見に」とて、「かかる用もや」と、［母君が］のこし給へりける御装束ひとくだり、御髪上の調度めく物、添へ給ふ。

若き人々［女房達］、かなしきことは、さらにも言はず、内裏わたりを朝夕にならひて、いとさうざうしく、うへ［帝］の御有様など、思ひ出で聞ゆれば、［若宮が］とくまゐり給はんことを、［母君に］そそのかし聞ゆれど、「かく、いまいましき身の、［若宮に］そひたてまつらむも、いと、人聞き憂かるべし。又、［若宮を］見たてまつらでしばしもあらむは、いと後めたう」［母君は］おもひきこえ給ひて、［若宮を］すがすがとも、［内裏に］えまゐらせたてまつり給はぬなりけり。

命婦は、［帝が］まだ大殿籠らせ給はざりけるを、あはれに見たてまつる。御前の壺前栽の、いと、おもしろき盛りなるを、［帝は］御覧ずるやうにて、忍びやかに、心にくき限りの女房、四五人さぶらはせ給ひて、御物語せさせ給ふなりけり。［其物語は］このごろ、あけくれ御覧ずる長恨歌の、御絵、亭子の院の書かせ給ひて、伊勢・貫之に詠ませ給へる、大和言の葉をも、唐土の歌をも、ただ、その筋をぞ、枕ごとに、せさせ給ふ。［帝は］いと、こまやかに、［里の］ありさまを問はせ給ふ。［命婦は］あはれな

りつる事、忍びやかに奏す。［母君の］御返り御覧ずれば、

母君消息「いとも畏きは、［身の］おき所も侍らず。かかる仰言につけても、かきくらす乱り心地になむ。

荒き風ふせぎしかげの枯れしより小萩がうへぞしづ心なき」

などやうに、乱りがはしきを、「心をさめざりける程」と、［帝は］御覧じ許すべし。「いと、かうしも見えじ」と、［帝は］おぼししづむれど、更に、え忍びあへさせ給はず、御覧じ始めし年月のことさへかき集め、［桐更の事を］よろづにおぼし続けられて、「［生前は］時の間も、おぼつかなかりしを、［死後は］かくても月日は経にけり」と、［帝は］あさましう思し召さる。

帝「［母君が］故大納言の遺言あやまたず、宮仕への本意、ふかく物したりし喜びは、かひあるさまにこそ、思ひわたりつれ。［今は］いふかひなしや」と、うちのたまはせて、［母君を］いとあはれに思しやる。

帝「かくても、おのづから、若宮など生ひ出で給はば、さるべきついでもありなむ。［命ながく］とこそ、［母君は］思ひ念ぜめ」

など、のたまはす。［命婦は］かの贈り物、［帝に］御覧ぜさす。「なき人のすみか、尋ね出でたりけむ、しるしの釵ならましかば」と［帝は］おもほすも、いとかひなし。

帝　尋ね行くまぼろしもがな伝にても魂のありかをそこと知るべく

絵に書きたる楊貴妃のかたちは、いみじき絵師といへども、筆かぎりありければ、いと、匂ひなし。太液の芙蓉・未央の柳も、げに、［楊貴妃に］かよひたりしかたちを、唐めいたる粧ひは、うるはしうこそありけめ、［桐更の］なつかしう、らうたげなりしを、［帝が］おぼし出づるに、花・鳥の、色にも音にも、よそふべき方ぞなき。朝夕の言ぐさに、「羽をならべ、枝をかはさむ」と、［帝は］契らせ給ひしに、かなはざりける、［桐更の］命の程ぞ、尽きせず恨めしき。

風の音、虫の音につけて、［帝は］物のみ悲しう思さるるに、弘徽殿には、久しう、上の御局にも、参う上り給はず、月のおもしろきに、夜ふくるまで、遊びをぞし給ふなる。「いと、すさまじう、物し」と、［帝は］きこしめす。［帝の］この頃の御気色を見たてまつる上人・女房などは、「［弘徽の遊を］かたはらいたし」と、聞きけり。［弘徽は］いと、おしたち、かどかどしきところ物し給ふ御方にて、［帝の悲嘆を］ことにもあらず思し消ちて、もてなし給ふなるべし。月も入りぬ。

帝　雲のうへも涙にくるる秋の月いかですむらむ浅茅生の宿

［桐更の里を］おぼしやりつつ、［帝は］ともし火をかかげつくして、起きおはします。右近のつかさの宿直申しの声聞ゆるは、丑になりぬるなるべし。［帝は］人目を思して、

夜の御殿に入らせ給ひても、まどろませ給ふこと難し。朝に起きさせ給ふとても、「明くるも知らで」と、［帝は］おもほし出づるにも、猶、朝まつりごとは、怠らせ給ひぬべかめり。［帝は］物なども聞し召さず、朝餉の、けしきばかり触れさせ給ひて、大床子の御膳などは、いと、はるかに思し召したれば、陪膳に侍ふかぎりは、［帝の］心苦しき御気色を、見たてまつり嘆く。すべて、［帝に］ちかうさぶらふ限りは、男・女、「いと、わりなきわざかな」と、言ひ合はせつつ嘆く。「［桐更と］さるべき契りこそは、［帝には］おはしましけめ」「そこらの、人の誹り・恨みをも、［帝は］はばからせ給はず、こ［桐更］の御事にふれたることをば、道理をも失はせ給ひ、今はた、かく、世の中のことをも、思し捨てたるやうになり行くは」「いと、怠々しきわざなり」と、［人々は］人の朝廷の例までひき出でて、ささめき嘆きけり。

月日経て、わか宮［源］、［内裏に］まゐり給ひぬ。［源は］いとど、この世の物ならず、清らにおよすげ給へれば、［帝は］いと、ゆゆしう思したり。あくる年の春、坊定まり給ふにも、［帝は］いと、［一の御子を］ひきこさまほしう思せど、［源の］御後見すべき人もなく、又、世のうけひくまじきことなれば、［源立坊を］なかなか、危くおぼし憚りて、［帝は］色にも出ださせ給はずなりぬるを、「さばかり、［帝は源を］おぼしたれど、限りこそありけれ」と、世の人も聞え、女御［弘徽］も、御心おちゐ給ひぬ。

かの御祖母北の方、なぐさむ方なく思ししづみて、「［故桐更の］おはすらむ所にだに、尋ね行かん」と、願ひ給ひししるしにや、つひに、失せ給ひぬれば、又、［帝は］これを悲しび思すこと、限りなし。御子、六つになり給ふ年なれば、［祖母の死を］このたびは思し知りて、恋ひ泣き給ふ。［祖母は］年ごろ、［源に］なれむつび聞え給ひつるを、［源を］見たてまつり置く悲しびをなむ、［源に］かえすがえす、のたまひける。［源は］今は、内裏にのみ侍ひ給ふ。七つになり給へば、書始めなどせさせ給ひて、世に知らず、敏う賢くおはすれば、［帝は］あまりに恐ろしきまで、［源を］御覧ず。

帝「［母無き］いまは、誰も誰も、［源を］えにくみ給はじ。母君なくてだに、［源を］らうたうし給へ」

とて、［帝が］弘徽殿などにも渡らせ給ふ御供には、［源を］やがて、御簾のうちに入れたてまつり給ふ。いみじき武士・仇・敵なりとも、［源を］見ては、うち笑まれぬべきさまの、［源が］し給へれば、［源を］えさし放ち給はず。女御子たち二所、こ［弘徽殿］の御腹におはしませど、［源に］なずらひ給ふべきだにぞ、なかりける。御かたがた［女御・更衣］も、［源に］かくれ給はず、今より、［源が］なまめかしう、恥づかしげにおはすれば、［源を］いとをかしう、うち解けぬ遊びぐさに、たれもたれも、思ひ聞え給へり。［源の］わざとの御学問はさる物にて、琴・笛の音にも雲井を響かし、すべていひつづけば、ことごとしう、うたてぞなりぬべき、人［源］の御様なりける。

そのころ、［都に］高麗人のまゐれるが中に、賢き相人ありけるを、［帝は］聞し召して、［相人を］宮のうちに召さんことは、宇多の帝の御誡めあれば、［帝は］いみじう忍びて、この御子［源］を、鴻臚館に遣はしたり。［相人には］御後見だちて仕うまつる右大弁の子のやうに思はせて、［右大弁が］ゐてたてまつる。相人、［源を見て］おどろきて、あまたたび傾きあやしぶ。

相人「国の親となりて、帝王の、上なき位にのぼるべき相おはします人の、そなたにて見れば、乱れ憂ふることやあらむ。朝廷のかためとなりて、天の下助くる方にて見れば、又、その相たがふべし」

と言ふ。弁も、いと、才かしこき博士にて、［相人と］いひかはしたる事どもなむ、いと、興ありける。文など作りかはして、今日・明日、［相人が］かへり去りなむとするに、かく、ありがたき人［源］に対面したる喜び、かへりては悲しかるべき心ばへを、［詩に］おもしろく作りたるに、みこ［源］も、いと、あはれなる句を作り給へるを、［相人は］かぎりなう愛でたてまつりて、［源に］いみじき贈り物どもを捧げたてまつる。朝廷よりも、［相人に］おほく、物賜はす。おのづから事ひろごりて、［帝の方よりは］もらさせ給はねど、春宮の祖父大臣など、「いかなることにか」と、思し疑ひてなむありける。帝、かしこき御心〔源〕に、倭相をおほせて、思しよりにける筋なれば、今まで、この君〔源〕を、親王にもなさせ給はざりけるを、「相人は、まことに賢かりけり」と、〔帝は〕おぼして、「無品親王の、外戚のよせなきにては、〔源を〕ただよはさじ。わが御世も、いと定めなきを、〔源は〕ただ人にて、おほやけの御後見をするなむ、行く先も頼もしげなること」と、〔帝は〕おぼし定めて、〔源に〕いよいよ、道々の才を習はさせ給ふ。〔源は〕きはことに、賢くて、ただ人には、いとあたらしけれど、親王となり給ひなば、世のうたがひ負ひ給ひぬべく物し給へば、宿曜の賢き、道の人に考へさせ給ふにも、同じさまに申せば、源氏になしたてまつるべく、〔帝は〕おぼし掟てたり。

　年月にそへて、みやす所〔桐更〕の御事を、〔帝は〕おぼし忘るるをりなし。「なぐさむや」と、〔帝は〕さるべき人々を、〔御側に〕まゐらせ給へど、「〔桐更に〕なずらひに思さるるだに、いと、かたき世かな」と、〔帝は〕うとましうのみ、よろづに思しなりぬるに、先帝の四の宮の、御かたち勝れ給へる聞え、高くおはします、母后、世になくかしづき聞え給ふを、上にさぶらふ内侍のすけは、先帝の御時の人にて、かの宮〔四宮〕にも親しう参り馴れたりければ、〔四宮が〕いはけなくおはしましし時より、見たてまつり、今も、ほの見たてまつりて、内侍「失せ給ひにしみやす所〔桐更〕の御かたちに似給へる人を、三代の宮仕へに伝はりぬるに、〔私は〕え見たてまつりつけぬに、〔先帝の〕后の宮の姫宮こそ、〔桐更に〕いとようおぼえて、生ひ出でさせ給へりけれ。ありがたき御かたち人になむ」と、奏しけるに、「まことにや」と、〔帝は〕御心とまりて、〔母后に〕ねんごろに、〔入内を〕きこえさせ給ひけり。

母后、「あな恐ろしや。春宮の女御〔弘徽〕の、いとさがなくて、桐壺の更衣の、あらはに、はかなくもてなされし例も、ゆゆしう」と、思しつつみて、〔四宮入内を〕すがすがしうも思したたざりける程に、后〔四宮母〕も、失せ給ひぬ。〔四宮が〕心ぼそきさまにておはしますに、

帝「ただ、わが女御子たちと、同じ列に思ひ聞えん」と、〔入内を〕いとねんごろに、聞えさせ給ふ。〔四宮に〕さぶらふ人々〔女房達〕、御後見たち、御兄の兵部卿の親王など、「とかく、〔四宮が〕心細くておはしまさむよりは」「内裏住みせさせ給ひて、御心も慰むべく」など、思しなりて、〔四宮を〕まゐらせたてまつり給へり。藤壺ときこゆ。げに、〔藤の〕御かたち・有様、あやしきまでぞ、〔桐更に〕おぼえ給へる。これ〔藤〕は、人の際、〔桐更に〕まさりて、「人の」おもひなしめでたく、人も、え貶しめ聞え給はねば、うけばりて飽かぬことなし。かれ〔桐

更］は、人の許し聞えざりしに、［帝の］御心ざし、あやにくなりしぞかし。［帝の悲嘆は］おぼしまぎるとはなけれど、［藤に］おのづから御心移ろひて、［帝は］こよなく思し慰むやうなるも、あはれなるわざなりけり。源氏の君は、［帝の］御あたり去り給はぬを、まして、［帝が］しげく渡らせ給ふ御方［藤］は、［源に］えはぢあへ給はず。［女御・更衣の］いづれの御方も、「我、人に劣らむ」と、思いたるやはある、とりどりに、いとめでたけれど、うちおとなび給へるに、［藤は］いと、若う美しげにて、［源に］せちに隠れ給へど、［源は］おのづから、［藤を］もり見たてまつる。母みやす所［桐更］は、［源は］かげだに思え給はぬを、「［藤は桐更と］いとよう似給へり」と、［源に］内侍のすけの聞えけるを、［源は］わかき御心地に、「いとあはれ」と、［藤を］おもひ聞え給ひて、「常に、［藤の所に］まゐらまほしう、［藤に］なづさひ見たてまつらばや」と、［源は］おぼえ給ふ。うへ［帝］も、［藤と］かぎりなき御思ひどちにて、

帝「［源を］なうとみ給ひそ。［御身を］あやしく、［桐更に］よそへ聞えつべき心地なむする。「なめし」と思さで、［源を］らうたくし給へ。［桐更の］つらつき・まみなどは、［御身と］いとよう似たりしゆゑ、かよひて見えたまふも、［源の母として］にげなからずなむ」

など、［藤に］きこえつけ給へれば、［源は］をさな心地にも、はかなき花・紅葉につけ

ても、[藤に]心ざしを見えたてまつり、[藤に]こよなう心寄せ聞え給へれば、弘徽殿の女御、又、この宮[藤]とも、御仲そばそばしきゆゑ、[藤の憎さに]うちそへて、[源への]もとよりの憎さも立ち出でて、[物し]と思したり。[帝が]見たてまつり給ひ、名高うおはする宮[藤]の御かたちにも、なほ、[源の]にほはしさは、譬へん方なく美しげなるを、世の人、「光る君」ときこゆ。藤壺、[源に]ならび給ひて、[源]の御おぼえも、とりどりなれば、「輝く日の宮」ときこゆ。

この君[源]の御童姿、いと、[帝は]かへま憂く思せど、[源は]十二にて、御元服したまふ。[帝は]居立ちおぼしいとなみて、限りあることに、事を添へさせ給ふ。一年の、春宮の御元服、南殿にてありし儀式の、よそほしかりし御響きに、おとさせ給はず、[式後の]所々の饗など、

帝「内蔵寮・穀倉院など、公事に仕うまつれる、おろそかなる事もぞ」と、とりわき仰言ありて、清らを尽くしてつかうまつれり。[帝の]おはします殿の東の廂、東向きに倚子立てて、冠者の御座、引入の大臣の御座、御前にあり。申の時にて、源氏、[式場に]まゐり給ふ。みづら結ひ給へる面つき、顔のにほひ、[童形の]さまかへ給はんこと、惜しげなり。大蔵卿、蔵人つかうまつる。[源の]いと清らなる御髪をそぐ程、心苦しげなるを、うへ[帝]は、「みやす所[桐更]の見ましかば」と、思し

出づるに、たへがたきを、心強く念じかへさせ給ふ。［源が］かうぶりし給ひて、御休み所にまかで給ひて、御衣ぞたてまつりかへて、［東庭に］下りて、拝したてまつり給ふさまに、皆人、涙おとし給ふ。帝、はた、まして、え忍びあへ給はず、［桐更への悲嘆の］おぼしまぎるる折もありつる昔のこと、とりかへし悲しくおぼさる。「いと、かう、きびはなる程は、上げ劣りや」と、［帝は］うたがはしく思されつるを、［源は］あさましう、うつくしげさ添ひ給へり。引入の大臣［左大臣］の、皇女腹に、ただ一人かしづき給ふ御女、春宮よりも御気色あるを、［引入左大臣が］おぼしわづらふことありけるは、この君［源］に、［その御女を］たてまつらむの御心なりけり。内裏にも、［左大に］御けしき賜はらせ給ひければ、「さらば、この折の後見なかめるを、添臥にも」と、［帝は］もよほさせ給ひければ、［左大は］さ思したり。

さぶらひにまかで給ひて、人々、大御酒などまゐる程、親王たちの御座の末に、源氏着き給へり。おとど［左大］、けしきばみ聞え給ふことあれど、［源は］物のつつましき程にて、ともかくも、［左大に］えあへしらひ聞え給はず。御前より、内侍、宣旨うけたまはり伝へて、大臣まゐり給ふべき召しあれば、［左大は］まゐり給ふ。御禄の物、うへの命婦取りて、［左大に］賜ふ。白き大袿に、御衣一くだり、例のことなり。御盃のついでに、

帝　いときなき初元結に永き世をちぎる心は結びこめつや
御心ばへありて、［左大を］おどろかさせ給ふ。
左大　むすびつる心も深きもとゆひに濃き紫の色しあせずば
と奏して、長橋よりおりて、舞踏したまふ。［左大に］ひだりの寮の御馬、蔵人所の鷹、据ゑて賜はりたまふ。御階のもとに、親王たち・上達部つらねて、禄ども、しなじなに賜はり給ふ。その日の御前の折櫃物、籠物など、右大弁なむ、うけたまはりて仕うまつらせける。屯食、禄の唐櫃どもなど、所狭きまで、春宮の御元服の折にも、数まされり。なかなか、限りもなくいかめしうなむ。
その夜、おとど［左大］の御里に、源氏の君、まかでさせ給ふ。作法、世に珍しきまで、［源を］もてかしづききこえ給へり。［源が］いと、きびはにておはしたるを、「ゆゆしう美し」と、［左大は］おもひ聞え給へり。女君［葵］は、［年齢を］すこし過ぐし給へる程に、［源が］いと若うおはすれば、「似げなく恥づかし」と、［女君＝葵は］おぼいたり。この大臣の御おぼえ、いとやむごとなきに、［女君の］母宮、内裏の一つ后腹になむおはしければ、［左大は］いづかたにつけても、物あざやかなるに、この君［源］さへ、かく、［婿として］おはし添ひぬれば、春宮の御祖父にて、遂に、世の中をしり給ふべき右の大臣の御いきほひは、［左大に］物にもあらずおされ給へり。［左大は］御子どもあまた、腹々に物し給ふ。宮の御腹は、蔵人の少将にて、いと若う、をかしきを、右の大臣の、［左大との］御中はいとよからねど、［少将を］え見過ぐし給はで、［右大は］かしづき給ふ四の君に、婚せ給へり。［源に］おとらず、［右大が少将を］もてかしづきたるは、［両家共に］あらまほしき御あはひどもになん。源氏の君は、うへ［帝］の、常に召しまつはせば、心安く里住みもえし給はず。心の中には、ただ、藤壺の御有様を、「類なし」と、［源は］思ひ聞えて、「さやうならむ人［女］をこそみめ。［藤は］似る人なくも、おはしけるかな。大殿のきみ［葵］、『いと、をかしげに、かしづかれたる人』とは見ゆれど、心にもつかず」［源は］おぼえ給ひて、幼きほどの御ひとへ心にかかりて、いと苦しきまでぞ、［藤を慕ひ］おはしける。

［源が］おとなになり給ひて後は、［帝は］ありしやうに、御簾の内にも入れ給はず。［源は］御遊びの折々、琴・笛の音に聞きかよひ、［藤の］ほのかなる御声を慰めにて、内裏住みのみ、好ましうおぼえたまふ。五六日、［内裏に］さぶらひ給ひて、大殿に二三日など、［源は］たえだえにまかで給へど、［源が］ただ今は幼き御程に、［大殿は］よろづ、罪なくおぼしなして、いとなみ、［源を］かしづき聞え給ふ。御方々の人々［女房達］、世の中におしなべたらぬを、［左大は］えりととのへすぐりて、さぶらはせ給ふ。［源の］御心につくべき御遊びをし、あぶなあぶな、［源を］おぼしいたづく。

［帝は］内裏には、もとの淑景舎を、［源の］御曹子にて、母御息所の御方御方の人々、まかで散らずさぶらはせ給ふ。里の殿は、修理職・内匠寮に宣旨くだりて、二なう改め造らせ給ふ。もとの木立、山のたたずまひ、おもしろき所なるを、池の心広くしなして、めでたく造りののしる。「かかる所に、思ふやうならむ人［女］をすゑて住まばや」とのみ、［源は］なげかしう思しわたる。「『光る君』といふ名は、高麗人の愛で聞えて、つけたてまつりける」とぞ、［人が］いひ伝へたるとなむ。

本書は平成二十八年四月〜八月に開催された弊社主催の先哲講座 境野勝悟塾での講演をもとに大幅な加筆・修正を行い刊行するものです。

〈著者略歴〉

境野勝悟（さかいの・かつのり）
昭和7年神奈川県生まれ。早稲田大学教育学部卒業後、私立栄光学園で18年間教鞭を執る。48年退職。こころの塾「道塾」開設。駒澤大学大学院禅学特殊研究博士課程修了。著書に『日本のこころの教育』（致知出版社）『心がスーッと晴れる一日禅語』（三笠書房）など多数。

「源氏物語」に学ぶ人間学

平成三十年二月二十日第一刷発行

著者　境野勝悟
発行者　藤尾秀昭
発行所　致知出版社
〒150-0001東京都渋谷区神宮前四の二十四の九
TEL（〇三）三七九六―二一一一
印刷　㈱ディグ　製本　難波製本
落丁・乱丁はお取替え致します。　（検印廃止）

ISBN978-4-8009-1170-4 C0095
ホームページ　http://www.chichi.co.jp
Eメール　books@chichi.co.jp
JASRAC-出-1801495-801